中国书籍文学馆 大师经典

苏曼殊精品选

苏曼殊 ◎ 著

中国书籍出版社
China Book Press

图书在版编目（CIP）数据

苏曼殊精品选 / 苏曼殊著 .—北京：中国书籍出版社，2014.3
（中国书籍文学馆·大师经典）
ISBN 978-7-5068-3928-0

Ⅰ．①苏⋯ Ⅱ．①苏⋯ Ⅲ．①中国文学—现代文学—作品综合集 Ⅳ．① I216.2

中国版本图书馆 CIP 数据核字（2013）第 306311 号

苏曼殊精品选

苏曼殊　著

图书策划	武　斌　崔付建	
责任编辑	毕　磊	
责任印制	孙马飞　张智勇	
出版发行	中国书籍出版社	
地　　址	北京市丰台区三路居路 97 号（邮编：100073）	
电　　话	（010）52257143（总编室）　（010）52257153（发行部）	
电子邮箱	chinabp@vip.sina.com	
经　　销	全国新华书店	
印　　刷	北京世纪雨田印刷有限公司	
开　　本	710 毫米 ×960 毫米　1/16	
字　　数	296 千字	
印　　张	23	
版　　次	2014 年 6 月第 1 版　2016 年 8 月第 2 次印刷	
书　　号	ISBN 978-7-5068-3928-0	
定　　价	39.80 元	

版权所有　翻印必究

出版前言

我国现代文学是指用现代文学语言与文学形式，表达现代中国人思想、情感、心理的文学。是在20世纪初"五四"新文化运动的影响下，广泛接受外国文学影响而形成的新兴文学。其不仅用现代语言表现现代科学民主思想，而且在艺术形式和表现手法上都对传统文学进行了革新，建立了新的文学体裁，在叙述角度、抒情方式、描写手段以及结构组成等方面，都有新的创造。

我国现代文学的主流是人民的文学，集中表现为大大加强了文学与人民群众的结合，文学与进步社会思潮及民族解放、革命运动的自觉联系，构成了我国现代文学的基本历史特点与传统。此时的文学，以表现普通人民生活、改造民族性格和社会人生为根本任务。

在创作实践上，我国现代文学中出现了从未有过的彻底反封建的新主题和新人物，普通农民与下层人民，以及具有民主倾向的新式知识分子，成为了文学主人公，充分展示了批判封建旧道德、旧传统、旧制度以及表现下层人民不幸、改造国民性与争取个性解放等全新主题。也是通过这些内涵和元素，现代文学对推动历史进步起到了独特作用。

我们已经跨入21世纪，今天的历史状况和时代主题与现代文学的成长背景存在巨大差异，但文学表现人物、反映社会、推动进步的主旨并没有改变，在此背景下，我们非常有必要重温现代文学的经验，吸取其有益的因素，开创我们新世纪的文学春天。我们编选《中国书籍文学馆·大师经典》丛书，精选鲁迅、郁达夫、闻一多、徐志摩、朱自清、萧红、夏丏尊、邹韬奋、鲁彦、梁遇春、戴望舒、郑振铎、庐隐、许地山、石评梅、李叔同、朱湘、林徽因、苏曼殊、章衣萍等我国现代著名作家的文学作品，正是为了向今天的读者展示现代文学的成就，让当代文学在与现代文学的对话中开拓创新，生机盎然。因为这些著名作家都是我国现代文学的开拓者和各种文学形式的集大成者，他们的作品来源于他们生活的时代，包含了作家本人对社会、生活的体验与思考，影响着社会的发展进程，具有永恒的魅力。

中国书籍出版社

2014 年 1 月

苏曼殊简介

苏曼殊（1884～1918）原名戬，字子谷，学名元瑛，法名博经，法号曼殊，笔名印禅、苏湜。广东香山人。他一生能诗擅画，通晓日文、英文、梵文等多种文字，可谓多才多艺，在诗歌、小说等多种领域皆取得了一定成就。他的诗风清艳明秀，别具一格，在当时影响甚大，是我国近代有名的作家、诗人、翻译家。

1884年，苏曼殊生于日本横滨，父亲是广东茶商，母亲是日本人。1902年，他在日本东京加入留日学生组织的革命团体青年会。1903年，他加入拒俄义勇队。同年，他归国任教于苏州吴中公学，后来到上海参加《国民日日报》工作。不久后，他在惠州出家为僧。1904年，他南游暹罗、锡兰，学习梵文。

1906年夏，苏曼殊被著名汉学家刘光汉邀请到芜湖皖江中学、安徽公学执教，与在日本时的旧友陈独秀相遇。同年，他与陈独秀东渡日本省亲未遇。他归国后仍执教于芜湖皖江中学，并与清代书法家邓石如之曾孙著名教育家邓绳侯相识，结下笔墨之谊。他离开芜湖后与之常有诗画往来。

1907年，苏曼殊在日本与幸德秋水等组织亚洲和亲会，公开打出"反抗帝国主义"的主旨。同年，他和著名作家鲁迅等人筹办文学杂志《新生》，但没有成功。1909年，他再度南游，任教于爪哇中华学堂。1909年，南社成立后，他也很快加入，并成为该社的著名作家。

辛亥革命后归国，苏曼殊参加上海《太平洋报》工作。1913年，他发表《反袁宣言》，历数袁世凯窃国的罪恶。1918年5月2日，他在上海病逝，年仅34岁。

苏曼殊具有多方面的才能，诗、文、小说、绘画无不精通。尤其以诗的影响最大，故有"诗僧"之称。他的诗风格别致，自成一家。抒情则缠绵悱恻，千回百转，状物则形象逼真，历历如见，写人则栩栩如生，呼之欲出。他的诗作后存约百首，多数为七绝，内容多是感怀之作，这种倾向在辛亥革命后诗作中体现得尤为明显。在艺术上他受唐代诗人李商隐的影响，诗风幽怨凄恻，弥漫着自伤身世的无奈与感叹，其中的《东居杂诗》《何处》等皆是这类诗的代表。

目录

诗歌

短诗（三十四）	2
柬金凤兼示刘三（二首）	15
本事诗（十首）	16
调筝人将行，出绡属绘《金粉江山图》，题赠二绝	20
过若松町有感示仲兄（二首）	21
失题（二首）	22
步元韵敬答云上人（三首）	23
东居（十九首）	25
吴门（十一首）	31
海上（八首）	35
以诗并画留别汤国顿（二首）	38

散文

《梵文典》自序	40
《文学因缘》自序	42
《潮音》跋	44
《双枰记》序	47
送邓、邵二君序	48
《秋瑾遗诗》序	49
《曼殊画谱》序	51
《梵文典》启事	53
儆告十方佛弟子启	55
燕影剧谈	61
燕子龛随笔	63
女杰郭耳缦	81
呜呼广东人	85
海哥美尔氏名画赞	88
露伊斯·美索尔遗像赞	89
南洋话	91
冯春航谈	93

目录

华洋义赈会观　　　　94
讨袁宣言　　　　　　95
碧伽女郎传　　　　　97

小说

断鸿零雁记　　　　　100
绛纱记　　　　　　　147
焚剑记　　　　　　　161
碎簪记　　　　　　　172
非梦记　　　　　　　188
天涯红泪记　　　　　198

书信

复刘三（8月·东京）　　　　　204
复刘三（10月21日·上海）　206
致刘三（11月28日·上海）　207
复刘三（12月4日·上海）　　208
致刘三（10月11日·南京）　210
致刘三（11月14日·南京）　212

致邓秋枚、蔡哲夫

（3月·东京） 213

致刘三（5月20日·东京） 215

致刘三（5月26日·东京） 218

致刘三（5月29日·东京） 219

致刘三（6月7日·东京） 221

致高天梅（6月8日·爪哇） 223

复罗弼·庄湘

（7月18日·上海） 225

复萧公（4月·上海） 229

复某君（8月·日本） 231

复某公（6月22日·盛泽） 233

复柳亚子

（1月23日·东京） 235

复刘半农

（12月10日·杭州） 236

复刘半农
 （12月17日·杭州）　237
复柳亚子（5月·日本）　238

|题画·题照|

题《参拜衡山图》　240
题《长松老衲图》　241
题《白马投荒图》（一）　242
题《白马投荒图》（二）　243
题《清秋弦月图》　244
题《寄邓绳侯竖幅》　245
题《卧处徘徊图》　246
题《悼故友念安图》　247
题《白马古寺图》（一）　248
题《白马古寺图》（二）　249
题《潼关图》（一）　250
题《潼关图》（二）　251

题《听鹃图》（一）	252
题《听鹃图》（二）	253
题《华罗胜景图》	254
题《百助照片》寄包天笑	255

译著

惨世界	258
《沙恭达罗》颂	335
星耶峰耶俱无生	337
去燕	338
冬日	340
答美人赠束发阓带诗	341
去国行	343
赞大海	346
哀希腊	349

文学精品选

苏曼殊精品选

诗歌

短诗（三十四）

住西湖白云禅院

白云深处拥雷峰，
几树寒梅带雪红。
斋罢垂垂浑入定，
庵前潭影落疏钟。

莫愁湖寓望

清凉如美人，
莫愁如明镜。
终日对凝妆，
掩映万荷柄。

晨起口占

一炉香篆袅窗纱，
紫燕寻巢识旧家。
莫怪东风无赖甚，
春来吹发满庭花。

花　朝

江头青放柳千条，
知有东风送画桡。
但喜二分春色到，
百花生日在今朝。

春　日

好花零落雨绵绵，
辜负韶光二月天。
知否玉楼春梦醒，
有人愁煞柳如烟。

迟　友

云树高低迷古墟，
问津何处觅长沮？

渔郎行入林深处，
轻叩紫扉问起居。

代柯子柬少侯

小楼春尽语丝丝，
孤负添香对语时。
宝镜有尘难见面，
妆台红粉画谁眉？

游不忍池示仲兄

白妙轻罗薄几重，
石阑桥畔小池东。
胡姬善解离人意，
笑指芙蕖寂寞红。

樱花落

十日樱花作意开，
绕花岂惜日千回？
昨宵风雨偏相厄，
谁向人天诉此哀？
忍见胡沙埋艳骨，
空将清泪滴深怀。

多情漫作他年忆，
一寸春心早已灰。

水户观梅有寄

偷尝天女唇中露，
几度临风拭泪痕。
日日思君令人老，
孤窗无语正黄昏。

西京步枫子韵

生憎花发柳含烟，
东海飘蓬二十年。
忏尽情禅空色相，
琵琶湖畔枕经眠。

读晦公见寄七律

收拾禅心侍镜台，
沾泥残絮有沉哀。
湘弦洒遍胭脂泪，
香火重生劫后灰。

寄广州晦公

忽闻邻女艳阳歌，
南国诗人近若何？
欲寄数行相问讯，
落花如雨乱愁多！

过蒲田

柳阴深处马蹄骄，
无际银沙逐退潮。
茅店冰旗知市近，
满山红叶女郎樵。

淀江道中

孤村隐隐起微烟，
处处秧歌竞种田。
羸马未须愁远道，
桃花红欲上吟鞭。

过平户延平诞生处

行人遥指郑公石，
沙白松青夕照边。

极目神州余子尽，
袈裟和泪落碑前。

柬法忍

来醉金茎露，
胭脂画牡丹。
落花深一尺，
不用带蒲团。

何　处

何处停侬油壁车，
西陵终古即天涯。
拗莲捣麝欢情断，
转绿回黄妄意赊。
玳瑁窗虚延冷月，
芭蕉叶卷抱秋花。
伤心独向妆台照，
瘦尽失颜只自嗟！

芳　草

芳草天涯人似梦，
碧桃花下月如烟。

可怜罗带秋光薄，
珍重萧郎解玉钿。

题《静女调筝图》

无量春愁无量恨，
一时都向指间鸣。
我已袈裟全湿透，
那堪重听割鸡筝！

偶　成

汽车中隔座女郎，言其妹氏怀仁仗义，年仅十三，摩托车遇风而殁。余怜而慰之，并示湘痕、阿可。

人间花草太匆匆，
春未残时花已空！
自是神仙沦小谪，
不须惆怅忆芳容。

代河合母氏题《曼殊画谱》

1907年夏末，刘师培的妻子何震提出向曼殊学画，并拟辑印《曼殊画谱》，请河合仙作序。河合仙无此文化程度，就由曼殊代笔。曼殊写出汉文后，再请人译成日文。故此诗当为曼殊所作。

月离中天云逐风,雁影凄凉落照中。
我望东海寄归信,儿到灵山第几重?

集义山句怀金凤

曼殊对金凤情意绵绵,而此时金凤已他适,难以重拾旧欢,惟有暗地相思,终日怅望了。

义山,李商隐(813至858),号玉溪生,怀州河内(今河南沁阳)人。晚唐著名诗人,擅近体,构思精密,感情真挚,寓意深刻,尤以《无题》诗见称。曼殊深受其影响。

收将凤纸写相思,莫道人间总不知。
尽日伤心人不见,莫愁还自有愁时。

次韵奉答怀宁邓公

1906年夏,曼殊在芜湖任教,结识了邓绳侯,两人"共晨夕者弥月"(《题画》)。随后,曼殊去了上海,邓绳侯作诗问候。直到1909年春,曼殊在"百助多情欲嫁予"之时,才以此诗作复。

怀宁邓公,即邓绳侯,名艺荪,安徽怀宁人。曼殊在皖江中学时的校监,两人尝同游南京。

相逢天女赠天书,暂住仙山莫问予。
曾遣素娥非别意,是空是色本无殊。

落　日

1909年春，曼殊将所绘的《文姬图》赠刘三。刘三即据画跋赋六言诗作答，中有"白头天山苏武，红泪洛水文姬"二句。曼殊看后，忆及五年前舟经锡兰，思念家国，欲求一振的情景；对照如今旅居东瀛，系身情网，意志消沉的状况，不由悔恨交加，于是拿出上年刘三《送曼殊之印度》的七绝来读，那热烈而诚挚的情调，再次扣动他的心弦。他怆然执笔，步刘三诗韵，写出此首以作反省。

落日沧波远岛滨，悲笳一动独伤神。
谁知北海吞毡日，不爱英雄爱美人。

题《雪莱集》

1909年春，蔡哲夫将得自侨居上海的英国女郎莲华的一本《雪莱诗集》转赠曼殊，希望他能译介给中国读者。对此曼殊十分感动，只可惜当时心情不好，难以把笔，于是就写下这首诗，以表愧意。

谁赠雪莱（原译师梨）一曲歌？可怜心事正蹉跎。
琅玕欲报从何报？梦里依稀认眼波。

题《担当山水册》

　　1909年8月，曼殊自日本回至上海，时到孝友里半行半隐窝访蔡哲夫、张倾城夫妇，其间蔡哲夫出示画册，曼殊应邀题此诗于其附页。

　　《担当山水册》——蔡哲夫得自云南的担当所绘的三幅山水画所裱成的册页。担当（1593至1673），姓唐名泰，号大来，法名普荷，云南晋宁人，是明末清初一位富有民族思想的和尚。明亡后，怨艾悲怆，寄情诗画书赋，时称"三绝"。画以山水为主，兼工人物，格调苍凉典雅。

　　一代遗民痛劫灰，闻师陡听笑声哀。
　　滇边山色俱无那，迸入苍浪泼墨来。

碧阑干

　　1912年6月19日，曼殊偕孙伯纯等东渡日本，在东京千驮谷租屋居住。一天，他偶然遇到一位少女，与之搭讪，而少女美妙的风姿给他留下极其深刻的印象。

　　碧阑干外遇婵娟，故弄云鬟不肯前。
　　问到年华更羞怯，背人偷指十三弦。

南楼寺怀法忍

革命屡受挫折,使曼殊心怀忧伤。但他对革命的胜利始终充满信心。诗中表示一定要经受起黑暗势力重压的考验,并以此精神与远方友人共勉。

南楼寺,指杭州西湖白云庵。

法忍——陈去病。

万物逢摇落,姮娥耐九秋。
缟衣人不见,独上寺南楼。

为玉鸾女弟绘扇

1913年春,曼殊在上海,目睹袁世凯倒行逆施,祸国殃民,而民主革命又处于低潮,心情异常忧愤,于是借绘画赋诗来抒发抑郁。

玉鸾,疑即《绛纱记》中的"马玉鸾"。据云为香山人,居英伦,究心历理至稔,治泰西文学卓尔出群,但家事、婚事均不如意,最后削发为尼。

日暮有佳人,独立潇湘浦。
疏柳尽含烟,似怜亡国苦。

彦居士席上赠歌者贾碧云

　　1913年，曼殊在上海，对新戏运动颇为热心。10月，他应陈彦通邀宴，席间听了贾碧云的演唱，即作此诗相赠。
　　彦居士，陈彦通，曼殊1908年在南京祇垣精舍的同事陈三立的第七子。
　　贾碧云，字翰卿，著名戏曲演员，与梅兰芳、冯春航、毛韵珂并称。曼殊赞扬他歌舞美妙，"温文尔雅"，为"今日梨园名角"（见《燕影剧谈》）。

　　　　一曲凌波去，红莲礼白莲。
　　　　江南谁得似，忧忆李龟年。

东行别仲兄

　　1913年12月，曼殊在上海患肠疾，遵医嘱赴日本治理。临行作此诗与潜居法租界的陈仲甫（独秀）道别。

　　　　江城如画一倾杯，乍合仍离倍可哀。
　　　　此去孤舟明月夜，排云谁与望楼台？

憩平原别邸赠玄玄

　　1914年初，曼殊随革命朋友田梓琴、邵元冲等到大森、横滨等地，在羽田共浴矿泉，时值新雨初过，稚柳吐芽，梓琴吟诵"漏泄春光有柳条"之句,而曼殊面对"湖光梅影,益增惆怅。"赋成此绝句。

平原别邸,即田梓琴别墅。

玄玄,即田桐(1879至1930),字梓琴,湖北蕲春人,同盟会发起人之一,时因参与反袁而逃亡日本。

狂歌走马遍天涯,斗酒黄鸡处士家。
逢君别有伤心在,且看寒梅未落花。

佳　人

1914年春,在日本获得一帧摄于千叶町莲花池中岛的日本艺伎相片。相中人身着和服,美丽端庄。曼殊看着,浮想联翩,情不自禁地在背面写上此诗。

佳人名小品,绝世已无俦。
横波翻泻泪,绿黛自生愁。
舞袖倾东海,纤腰惑九洲。
传歌如有诉,余转杂箜篌。

柬金凤兼示刘三（二首）

一

玉砌孤行夜有声，
美人泪眼尚分明。
莫愁此夕情何恨？
指点荒烟锁石城。

二

生天成佛我何能？
幽梦无凭恨不胜。
多谢刘三问消息，
尚留微命作诗僧。

本事诗（十首）

一

无量春愁无量恨，
一时都向指间鸣。
我亦艰难多病日，
那堪更听八云筝？

二

丈室番茶手自煎，
语深香冷涕潸然。
生身阿母无情甚，
为向摩那问夙缘！

三

碧玉莫愁身世贱，
同乡仙子独销魂。
袈裟点点疑樱瓣，
半是脂痕半泪痕。

四

淡扫蛾眉朝画师，
同心华鬘结青丝。
一杯颜色和双泪，
写就梨花付与谁？

五

愧向尊前说报恩，
香残玦黛浅含颦。
卿自无言侬已会，
湘兰天女是前身！

六

春水难量旧恨盈，
桃腮檀口坐吹笙。

华严瀑布高千尺,
不及卿卿爱我情。

七

乌舍凌波肌似雪,
亲持红叶属题诗。
还卿一钵无情泪,
恨不相逢未剃时!

八

相怜病骨轻于蝶,
梦入罗浮万里云。
赠尔多情诗一卷,
他年重检石榴裙。

九

《春雨》楼头尺八箫,
何时归看浙江潮?
芒鞋破钵无人识,
踏过樱花第几桥?

十

九年面壁成空相，
持锡归来悔晤卿。
我本负人今已矣，
任他人作乐中筝。

调筝人将行，出绡属绘《金粉江山图》，题赠二绝

一

乍听骊歌似有情，
危弦远道客魂惊。
何以描画闲金粉？
枯木寒山满故城！

二

送卿归去海潮生，
点染生绡好赠行。
五里徘徊仍远别，
未应辛苦为调筝。

过若松町有感示仲兄（二首）

一

孤灯引梦记朦胧，
风雨邻庵夜半钟。
我再来时人已去，
涉江谁为采芙蓉？

二

契阔死生君莫问，
行云流水一孤僧。
无端狂笑无端哭，
纵有欢肠已似冰。

失题（二首）

一

禅心一任蛾眉妒，
佛说原来怨是亲。
雨笠烟蓑归去也，
与人无爱亦无嗔。

二

斜插莲蓬美且鬈，
曾教粉指印青编。
此后不知魂与梦，
涉江同泛采莲船。

步元韵敬答云上人（三首）

一

诸天花雨隔红尘，
绝岛飘流一病身。
多少不平怀里事，
未应辛苦作词人。

二

旧游如梦劫前尘，
寂寞南洲负此身。
多谢素书珍重意，
怜侬憔悴不如人！

三

公子才华迥绝尘,
海天寥阔寄闲身。
春来梦到三山未,
手摘红樱拜美人。

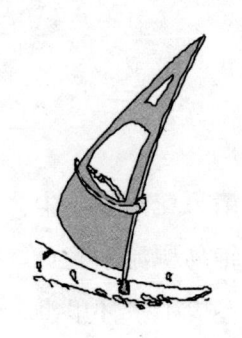

东居（十九首）

一

却下珠帘故故羞，
浪持银蜡照梳头。
玉阶人静情难诉，
悄向星河觅女牛。

二

流萤明灭夜悠悠，
素女婵娟不耐秋。
相逢莫问人间事，
故国伤心只泪流。

三

罗襦换罢下西楼，
豆蔻香温语不休。
说到年华更羞怯，
水晶帘下学箜篌。

四

翡翠流苏白玉钩，
夜凉如水待牵牛。
知否去年人去后，
枕函红泪至今流。

五

异国名香莫浪偷，
窥帘一笑意偏幽。
明珠欲赠还惆怅，
来岁双星怕引愁。

六

碧阑干外夜沉沉，
斜倚云屏烛影深。

看取红酥浑欲滴,
凤文双结是同心。

七

秋千院落月如钩,
为爱花阴懒上楼。
露湿红蕖波底袜,
自拈罗带淡蛾羞。

八

折得黄花赠阿娇,
暗抬星眼谢王乔。
轻车肥犊金铃响,
深院何人弄碧箫?

九

碧沼红莲水自流,
涉江同上木兰舟。
可怜十五盈盈女,
不信卢家有莫愁。

十

灯飘珠箔玉筝秋，
几曲回阑水上楼。
猛忆定庵哀怨句：
"三生花草梦苏州"。

十一

人间天上结离忧，
翠袖红妆独倚楼。
凄绝蜀杨丝万缕，
替人惜别亦生愁。

十二

六幅潇湘曳画裙，
灯前兰麝自氤氲。
扁舟容与知无计，
兵火头陀泪满樽。

十三

银烛金杯映绿纱，
空持倾国对流霞。

酡颜欲语娇无力，
云髻新簪白玉花。

十四

蝉翼轻纱束细腰，
远山眉黛不能描。
谁知词客蓬山里，
烟雨按台梦六朝。

十五

胭脂湖畔紫骝骄，
流水栖鸦认小桥。
为向芭蕉问消息，
朝朝红泪欲成潮。

十六

珍重嫦娥白玉姿，
人天携手两无期。
遗珠有恨终归海，
睹物思人更可悲。

十七

谁怜一阕断肠词,
摇落秋怀只自知。
况是异乡兼日暮,
疏钟红叶坠相思。

十八

槭槭秋林红雨时,
天涯飘泊欲何之?
空山流水无人迹,
何处蛾眉有怨词?

十九

兰蕙芬芳总负伊,
并肩携手纳凉时。
旧厢风月重相忆,
十指纤纤擘荔枝。

吴门(十一首)

一

江南花草尽愁根,
惹得吴娃笑语频。
独有伤心驴背客,
暮烟疏雨过阊门。

二

碧海云峰百万重,
中原何处托孤踪?
春泥细雨吴趋地,
又听寒山夜半钟。

三

月华如水浸瑶阶,
环佩声声扰梦怀。
记得吴王宫里事,
春风一夜百花开。

四

姑苏台畔夕阳斜,
宝马金鞍翡翠车。
一自美人和泪去,
河山终古是天涯!

五

万户千门尽劫灰,
吴姬含笑踏青来。
今日已无天下色,
莫牵麋鹿上苏台!

六

水驿山城尽可哀,
梦中衰草凤凰台。

春色总怜歌舞地，
万花缭乱为谁开？

七

年华风柳共飘萧，
酒醒天涯问六朝。
猛忆玉人明月下，
悄无人处学吹箫。

八

万树垂杨任好风，
斑骓西向水田东。
莫道碧桃花独艳，
淀山湖外夕阳红。

九

平原落日马萧萧，
剩有山僧赋《大招》。
最是令人凄绝处，
垂虹亭外柳波桥。

十

碧城烟树小彤楼,
杨柳东风系客舟。
故国已随春日尽,
鹧鸪声急使人愁。

十一

白水青山未尽思,
人间天上两霏微。
轻风细雨红泥寺,
不见僧归见燕归。

海上（八首）

一

绿窗新柳玉台旁，
臂上犹闻菽乳香。
毕竟美人知爱国，
自将银管学南唐。

二

软红帘动月轮西，
冰作阑干玉作梯。
寄语麻姑要珍重，
凤楼迢递燕应迷。

三

水晶帘卷一灯昏，
寂对河山叩国魂。
只是银莺羞不语，
恐防重惹旧啼痕。

四

空言少据定难猜，
欲把明珠寄上才。
闻道别来餐事减，
晚妆犹待小鬟催。

五

绮陌春寒压马嘶，
落红狼藉印苔泥。
庄辞珍贶无由报，
此别愁眉又复低。

六

棠梨无限忆秋千，
杨柳腰肢最可怜。

纵使有情还有泪，
漫从人海说人天。

七

罗幕香残欲暮天，
四山风雨总缠绵。
分明化石心难定，
多谢云娘十幅笺。

八

星戴环佩月戴珰，
一夜秋寒掩洞房。
莫道横塘秋露冷，
残荷犹自盖鸳鸯。

以诗并画留别汤国顿(二首)

一

蹈海鲁连不帝秦,
茫茫烟水着浮身。
国民孤愤英雄泪,
洒上鲛绡赠故人。

二

海天龙战血玄黄,
披发长歌览大荒。
易水萧萧人去也,
一天明月白如霜。

文学精品选

散文

苏曼殊精品选

《梵文典》自序

如是我闻：

此梵字者，亘三世而常恒，遍十方以平等。学之书之，定得常住之佛智；观之诵之，必证不坏之法身。诸教之根本，诸字之父母，其在斯乎？夫欧洲通行文字，皆原于拉丁，拉丁原于希腊。由此上溯，实本梵文。他日考古文学，唯有梵文、汉文二种耳，余无足道也。顾汉土梵文作法，久无专书。其现存《龙藏》者，唯唐智广所选《悉昙字记》一卷，然音韵既多龃龉，至于文法，一切未详。此但持咒之资。无以了知文义。

衲早岁出家，即尝有志于此。继游暹罗，逢鞠悉磨长老，长老意思深远，殷殷以梵学相勉。衲拜受长老之旨，于今三年。只以行脚劳劳，机缘未至。嗣见西人撰述《梵文典》条例彰明。与慈恩所述"八转"、"六释"等法，默相符会。正在究心，适南方人来说，鞠悉磨长老已圆寂矣！尔时，衲唯有望西三拜而已。今衲敬成鞠悉磨长老之志而作此书。非谓佛刹圆音，尽于斯著，然沟通华、梵当自此始。但愿法界有情，同圆种智。抑今者佛教大开光明之运，已萌于隐约间，十方大德，必有具备迅勇猛大雄无畏相者。词无碍解，当有其人。他日圆音一演，成金色佛遍满娑婆即婴。虽慧根微弱，冀愿力庄严，随诸公后。若夫忘言忘思，筌蹄俱废，奚以是为？然能尔也。

岭南慧龙寺僧博经书于西湖灵隐山

《文学因缘》自序

先是在香江读 Candlin 师所译《葬花诗》,词气凑泊,语无增减。若法译《离骚经》、《琵琶行》诸篇,雅丽远逊原作。

夫文章构造,各自含英,有如吾粤木棉、素馨,迁地弗为良。况歌诗之美,在乎节族长短之间,虑非译意所能尽也。

衲谓文词简丽相俱者,莫若梵文,汉文次之,欧洲番书,瞠乎后矣!汉译经文,若《输卢迦》,均自然缀合,无失彼此。盖梵、汉字体,俱甚茂密,而梵文"八转"、"十罗",微妙傀琦,斯梵章所以为天书也。今吾汉土末世昌披,文事驰沦久矣,大汉天声,其真绝耶?

比随慈母至逗子海滨,山谷幽寂,时见残英辞树。偶录是编,闽江诸友,愿为之刊行,得毋灵府有难尘泊者哉?

曩见 James Legge 博士译述《诗经》全部,其《静女》、《雄雉》、《汉广》数篇,与 "Middle Kingdom" 所载不同,《谷风》、《鹊巢》两篇,又与 Francis Davis 所译少异。今各录数篇,以证同异。伯夷、叔齐《采薇歌》、《懿氏谣》、《击壤歌》、《饭牛歌》,百里奚妻《琴歌》,箕子《麦秀歌》、《箜篌引》、《宋城者讴》，古诗《行行重行行》，及杜诗《国破山河在》等，亦系 Legge 所译。李白《春日醉起言志》、《子夜吴歌》，杜甫《佳人行》，班固《怨歌行》，王昌龄《闺怨》，张籍《节妇吟》，文文山《正气歌》等，系 Giles 所译。《采茶词》亦见 Williams 所著"The Middle Kingdom"，系 Mercer 学士所译。其余散见群籍，都无传译者名。尚有《山中问答》、《玉阶怨》、《赠汪伦》数首，今俱不复记忆。

畏友仲子尝论"不知心恨谁"句，英译微嫌薄弱。衲谓第以此土人译作英语，恐弥不逮。是犹倭人之汉译，其謇涩殊出意表也。又如"长安一片月"，尤属难译，今英译亦略得意趣。友人君武译拜伦《哀希腊》诗，亦宛转不离原意，惟稍逊《新小说》所载二章，盖稍失粗豪耳。顾欧人译李白诗不可多得，犹此土之于 Byron 也。其《留别雅典女郎》四章，则故友译自《Byron 集》中。沙恭达罗（Sakoontala）者，印度先圣毗舍密多罗（Viswamitra）女，庄艳绝伦。后此诗圣迦梨陀娑（Kalidasa）作"Sakoontala"剧曲，纪无能胜王（Dusyanta）与沙恭达罗慕恋事，百灵光怪。千七百八十九年，William Jones（威林，留印度十二年，欧人习梵文之先登者）始译以英文。传至德，Goethe 见之，惊叹难为譬说，遂为之颂，则《沙恭达纶》一章是也。Eastwick 译为英文，衲重移译，感慨系之。印度为哲学文物源渊，俯视希腊，诚后进耳。其《摩诃婆罗多》（"Mahabrata"）、《罗摩衍那》（"Ramayana"）二章，衲谓中土名著，虽《孔雀东南飞》、《北征》、《南山》诸什，亦逊彼闳美。而今极目五天，荒丘残照，忆昔舟经锡兰，凭吊断塔颓垣，凄然泪下。有"恒河落日千山碧，王舍号风万木烟"句，不亦重可哀耶！

曼殊

《潮音》跋

曼殊阇黎,始名宗之助,自幼失怙,多病寡言,依太夫人河合氏生长江户。四岁,伏地绘狮子频伸状,栩栩欲活。喜效奈良时裹头法师装。一日,有相士过门,见之,抚其肉髻,叹曰:"是儿高抗,当逃禅,否则非寿征也。"五岁,别太夫人,随远亲西行支那,经商南海,易名苏三郎,又号子谷,始学粤语。稍长,不事生产,奢豪爱客,肝胆照人。而遭逢身世有难言之恫。年十二,从慧龙寺住持赞初大师披剃于广州长寿寺,法名博经。由是经行侍师惟谨,威仪严肃,器钵无声。旋入博罗,坐关三月,诣雷峰海云寺,具足三坛大戒,嗣受曹洞衣钵,任知藏于南楼古刹。四山长老极器重之,咸叹曰:"如大德者,复何人也!"亡何,以师命归广州。时长寿寺被新学暴徒毁为圩市,法器无存。阇黎乘欧舶渡日本,奉太夫人居神奈川。太夫人令学泰西美术于上野二年,学政治于早稻田三年,一无所成。清使汪大燮以使馆公费助之学陆军八阅月,卒不屑。从此孑身傲游,足迹遍亚洲,以是羸疾几殆。太夫人忧之,药师屡劝静养,而阇黎马背郎当,经钵飘零如故。

尝从西班牙庄湘处士治欧洲词学。庄公欲以第五女公子雪鸿妻之，阇黎垂泪曰："吾证法身久，辱命奈何？"庄公为整资装，遂之扶南，随乔悉摩长老究心梵章二年，归入灵隐山，著《梵文典》八卷，盖仿《波弥尼八部书》。余杭章枚叔、仪征刘申叔，及印度逻罕学士序而行之。

阇黎绘事精妙奇特，太息苦瓜和尚去后，衣钵尘土，自创新宗，不傍前人门户。零缣断楮，非食烟火人所能及。顾不肯多作，中原名士，不知之也。

初，驻锡沪上，为《国民日日报》翻译。后赴苏州任吴中公学义务教授。继渡湘水，登衡岳以吊三闾大夫。复先后应聘长沙实业学堂、蒙正学堂、明德学堂、经正学堂、安徽公学、芜湖皖江中学、金陵陆军小学、日本西京学社、淑德画院、南海波罗寺、盘谷青年学会、锡兰菩提寺、爪哇中华会馆诸处，振铃执鞭，慈悲慷慨，诏诸生以勇猛奋迅，大雄无畏，澄清天下。故其弟子多奇节孤标之士。

前岁，池州杨仁山居士接印度摩诃菩提会昙磨波罗书，欲遣青年僧侣西来汉土，学瑜伽、禅那二宗，并属选诸山大德，巡礼五天，踵事译述，居士遂偕诗人陈伯严创办祇氏垣精舍于建业城中，以为根本。函招阇黎，并招李晓暾为教师，居士自任讲经。十方宗仰，极南北之盛。阇黎尽瘁三月，竟犯唾血，东归随太夫人居逗子樱山。循陔之余，惟好啸傲山林。一时夜月照积雪，泛舟中禅寺湖，歌拜伦《哀希腊》之篇。歌已哭，哭复歌，抗音与湖水相应。舟子惶然，疑其为精神病作也。后为梵学会译师，交游婆罗门忧国之士，捐其所有旧藏梵本，与桂伯华、陈仲甫、章枚叔诸居士议建"梵文书藏"，人无应者，卒未成。

阇黎杂著亦多，如《沙昆多逻》、《文学因缘》、《岭海幽光录》、《娑罗海滨遁迹记》、《燕子龛随笔》、《断鸿零雁记》、《泰西群芳名义集》、《法显〈佛国记〉、惠生〈使西域记〉地名今释及旅程图》，俱绝作也，又将《燕子笺》译为英吉利文，甫脱稿，雪鸿大家携之玛德利，谋刊行于欧土。

阇黎振锡南巡，流转星霜，虽餐唊无禁，亦犹志公之茹鱼脍，六祖之在猎群耳。

余与阇黎为远亲，犹念儿时偕阇黎随其王父忠郎弄艇投竿于溪崖海角，或肥马轻裘与共。曾几何时，其王父已悲夙草。弹指阇黎年二十有八，而余综观世态，万绪悲凉，权洞上正宗监院之职，亦将十载。今夏安居松岛，手写阇黎旧著《潮音》一卷，将英译陈元孝《崖山题奇石壁》，澹归和尚《贻吴梅村诗》，杜牧《秦淮夜泊》，陆放翁《细雨骑驴入剑门》绝句，及汉译雪莱《含羞草》数章删去，复次加《拜伦年表》于末，系英吉利诗人佛子为阇黎参订者。今与莲华寺主重印流通，仍曰《潮音》。圣哉，响振千古，不啻马鸣菩萨《赖吒婆罗》。当愿恒河沙界，一切有情，同圆种智。会阇黎新自梵土归来，诣其王父墓所，道过山斋，握手欷歔，泪随声下。爰出是篇，乞阇黎重证数言。阇黎曰："余离绝语言文字久矣，当入邓尉力行正照，吾子其毋饶舌。"阇黎心量廓然而不可夺也。古德云："丈夫自有冲天气，不向他人行处行。"阇黎当之，端为不愧。

学人飞锡拜跋于金阁寺

《双枻记》序

  燕子山僧按：烂柯山人此着来意，实记亡友何靡施性情遭际，从头至尾，无一生砌之笔。所谓无限伤心，却不作态！而微词正义，又岂甘为何子一人造狎语邪？夫士君子惟恐修名不立，愿为婴婴婉婉者，损其天年，奚独何子？殆亦言者一往情深，劝惩垂戒焉耳！

  若夫东家之子，三五之年，飘香曳裾之姿，掩袖回眸之艳。罗带银钩，绡巾红泪；帘外芭蕉之雨，陌头杨柳之烟，人生好梦，尽逐春风，——是亦难言者矣。乃书记翩翩，镇翡翠以为床，拗珊瑚而作笔。宝鼎香消，写流魂于异域；月华如月，听隳叶于行宫。故宅江山，梨花云梦。燕子龛中，泪眼更谁愁似我？小笠山下，手持寒锡吊才人。欲结同心，天涯何许？不独秋风鸣鸟，闻者生哀也已！

甲寅七月七日

送邓、邵二君序

余游东岛归，遇邓孟硕、邵中子于春申江上。二君天性孝友，宽平而不忮，质净而无求——昔人所谓"术素修而志素定，不以时胜道"者。故与之游，忘日月之多也。

今孟硕就王博士之召，中子作边地之游。悱然有感于离合之数。余亦将有意大利之行。绝域停骖，胡姬酒肆。遥念二君白马骄行，山川动色。即他日以卧雪之身，归来乡国，复见二君含饴弄孙于桃花鸡犬之间，不为亡国之人，未可知也。

民国六年二月十一日

《秋瑾遗诗》序

1907年7月14日,秋瑾在浙江绍兴英勇就义。她逃亡在日本的朋友为纪念这位同盟会和光复会的领袖,计划集资编印她的诗集,以表示对清朝政府的强烈抗议。曼殊与秋瑾曾于1906年共同战斗过。此时他慨然应约撰写此序,含蓄地表达内心的愤怒和对革命的展望。

《秋瑾遗诗》出版时题名《秋女士诗集》,王芷馥编,1907年底石印出版。

死即是生,生即是死。

秋瑾以女子身,能为四生请命,近日一大公案。秋谨素性,余莫之审。前此偶见其诗,尝谓女子多风月之作,而不知斯人本相也。秋瑾死,其里人章炳麟序其遗诗,举衷公越女事。嗟夫!亡国多才,自古已然!余幼诵明季女子《绝命诗》云:

影照江干不暇悲，永辞鸾镜敛双眉；
朱门曾识谐秦晋，死后相逢总未知。

征帆已说过双姑，掩泪声声泣夜乌。
葬入江鱼波底没，不留青冢在单于。

少小伶仃画阁时，诗书曾拜母兄师。
涛声夜夜催何急，犹记挑灯读《楚辞》。

生来弱质未簪笄，身没狂澜叹不齐。
河伯有灵怜薄命，东流直绕洞庭西。

当年闺阁惜如金，何事牵裾逐水滨？
寄语双亲休眷恋，入江犹是女儿身！

遮身只是旧罗衣，梦到湘江恐未归。
冥冥风涛又谁伴，声声遥祝两灵妃。

厌听行间带笑歌，几回肠断已无多！
青鸾有意随王母，空费人间设网罗。

国史当年强记亲，杀身自古以成仁；
簪缨虽愧奇男子，犹胜王朝供事臣。

悲愤缠绵，不忍卒读。盖被虏不屈，投身黄鹤渚而死者。善哉，善男子，善女人，谛思之，视死如归，欤嘘盛哉！

香山苏子谷扶病云尔

《曼殊画谱》序

  1907年夏，何震拟将曼殊的画稿辑印成册，曼殊对此甚表赞同，于是应邀撰写此序，申述自己对中国历代绘画的观点。但此画册并未见出版，画稿多散载在《天义》、《民报》、《文学因缘》等报刊上。

  昔人谓山水画自唐始变，盖有两宗，李思训、王维是也（后称王维画法为"南宗"，李思训画法为"北宗"）。又分勾勒、皴擦二法："勾勒"用笔，腕力提起，从正锋笔嘴跳力，笔笔见骨，其性主刚，故笔多折断，此归"北派"；"皴擦"用笔，腕力沉坠，用惹侧笔身拖力，笔笔有筋，其性主柔，故笔多长韧，此归"南派"。

  李之传为宋王诜、郭熙、张择端、赵伯驹、伯马肃，及李唐、刘松年、马远、夏圭，皆属李派；王之传为荆浩、关同（一名种，又作童，《宣和画谱》作仝）、李成、李公麟、范宽、董元（一作源）、巨然，及燕肃、赵令穰、元四大家，皆属王派。李派板细乏士气，正派虚和萧散，此又惠能之禅，非神秀所及也。至郑虔、卢鸿一、张志和、郭忠恕、大小米、马和之、高克恭、倪瓒辈，又如不食烟火人，另具一骨相者。及至今人，多忽略于形象，故画焉而不解为何物，或专事临摹，苟且自安，而诩诩自矜者有焉。明李流芳曰："余画无师承，又不喜规摹古人，虽或仿之，然求其似，了不可得。"夫学古人者，固非求其似之谓也。子久、仲圭学董巨，元镇学荆、关，彦敬学二米，亦成其为元镇、子久、仲圭、彦敬而已，何必如今之临摹古人者哉？

衲三至扶桑，一省慈母。山河秀丽，寂相盈眸。尔时何震搜衲画，将付梨枣。顾衲经钵飘零，尘劳行脚，所绘十不一存，但此残山水若干帧，属衲序之。嗟夫！汉画之衰久矣！今何子留意于斯，迹彼心情，别有怀抱。然而亡国留痕，夫孰过而问者？

        佛灭度后二千三百八十三年粤东慧龙寺曼殊

《梵文典》启事

《〈初步梵文典〉启事》发出后,曼殊为扩大影响,即在原稿的基础上将文句简化,加进新收到的陈独秀题诗一项,并与本启事同刊于《天义》第 6 卷的《〈梵文典〉自序》的书名衔接,而采用本题。

《梵文典》八卷,粤东慧龙寺曼殊大师撰述。条理彰明,得未曾有。今将首卷开印,余俟续刊。一切有情,同圆种智,持此功德,迴向华严。首卷目次,具列如左:
印度法学士波逻罕居士题辞
余杭章炳麟居士题辞
余杭章炳麟居士序
仪征刘光汉居士序
仪征何震女士题偈
熙州仲子居士题诗

自序

例言

决择分

字母（十三种）

字母汉音罗马音表

诸经释字母品

摩多

别体摩多

空点涅槃点

体文

别体摩多附合法

求那毗利地及半母音法

五声类别表

母音连声法

子音连声法

数字

联合子音字表

梵文法表

卷第一附录

《心经》原文——汉文直译。马格斯摩勒（F.M.M.）英译。奘公旧译。

《那罗王谭》——印度二大叙事诗《摩诃波罗多》篇中最美妙之章。

儆告十方佛弟子启

自迦叶腾东流像法，迄今千八百年。由汉至唐，风流乡盛；两宋以降，转益衰微。今日乃有毁坏招提改建学堂之事。窃闻海内白衣长者，提倡僧学，略有数人。以此抵制宰官，宁非利器！然犹有未慊者，法门败坏，不在外缘而在内因。今兹戒律清严、禅观坚定者，诚有其人。而皆僻处茅庵，不遑僧次。自余兰若，惟有金山、高旻、宝华、归元，人无异议。其他刹土，率与城市相连，一近俗居，染污便起。或有裸居茶肆，拈赌骨牌，聚观优戏，钩牵母邑。碎杂小寺，时闻其风。丛林轨范虽存，已多弛缓。不事奢摩静虑，而惟终日安居；不闻说法讲经，而务为人礼忏。嘱累正法，则专计资财（此弊广东最甚。其余虽少，亦不求行证，惟取长于世法而已）。争取缕衣，则横生矛戟。驰情于供养，役形于利衰。为人轻贱，亦已宜矣。复有趋逐炎凉，情钟势耀。诡云护法，须赖人王。相彼染心，实为利己。既无益于正教，而适为人鄙夷。此之殃咎，实由自取。详夫礼忏之法，虽起佛门，要为广说四谛八正道等，令自开悟。岂须广建坛场，聚徒讽诵？

昔迦王虐杀安息国人，自知灭后当隳地狱。马鸣菩萨，以八地圣僧为之礼忏；但得罪障微薄，尚隳龙身，岂况六通未具，四禅犹缺；唐持梵呗，何补秋毫？此方志公智者，虽作忏仪，本是菩萨化身，能以圆音利物。若在凡僧，何益之有？云栖广作忏法，蔓延至今。徒误正修，以资利养。流毒沙门，其祸至烈。至于禅宗，本无忏法。而今亦相率崇效，非宜深戒者乎！应赴之说，古未之闻。昔白起为秦将，坑长平降卒四十万，死入地狱。至梁武帝时，致梦于帝，乞所以救拔之方。帝觉，求诸志公。公曰："闻《大藏》中有《水陆仪文》一卷，若得之，如法行持，可以济拔。"于是集天下高僧，建水陆道场七昼夜，凡一切善法所应行者悉行之。一时名僧咸赴其请，应赴之法自此始。昔佛在世时，为法施生，以法教化众生。人间天上，莫不以五时八教次第调停而成熟之。诸弟子亦各分化一方，恢弘其道。迨佛灭度后，阿难等结集三藏流通法宝。至汉明帝时，佛法始入震旦。唐宋以后，渐入浇漓。取为衣食之资，将作贩卖之具。嗟夫！异哉！自既未度，焉能度人？譬如从井救人，二俱陷溺。且施者，与而不取之谓。

今我以法与人，人以财与我，是谓贸易，云何称施？况本无法与人，徒资口给耶？纵有虔诚之功，不赎贪求之过。若复苟且将事，以希利养，是谓盗施主物，又谓之负债用；律有明文、呵责非细。不坐铁床、饮洋铜者，无有是处。付法藏者，本以僧众宏多，须入纲纪。在昔双林示灭，迦叶犹在叶波过七日已，乃闻音耗，自念如来曾以袈裟衲衣施我，圣利满足，与佛无异，当护正法（《善见律毗婆沙》第一）。此岂明有付法之文？正以耆年有德，众望所归故也。此土天台一宗，自谓直接龙树。而授受相隔，事异亲依。禅宗虽有传灯，然自六祖灭后，已无转付衣钵之事。若计内证，则得法者或如竹林竿蔗，岂必局在一人？若计俗情，则衣钵所留，争端即起，悬丝示戒，著在禅书。然则法藏所归，宜令学徒公选。必若闻修有缺，未妨兼请他僧（惟不可令宰官居士与闻选事，以所选必深于世法者故）。何取密示传承，致生诤讼，营求嗣法，不护讥嫌？若尔者，与俗士应举求官何异？而得称为上人哉！王者护法之事，虽起古初，印度四姓有分，婆罗门夙为贵种，主持宗教，尊为王家。刹利种人，宜多愤嫉。佛以净饭王子，为天人师。帝王归命，本以同气相求，自然翕合。即实而言，为仁由己；出其言善，则千里应之。岂待王者归依，方能弘法？此土传法之初，诚资世主；终由士民崇信，方得流行。唐时虽重羽流，而瞿昙之尊，卒逾老子。三武虽尝灭法，而奕世之后，事得再兴。吾宗苟有龙象，彼帝王焉能为损益哉？顷者，日本僧徒，咸指板垣退助（日本勋臣，创议废佛法也者），以为佛敌，其实百万哑羊，娶妻食肉，深著世法，隳废律仪。纵无板垣，彼僧自当为人轻蔑。不自克责，于人何尤！吾土诸德，犹有戒香。不务勇猛精进，以弘正法，而欲攀援显贵，藉为屏墙，何其左矣？

夫世尊制法，"王"、"贼"并称。周武帝初年信佛，道安说法，令帝席地听之，与设食会餐，帝自辞曰："法师不宜与贼臣同席。"即敕将去（见宣律师《续高僧传》）。此则"王"、"贼"同言，末世犹知其义。至于法门拜俗，礼所宜绝。远公已来，持之久矣。宋世始有称臣之法，清代遂隆拜帝之仪。斯皆僧众自污，非他能强。及至今日，宰官当前，跪拜惟谨，檀施在目，归命为依。乃至刊《同戒录》者，有戒元、戒魁等名。依附俗科，尤可鄙笑。夫儒俗逸民，尚有不臣天子；白莲邪教，且能睥睨贵游。何意圣教衰微，反出二流之下！近世基督教救世军有布斯者，自称法将，随俗利人，虽小善未圆，而众望斯集。一谒英皇，遂招物议。以彼人天小教，犹当清净自持。岂有无上正觉之宗，而可枉自卑屈？且法之兴废，视乎人材。枉法求存，虽存犹灭。仁者弘教，当视势利如火坑矣。然则佛门戒范，虽有多途，今者对治之方，宜断三事：一者礼忏，二者付法，三者趋炎。第一断者，无贩法名；第二断者，无诤讼名；第三断者，无猥鄙名。能行斯义，庶我薄伽梵教，无泯将来。若欲绍隆佛法，则有自利、利他二门要之悉以义解为本。欲得义解，必持经论。今者缩版《藏经》，现在日本（全藏只须一百七十余元）。寺置一函，其费无几（今人多喜往柏林寺奏请《龙藏》，较其所费三十倍于缩版《藏经》。王家赐藏，无过尘世虚荣，何益佛事？若欲藉为护符，求免封闭，亦不可得。日本缩版印行已二十年，而购求者殊少，固知其意在彼不在此也。思之真堪堕泪）。金陵扬州亦有流通印本，取携既易，为益弘多。念诸大德，固应计度及此。然以近世度僧，既太率易，有未知文字而具授菩萨戒者（此不得以六祖藉口）。是故建立僧学，事为至急。详邬波柁耶之名（译义为亲教师），亦以泛唤"博士"，西方或云"乌社"，此土遂有"和上"之名（见《南海寄归传》三）。是和上者，本以教授经论为事。《慈恩传》述那烂陀寺诸僧，以通经多寡为高下。此则建置精舍，本为学人讲诵之区，若专求止观者，冢间林下，亦得自如，即不烦设寺矣。乃若保持琳宫，坐资寺产，逸居无教，等于惰民。如成都昭觉寺僧，资财百万，厚自营生，卒为宰官掊收。此之执吝，欲何为耶？

尔来东南各寺宇，间设学堂。是宜遍及神州以合立寺文义，然助成其事者，多在士人。或乃随逐时趋，不求实用。向闻杭州僧学，乃教英文。夫沙门入校，趣于解经。欲解经者，即须先习汉文为本。晋、唐翻经诸师，多通字学，至今《一切经音义》、《止观辅行传》诸书，尚为儒人所宝，经文典则（远过欧、曾、王、苏之文），非先审儒书文义，未易深通。唐以前书，是宜观览，宋以后书，除理学外，无庸涉猎。亦如印度诸僧，必晓吠陀之学。俗人干禄，可以不识汉文。沙门解经，岂得昧于句义？如欲兼明异语，正可讲及梵书，何须遽习英文，虚捐岁月？往者悉昙章义，略记音声。非独"八转"（八转声即八格）、"十罗"（十伽罗声即十时），绝无解说。名词物号，亦不一存。此但持咒之资，无以了知文义。然则名身句身，必应穷了。念昔奘公未出以前，罗什诸师，译语或多影略。是须明习梵文，校其元本。又大、小乘经论，此方所未译者，其籍犹多（据费长房、宣律师所述：菩提留支持来梵经凡万余卷，真谛三藏所携，若尽译出，可得二万余卷。今计全藏所有，并省复重，视梵土才五分之一耳）。今印度佛学虽微，犹有中土所未译者。如能翻录，顾不快耶？又况六师外道此方所译，惟胜论有《十句义》，数论有《金七十论》，自余诸哲，竟无完书。六师义谛闳深，远在老、庄之上。一遭佛日，爝火失明。不读六师之书，宁知佛教所以高远！且波稛尼仙所陈，乃为字学。尼夜耶宗所说，即是因明。佛家既录其长，岂容芒昧？前者《优波尼沙陀书》，罗甸已尝译录。顾于中土，反缺斯篇，是亦宜为甄述者矣。日本学梵文者，多就英都，直由心失均平，重欧洲而轻印度。若求谛实，何如高蹈五天？径从受学，纵其未暇，亦可礼致明师，来相讲授（印度佛法虽微，而吠檀多教尚盛，其师皆明习梵文。今官立学校，岁费三、四千金，以求欧洲教授，尚不能得其佳者。若印度梵师，专授声明、因明之术，求则得之。集合数寺，不忧无资延请也）。此与学习英文，孰缓孰急，断可识矣。欧洲哲学，习内典者，亦所应知。然比于梵书，犹为当后。然诠慧学，又在德国诸师，无取英人肤浅语也。综此数事，今所急者，惟在汉文；次所急者，斯为梵语；后非急者，乃是欧书。愿诸大德，以大雄无畏之心，倡坚实不浮之学。解经以后，以此自利，则止观易以修持；以此利他，则说法不遭堕负。佛日再晖，庶几可望。又今南土沙门，多游日本，日本诸师亦欲于支那传教。俗士无知，谓宜取则，详东僧分明经教，实视汉土为优。至于修习禅那，远有不逮。置短取长，未妨互助。若其恣嗛有情，喜触不净；家有难陀之天女，人尝帝释之鸽羹，既犯僧残，即难共处。而说者以为时代不同，戒律即难遵守。大乘佛教，事在恢弘。不应牵制律文，介然独善。去岁有月霞禅师自金陵来，即遇多人劝其蓄内，禅师笑而置之。夫毗尼细节，岂特今古有殊，亦乃东西互异。四分十诵，科条繁密，非专习戒律者，容有周疏。若彼大端，无容出入。佛制小乘食三净肉，大乘则一切禁断。至夫室家亲昵，大小俱遮。若犯此者，即与俗人不异。出家菩萨，临机权化，他戒许开。独于色欲有禁，当为声闻示仪范故。而云大乘恢弘，何其谬妄！且蔬笋常餐，非难入咽，兼饮乳酪，何损卫生。阴阳交会，复非存生所急。稍习骨观，其欲自净。岂为居必桧巢，食非火化，而云古今有异哉？必也情念炽然，亦可自署居士，何乃妄号比丘，破坏佛法？日餐血肉而说慈悲，不断淫根而言清净。螺音狗行，无过此矣。况其诳语利人，终无实用。徒有附会豪家，佞谀权势。外取兼济之名，内怀贪忍之实；纵有小善，非市估所能为。何待缁流，曲为挹注？以此显扬佛法，只令门风堕地，此迹倡优而已。然情欲奔驰，易如流瀑，波旬既现，易引垢心。年少学人，血气未定，摩登诱惑，谁能坚往？窃谓自今以后，宜定年过三十者，方许受具足戒，则魔说或当少止乎？某等闻熏未周，方便尚缺。悲正法之将灭，惧邪见之堕人。陈此区区，无补毫末。亦谓应时便用，切要在兹，若十方大德，恕其狂愚，加以采录，挽回末法，或在斯言。若其不尔，便恐智日永沉，佛光乍灭。虽有千百法琳，恒沙智实，亦无能为役矣。

佛灭度后二千三百八十四年

广州比丘曼殊、杭州邬波索迦末底同白

燕影剧谈

余羁沪向不观新剧。间尝被校书辈强余赴肇明观《拿破仑》一出。节凑支离,茫无神彩。新剧不昌,亦宜然矣。前数年东京留学者创春柳社,以提倡新剧自命,曾演《黑奴吁天录》、《茶花女遗事》、《新蝶梦》、《血蓑衣》、《生相怜》诸剧,都属幼稚,无甚可观,兼时作粗劣语句,盖多浮躁少年羼入耳。今海上梨园所排新戏,俱漫衍成篇;间有动人之处,亦断章取义而已,于世道人心何补毫末?约翰书院某君为余言:"青年会有精通英吉利语数君,近亦略习莎士比亚(原译沙士比尔)剧曲,将于此土演而行之。"余曰:"亦诚善哉!第不知数君将以原文演唱,抑译而出之耶?二者都非其时也。何则?一以国人未尝涉猎域外文学风化;二无善知识,如日本坪内雄藏耳——坪内生平究心莎氏之学,且优于文事者也。燕影肄业早稻田,为燕影教授,又尝观其亲演《丹麦国皇子咸烈德》一出于帝国剧场,——此为莎氏悲剧,畏庐居士所译《吟边燕语·鬼诏》一则,其梗概也。夫以博学多情如坪内尚不能如松雪画马,得其神骏,遑论浅尝者哉?若谓如欧、美士人建设莎氏学会,专攻其业,燕影有厚望焉!"沪上闻改良新剧之声久矣,然其所谓社会教育者,果安在耶?迹彼心情,毋亦以布景胡装,兼浅学诸生抄自东籍诸新名辞,为改良耳。于导世诱民之本旨何与焉?世道衰微,余实为叹!

曩者,友人言新民社剧颇能感人,余昨夕病稍脱体,姑往观之。趣剧名《弃旧怜新》,尚多牵强之处。正剧名《张诚》,亦能描摹社会情态。黄小雅去张诚,声容并茂,出其孝悌之心,所以惩天下之为人继母者。此剧悲欢离合,正近情理,能令人喜怒哀乐。以新民社诸君俱有愍人之至意,相彼昧者,其有昭乎!闻有《恶家庭》一剧,为乐风君杰作,余病未能往观。普愿沪上善男善女,莫以新剧尽不合时宜而忽之可耳。燕影自惜贫如潦水之蛙,不能缔造一新剧院于沪渎也!欧、美剧曲,多出自诗人之手;吾国风人,则仅能为歌者一人标榜,大有甘隶妆台之意。此今日梨园名角贾碧云、梅兰芳、冯春航、毛韵珂之所以得党魁之目也!

燕影亦尝于彦通席上,为诗以赠碧云,有"江南谁得似,犹忆李龟年"之句。余以碧云温文尔雅,故云,非如小凤之以梅郎为天仙化人。谁料旬日之间,友人咸称我为"贾党",亦奇矣!文人好事,自古已然,若夫强作知音,周郎自命;及增缘导欲之事,其智反在梅、贾、冯、毛之下矣!

燕子龛随笔

一

英人诗句，以雪莱（原译师梨）最奇诡而兼流丽。尝译其《含羞草》一篇，峻洁无伦，其诗格盖合中土义山、长吉而熔冶之者。曩者英吉利莲华女士以《雪莱诗选》（原译《师梨诗选》）媵英领事佛莱蔗于海上，佛子持贶蔡八，蔡八移赠于余。太炎居士书其端曰："师梨所作诗，于西方最为妍丽，犹此土有义山也。其赠者亦女子，辗转移被，为曼殊阇黎所得。或因是悬想提维，与佛弟难陀同辙，于曼殊为祸为福，未可知也。"

二

作《寒山图》，录寒山诗曰："闲步访高僧，烟山万万层。师亲指归路，月挂一轮灯。"

三

废寺无僧，时听堕叶，参以寒虫断续之声。乃忆十四岁时，奉母村居。隔邻女郎手书丹霞诗笺，以红线系蜻蜓背上，使徐徐飞入余窗，意似怜余蹭蹬也者。诗曰："青阳启佳时，白日丽旸谷。新碧映郊垌，芳蕤缀林木；轻露养篁荣，和风送芬馥。密叶结重阴，繁华绕四屋。万汇皆专与，嗟我守茕独。故居久不归，庭草为谁绿？览物叹离群，何以慰心曲！"斯人和婉有仪，余曾于月下一握其手。

四

《世说》："南阳宗世林与曹操同时，而薄其为人，不与之交。及操作司空，总朝政，从容问宗曰：'可以交未？'答曰：'松柏之志犹存。'"香山句云："乃知择交难，须有知人明。莫将山上松，结托水上萍。"

五

谭嗣同《寥天一阁文》，奇峭幽洁。《古意》两章，有弦外音，曰："鳞鳞日照鸳鸯瓦，姑射仙人住其下。素手闲调雁柱筝，花雨空向湘弦洒！""六幅秋江曳画缯，珠帘垂地暗香凝，春风不动秋千索，独上红楼第一层。"

尝闻仁山老居士言：嗣同顶甚热，严冬亦不冠云。

六

寄刘三白门二绝句:"玉砌孤行夜有声,美人泪眼尚分明。莫愁此夕情何限,指点荒烟锁石城""生天成佛我何能,幽梦无凭恨不胜。多谢刘三问消息,尚留微命作诗僧。"

七

"山斋饭罢浑无事,满钵擎来尽落花。"此境不足为外人道矣。

八

余年十七,住虎山法云寺。小楼三楹,朝云推窗,暮雨卷帘,有泉,有茶,有笋,有芋。师傅居羊城,频遣师兄馈余糖果、糕饼甚丰。嘱余端居静摄,毋事参方。后辞师东行,五载,师傅圆寂,师兄不审行脚何方,剩余东飘西荡,匆匆八年矣。偶与燕君言之,不觉泪下。

九

"艳女皆妒色,静女独检踪。任礼耻任妆,嫁德不嫁容。君子易求聘,小人难自从。此志谁与谅?琴弦幽韵重。"此孟郊《静女吟》也。今也吾国长妇姹女,皆竞侈邪,又奚望其有反朴还淳之日哉!

一〇

昔人卖子句云:"生汝如雏凤,年荒值几钱?此行须珍重,不比阿娘边。"又女致母诗云:"挑灯含泪叠云笺,万里缄封寄可怜。为问生身亲阿母,卖儿还剩几多钱?"二诗音节哀亮,不忍卒读。昔陶渊明遣一仆与其子,兼作书诫其子曰:"此亦人子,须善遇之。"所谓"不独亲其亲,不独子其子"也。记朱九江先生绝句云:"新茶煮就手亲擎,小婢酣眠未忍惊。记否去年扶病夜,泪痕和药可怜生?"风致洒然。

一一

明末有《童谣》曰:"职方贱如狗,都督满街走。"不图今日沪上所见,亦复如是。

一二

兵所以卫民,于此土反为民害,真不详之物也。力田《今乐府》有《梳篦谣》曰:"东家抱儿窜,西家挈妇奔。贼来犹可活,兵来愁杀人!况闻府帖下,大调土司兵。此物贪且残,千里无居民。掠人持作羹,析屋持作薪。莫言少为贵,国威尝见轻,无功害尚小,有功忧更深。问谁作俑者?必有林中丞。萧条夔子国,城郭为荆榛。贼如梳,兵如篦。猓猁来,更如剃。保宁贼未除,霸州贼又炽。买马须快剑须利,从今作贼无反计。"读之令人扼腕抚膺。

一三

十二月望日行抵摩梨山,古寺黄梅,岁云暮矣。翌晨遇智周禅师于灶下,相对无言,但笑耳。师与余同受海云大戒,工近体,俱幽忆怨断之音。寺壁有迦留陀夷尊者画相。是章侯真迹。

一四

张娟娟偶于席上书绝句云:"维摩居士太猖狂,天女何来散妙香!自笑神心如枯木,花枝相伴也无妨。"娟娟语余:"是敬安和尚作。"余曰:"和尚一时兴致之语,非学吞针罗什。"敬安和尚即寄禅,有《八指头陀集》。

一五

黄仲则"如此星辰非昨夜,为谁风露立中宵?"是想少情多人语。泰西学子言:"西人以智性识物,东人以感情悟物。"

一六

山寺中北风甚烈,读《放翁集》,泪痕满纸,令人心恻。最爱其"衣上征尘杂酒痕,远游无处不销魂。此身合是诗人未?细雨骑驴入剑门"一绝。尝作《剑门图》悬壁间,翌日被香客窃去。

一七

十一月十七日病卧禾氏垣精舍,仁山老檀越为余言秦淮马湘兰证果事甚详。近人但优作裙带中语,而不知彼姝生天成佛也。

一八

南雷有言:"人而不甘寂寞,何事不可为"、"笼鸡有食汤刀近,野鹤无粮天地宽"二语,特为今之名士痛下针砭耳。

一九

苏格兰雪特君为余言:"欧人有礼仪之接吻(Conventional Kiss),有情爱之接吻(Emotionsal Kiss)。"

二〇

《旧约全书》,在纪元前四百五十八年及四百五十年间伊萨罗氏所辑,千四百八十八年意大利始刊行《希布罗经典全集》。

二一

穆罕默德(原译玛哈默德)本麦加产,少时家贫,佣于嫠妇赫蒂彻(原译开池育)家。开氏敬其为人正直无私,遂嫁之,因而得广交游。至埃及、叙利亚等地,受犹太、基督两教感化。归而隐退山中,住心观净,至四十岁始下山,自立一教曰伊斯兰(原译于思兰)。伊斯兰者,此云"随顺"。倡宇宙一神论,著《可兰经典》。

二二

春序将谢,细雨帘纤,展诵《拜伦集》(原译《裴轮集》):"What is wealth to me? –it may pass in an hour",即少陵"富贵于我如浮云"句也。"Comprehened, for without transformation, Men become wolves on any slight occason",即靖节"多谢诸少年,相知不忠厚,意气倾人命,离隔复何有"句也。"As those who dote on odurs pluck the flowers, and place them on their breast, but place to die",即李嘉佑"花间昔日黄鹂啭,妾向青楼已生怨,花落黄鹂不复来,妾老君心亦应变"句也。末二截词直怨深,十方同感。

二三

金堡祝发后,住吾粤丹霞寺,著有《偏行堂集》、《临清诗》等。昔余行脚至红梅驿破寺龛傍,见手抄《澹归和尚诗词》三卷,心窃爱之,想是行客暂为寄存,余不敢携去。犹记其《贻吴梅村》一律,大义凛然,想见其为人矣。诗曰:"十郡名贤请自思,座中若个是男儿?鼎湖难挽龙髯日,鸳水争持牛耳时,哭尽冬青徒有泪,歌残凝碧竟无诗。故陵麦饭谁浇取?赢得空堂酒满卮。"读此,当日名贤,可知也已。

二四

朱舜水墓,在日本茨城县久慈郡瑞龙山上。舜水没数年,有张斐者,慕舜水高义，追踪而至，为文以祭之。斐字非文，著有《莽苍园文稿》，水藩梓以行世。后太炎重为排比，始得流转中土。今日人已将《舜水全集》刊行，所谓饮水思源者也。忆舜水五古一首云："九州如瓦解，忠信苟偷生。受诏蒙尘际，晦迹到东瀛。回天谋未就，长星夜夜明。单身寄孤岛，抱节比田横。已闻鼎命革，西望独吞声。"其当日眷怀君国之志，郁而不申，可哀也已。

二五

日人称人曰"某样"，犹"某君"也。此音本西藏语，日人不知也。

二六

相传达磨至震旦，初入南海，有士人捧《四书》进。达磨不识华文，但以鼻嗅之，旋曰："亦诚善哉，直是非而已。"

二七

余尝托晦闻倩如居士刊石印一方，文曰："我本将心向明月，谁知明月照沟渠。"燕君谓我结习未忘。燕君者，通州沈一梅，方正之士也，肄业美国惠斯康新大学。

二八

海园，湘南曹氏子，天赋诗才，不幸短命。十四岁工艳体，有仙气，非寿征。十九岁牧牛村外，失足溺死。余仅忆其："滴翠满身弹竹露，落红双屐印苔泥"、"乐谱暗翻《金缕曲》,食单亲检水晶糖"数句而已。

二九

日本"尺八",状类中土洞箫,闻传自金人。其曲有名《春雨》,阴深凄惘。余《春雨》绝句云:"春雨楼头尺八箫,何时归看浙江潮?芒鞋破钵无人识,踏过樱花第几桥?"

三〇

赵百先少有澄清天下之志,余教习江南陆军小学堂时,百先为新军第三标标统,始与相识,余叹为将才也。每次过从,必命兵士携壶购板鸭黄酒。百先豪于饮,余亦雄于食,既醉,则按剑高歌于风吹细柳之下,或相与驰骋于龙蟠虎踞之间,至乐也。别后作画,请刘三为题定庵绝句赠之曰:"绝域从军计惘然,东南幽恨满词笺。一箫一剑平生意,负尽狂名十五年。"

三一

梵语"比多"云"父","莽多"云"母","婆罗多"云"兄弟","先谛罗"云"石女","末陀"云"蒲桃酒","摩利迦"云"次第花",以及东印度人呼"水"曰"鬱特",与英吉利音义并同之语甚多。拉丁出自希腊,希腊导源于"散斯克烈多"(Sanskrit),非虚语也。

三二

刘三工诗善饮，余东居，画《文姬图》寄之。病禅为余题飞卿句云："红泪文姬洛水春，白头苏武天山雪。"刘三以六言三章见答，其一云："白头天山苏武，红泪洛水文姬，喜汝玉关深入，将安阗此胡儿？"其二云："东瀛吹箫乞者，笠子压到眉梢。记得临觞呜咽，匆匆三日魂销。"其三云："'支那'音非'秦'转，先见《婆罗多诗》。和尚而定国号，国无人焉可知！"又贻余绝句云："早岁耽禅见性真，江山故宅独怆神。担经忽作图南计，白马投荒第二人。"时余有印度之行也。

三三

英吉利语与华言音义并同者甚众，康奈尔大学教授某君欲汇而成书，余亦记得数言以献，如"费"曰"Fee"，"诉"曰"Sue"，"拖"曰"Tow"，"理性"曰"Reason"，"路"曰"Road"，"时辰"曰"Season"，"丝"曰"Silk"，"爸爸"曰"Papa"，"爹爹"曰"Daddy"，"妈妈"曰"Mamma"，"簿"曰"Book"，"香"曰"Scent"，"圣"曰"Saint"，"君"曰"King"，"蜜"曰"Mead"，"麦"曰"Malt"，"芒果"曰"Mango"，"祸"曰"Woe"，"先时"曰"Since"，"皮"曰"Peel"，"鹿"曰"Roe"，"夸"曰"Quack"，"诺"曰"Nod"，"礼"曰"Rite"，"赔"曰"Pay"，而外，鸡鸣犬吠，均属谐声，无论矣。

三四

张宪《崖山行》云:"三宫衔璧国步绝,烛天炎火随风灭,间关海道续萤光,力战崖山犹一决。"余恒诵之。曩作《崖山奇石壁图》,太炎为录陈元孝诗曰:"山木萧萧风更吹,两崖云雨至今悲。一声杜宇啼荒殿,十载愁人拜古祠。海水有门分上下,江山无地限华夷。停舟我亦艰难日,愧向苍苔读旧碑。"风人之旨,令人黯然。

三五

崇正末年,流寇信急,上日夜忧勤。一夕,遣内臣易服出禁,探听民间消息。遇一测字者,因举一"友"字询之。测字者问:"何事?"曰:"国事。"测字者曰:"不佳,反贼早出头矣。"急改口曰:"非此'友'字,乃'有'字。"曰:"更不佳,大明已去其半矣。"又改口曰:"非也,申酉之'酉'耳。"曰:"愈不佳,天子为至尊,至尊已斩头截脚矣。"内臣咋舌而还。

三六

曩羁秣陵,李道人为余书泥金扇面曰:"文殊师利白佛言:'世尊,何故名般若波罗蜜?'佛言'般若波罗蜜'"二十四字,并引齐经生及唐人书经事。余许道人一画,于今十载,尚未报命,以余画本无成法故耳。

三七

草堂寺维那，一日叩余曰："披剃以来，奚为多忧生之叹耶？"曰："虽今出家，以情求道，是以忧耳。"

三八

Spenserian Verse，译云："冒头短章"。古代希腊、拉丁诗家优为之，亦犹梵籍发凡之颂也。

三九

"偈"即梵音"伽陀"，又云"偈陀"，唐言"颂"，译云"孤起"。《妙玄》云："不重颂名'孤起'，亦曰'讽颂'。"姚秦鸠摩罗什有《赠沙门法和十偈》，唐人多效之。

四〇

阿耨窣睹婆，或输卢迦波，天竺但数字满三十二即为一偈。号阿耨窣睹婆偈。"蕴驮南"者，此云"集施颂"，谓以少言摄集多义，施他诵持。

四一

楼子师不知何许人，亦不知其名氏，一日偶经游街市，于酒楼下整袜带次，闻楼上某校书唱曲云："汝既无情我便休。"忽然大悟。因号"楼子"焉。

四二

余至中印度时，偕二三法侣居芒碣山寺。山中多果树，余每日摘鲜果五六十枚啖之。将及一月，私心窃喜，谓今后吾可不食人间烟火矣。惟是六日一方便，便时极苦，后得痢疾。乃知去道尚远，机缘未至耳。

四三

缅人恶俗极多，有种族号曰"浸"，居于僻野之山社。凡遇其父母年岁老者，筑台一座甚高，恭请老人登其上，而社中幼壮男女相率而歌舞于台下，老人从台上和之，至老人乐极生狂，忘其在台上歌舞，跌下身死，则以火焚葬之，谓老人得天神之召，为莫大之荣幸云。

四四

桐城方氏维仪，年十七，寡居，教其侄以智，俨如人师，君子尚其志焉。其五律一章云："孤幼归宁养，双亲丧老年。衰容如断柳，薄命似浮烟。诗调凄霜鬓，琴心咽冻天。萧萧居旧馆，错记是从前。"想见其遭时多难也。

四五

《佛国记》：耶婆堤，即今爪哇。万历时华人至爪哇通商者已众，出入俱用元通钱，利息甚厚。而今日华侨人口已达八十余万，自生自灭，竟不识祖国在何方向。

四六

末里洞有人造石山高数十丈，千余年物耳。其中千龛万洞，洞有石佛，迂回曲折，层出无穷。细瞻所刻石像较灵隐寺飞来峰犹为精美。询之土人，云此石山系华人所造。日口惹水城为南洲奇迹，亦中土人所建。黄子肃芳约余往游，以病未果也。

四七

土人称荷兰人曰"敦"，犹言"主"也。华人亦妄效呼之，且习土人劣俗。华人土生者曰"哗哗"，来自中土者曰"新客"。

四八

梭罗为首都，其酋居焉，酋出必以夜，喜以生花缀其身，画眉傅粉，侍从甚盛，复有弓箭手。酋子性挥霍，嗜博饮，妻妾以数十，喜策肥马出行，傅粉涂脂，峨峨云髻，状若好女焉。酋之嫔妾，皆席地卧起，得幸而有孕者，始得赐以床褥。宫人每日给俸若干，使自操井臼。宫中见酋，无论男女，皆裸上体，匍匐而前，酋每一语毕，受命者必合掌礼拜，退时亦蛇行也。

四九

余巡游南洲诸岛，匆匆二岁，所闻皆非所愿闻之事，所见皆非所愿见之人。茫茫天海，渺渺余怀。太炎以素书兼其新作《秋夜》一章见寄，谓居士深于忧患；及余归至海上，居士方持节临边，意殊自得矣。

五〇

塞典堡植物园，其宏富为环球第一。有书藏，藏书二十余万，均是西籍。余以《大乘起信论》寄之。

五一

自巴厘巴板（原译巴利八版）出石叻，途次多悲感，晦闻见寄七律，温柔敦厚，可与山谷诗并读。诗云："四载离惊感索居，似君南渡又年余。未遗踪迹人间世，稍慰平安海外书。向晚梅花才数点，当头明月满前除。绝胜风景怀人地，回首江楼却不如。"后一年，余经广州，留广雅书院，一醉而去。抵日本，居士复追赠一律云："五年别去惊初见，一醉殊辜万里来。春事阴晴到寒食，故人风雨满离杯。拈花众里吾多负，取钵人间子未回。自有深深无量意，岂堪清浅说蓬莱！"居士有蒹葭楼，余作《风絮美人图》寄之。

五二

印度气候本分三季：热季，雨季，凉季。昔者文人好事，更分二阅月为一季，岁共六季：曰"伐散多"为春季，曰"佉离斯磨"为夏季，曰"缚舍"为雨季，曰"萨罗陀"为秋季，曰"诃伊漫多"为冬季，曰"嘶嘶逻"为露季。

五三

印度"Mahabrata"、"Ramayana"两篇，闳丽渊雅，为长篇叙事诗，欧洲治文学者视为鸿宝，犹"Iliad"、"Odyssey"二篇之于希腊也。此土向无译述，唯《华严疏钞》中有云：《婆罗多书》、《罗摩延书》，是其名称。二诗于欧土早有译本，《婆罗多书》以梵土哆君所译最当，英儒马格斯牟勒（Max Muller）序而行之，有见虎一文之咏。

五四

迦梨陀娑（Kalidasa，原译迦梨达舍），梵土诗圣也，英吉利骚坛推之为天竺"莎士比亚"（原译沙士比尔）。读其剧曲《沙恭达罗》（"Sakoontala"，原译《沙君达罗》），可以觇其流露矣。

五五

《沙恭达罗》（原译《沙君达罗》），英文译本有二：一、William Jones 译；一、Monier Monier-Williams 译。犹《起信论》有梁、唐二译也。

五六

《摩诃婆罗多》、《罗摩延》二篇，成于吾国商时。篇中已有"支那"国号，近人妄谓"支那"为"秦"字转音，岂其然乎！

五七

印度古代诗人好以莲花喻所欢，犹苏格兰诗人之"Red Red Rose"，余译为《袜袜赤蔷薇》五古一首，载《潮音集》。

波斯昔时才子盛以蔷薇代意中人云。

五八

"涉江采芙蓉"，"芙蓉"当译 Lotus，或曰 Water lily，非也。英人每译作 Hibiscus，成木芙蓉矣！木芙蓉梵音"钵磨波帝"，日中王夫人取此花为小名。

五九

中土莲花仅红、白二色，产印度者，金、黄、蓝、紫诸色俱备，唯粉白者昼开夜合，花瓣可餐。诸花较中土产大数倍，有异香，《经》云"芬陀利花"是已。

梵语，人间红莲花之上者曰"波昙"。

六〇

梵土古代诗人恒言："手热证痴情中沸。"莎士比亚（原译沙士比尔）亦有句云："Give me your hand:this hand is moist, my lady.Hot, hot, and moist."（见"Othello, Act Ⅲ, Scene4"）

六一

伽摩（Kama）者，印度情爱天尊，貌极端美，额上有金书，字迹不可辨。手持弓，以蔗干为之，蜜蜂联比而成弦。又持五矢，矢尖饰以同心花，谓得从五觉贯入心坎。腰间系囊二，用麻布制之，实以凌零香屑。其旗画海妖状，相传天尊曾镇海妖云。余随婆罗门大德行次摩俱罗山，于散陀那古庙得瞻礼一通。散陀那者，译言"流花"。

六二

秦淮青溪上有张丽华小祠，不知何代初建，至今圮迹犹存。新城王士禛有诗云："璧月依然琼树枯，玉容犹似忆黄奴。过江青盖无消息，寂寞青溪伴小姑。"二十八字，可称吊古杰作。《后庭花》唱乐，天下事已非，当年风景，亦祸苍生之尤者耳。

女杰郭耳缦

1903年秋,曼殊在苏州任教,得悉挚友陈仲甫(独秀)在上海办《国民日日报》,即辞教前往该报任英文翻译,乃将年前在日本搜集到有关郭耳缦的资料,撰写成此文。

郭耳缦——Emma Goldman(1869至1940),国际无政府主义者。生于俄国立陶宛,在圣彼得堡长大。十七岁赴美国,在纽约州罗彻斯特市当工人。后前往康涅狄格州新港与纽约市,结识无政府主义者,从事宣传活动,曾坐牢多次。第一次世界大战后返国,因不满政府而转去英国。死于加拿大多伦多市。

女杰与无政府党

咄!咄!!咄!!!北美合众国大统领麦金莱(原译麦坚尼),于西历一千九百零一年九月十四日被枣高士刺毙于纽约(原译纽育)博览会。捕缚之后，受裁判。枣高士声言："行刺之由，乃听无政府党巨魁郭耳缦女杰之演说，有所感愤，决意杀大统领者也。"

当局者下捕郭耳缦女杰之令，追寻四日，竟由无政府党员西脑李斯之住宅就缚。

女杰之素行

郭耳缦年三十二，生于俄京圣彼得堡。当十六年前，姐妹偕至美国，定居于罗彻斯特（原译洛旗斯达）。身在中流社会，常寄同情于不幸之贫民，被种种不正裁判事件所驱，竟投身于无政府党，以鼓吹该党之主义为生涯。

女杰与枣高士之关系

郭耳缦与枣高士无深交，彼此仅面会一次，亲与谈话亦不过片刻之间耳。五月中旬，郭耳缦在克利夫兰（原译库黎乌兰）市开讲演会二次。时枣高士临会，听其议论，雄心勃勃，谋杀大统领之机已动于此。政府指女杰为暗杀之教唆者，非偶然也。

女杰之气焰

郭耳缦曰："无政府党员，非必须嗾使枣高士加凶行于大统领也。大统领何人？自无政府党之眼视之，不过一最无学无用之长物已耳！有何所尊崇？然则无政府党亦何为而必加刃于此无用之长物也耶？当世之人，于大统领之被杀也，亦非常惊扰，此诚妾所不解者。妾无政府党员也，社会学者也。无政府党之主义，在破坏社会现在之恶组织，在教育个人，断非持利用暴力之主义者。妾之对于该犯人之所为，毫不负其责任，因该犯人依自己之见解而加害于大统领。若直以妾为其教唆者，则未免过当也。该犯人久苦逆境，深恶资本家之压抑贫民，失望之极，又大受刺击，由万种悲愤中，大发其拯救同胞之志愿者耳。"

狱中之女杰

斯时也，女杰拘留狱中，意气轩昂，毫无挫折。遥见铁窗之外，哀吊大统领之半旗飘然高树于街头，女杰冷然叹曰："大统领死，是奚足怪？人皆有必死之运命，王侯、贵族、劳动者，何所区别耶？麦金莱之死也，市民皆为之惜，为之悲，何为乎？特以其为大统领故，而追悼之耶？吾宁深悼。夫市井间可怜劳动者之死也！"其卓见如此。女杰后卒放免，而枣高士遂定罪。

英皇之警戒

英皇爱德华（原译爱德威尔）七世，因此深为之惧。日夜孜孜严加警戒，常使数名微服警官卫护身边，如秦始皇也者。噫！皇帝，皇帝，诚可怜矣！

各国无政府党之响应

是时各国之无政府党人，云起响应，如某宝玉商与法人富塞伦氏论南非洲之惨状，而归咎于英国殖民大臣张伯伦。宝玉商遂嗾富氏刺杀张伯伦，而富氏不允诺。宝玉商怒甚，即在地上执起铁棒，将富氏击毙，此宝玉商固有名之社会党员也。同日又有加拿大警电，云英国皇太子巡游殖民地之时，有无政府党员，抱暗杀之目的，同到市中，后市长知之，严为防护乃免。千八百九十八年九月一日，奥、匈国皇后伊莉莎白（原译以利沙伯托），正徒步游览于瑞士（原译瑞西）国日内瓦（原译更富市）间，忽被二十五岁之工人所诛。是非无政府党员意大利路易基尔秦之所为乎？又千九百年七月二十九日，意帝洪伯尔特一世（原译夫母陪尔德一世）由罗马市郊外蒙萨村之归途，殪于凶人之手。是非无政府党员意大利人布列西之所为乎？又千九百〇一年三月六日，德皇威廉第二世赴不来梅（布内门）市之火车站，途中遇一工人，持铁袭来，帝乃负伤。又千九百〇二年十一月十五日，比利时今皇李奥波尔德（原译雷阿活尔）第二世尝受短铳弹丸，幸负微伤。是非无政府党员意大利人夫尔诺之所为乎？——继此风云，尚不知其何所极也！

呜呼广东人

曼殊在上海《国民日日报》社任英文翻译时，忆及某些广东人的媚外丑行，十分愤慨，于草下《敬告广东留学生》的同时，撰写此文，予以衍责。

吾悲来而血满襟，吾几握管而不能下矣！

吾闻之：外国人与外省人说："中国不亡则已，一亡必亡于广东人手。"我想这般说，我广东人何其这样该死？岂我广东人生来就是这般亡国之种么？我想中国二十一行省，风气开得最早者，莫如我广东。何也？我广东滨于海，交通最利便。中外通商以来，我广东人于商业上最是狡猾。华洋杂处，把几分国粹的性质，淘溶下来，所以大大地博了一个开通的名气。这个名气，还是我广东的福，还是我广东的祸呢？咳，据我看来，一定是我广东绝大的祸根了！何也？"开通"二字，是要晓得祖国的危亡，外力的危迫，我们必要看外国内国的情势，外种内种逼处的情形，然后认定我的位置。无论其手段如何，"根本"二字，万万是逃不过，断没有无根本的树子可以发生枝叶的。依这讲来，印在我广东人身上又是个什么样儿？我看我广东人开通的方门，倒也很多。从维新的志士算起，算到细崽洋奴，我广东人够得上讲"开通"二字者，少讲些约有人数三分之一，各省的程度，实在比较不来。然而我广东开通的人虽有这样儿多，其实说并没有一个人也不为过，何也？我广东人有天然媚外的性质，看见了洋人，就是父爷天祖，也没有这样巴结。所以我广东的细崽洋奴，独甲他省，我讲一件故事，给诸位听听：香港英人，曾经倡立维多利亚纪念碑，并募恤南非战事之死者二事，而我广东人相率捐款，皆数十万，比英人自捐的还多数倍。若是遇了内地的什么急事，他便如秦人视越人的肥瘠，毫不关心。所以这样的人，已经不是我广东人了！咳！那晓得更奇呢！我们看他不像是广东人，他偏不愿做广东人，把自己祖国神圣的子孙弃吊，去摇尾乞怜，当那大英大法等国的奴隶，并且仗着自己是大英大法等国奴隶，来欺虐自己祖国神圣的子孙。你看这种人于广东有福？于广东有祸？我今有一言正告我广东人曰："中国不亡则已，一亡必先我广东；我广东不亡则已，一亡必亡在这班入归化籍的贱人手里。"

于今开通的人讲自由，自思想言论自由，以至通商自由，信教自由，却从没有人讲过入籍自由，因为这国籍是不可紊乱的。你们把自己的祖宗不要，以别人之祖宗为祖宗，你看这种人还讲什么同胞？讲什么爱国？既为张氏的子孙，便可为李氏的子孙。倘我中国都像我广东，我想地球面皮上，容不着许多惯门归化的人。呜呼我广东！呜呼我广东！这是我广东人开通的好结果！这是我广东人开通的好结果。

我久居日本，每闻我广东人入日本籍者，年多一年。且日本收归化顺民，须富商积有资财者，方准其入归化籍。故我广东人，旅居横滨、神户、长崎、大阪等处，以商起家者，皆入日本籍，以求其保护，而诳骗欺虐吾同胞。东洋如此，西洋更可想见。呜呼！各国以商而亡人国，我国以商而先亡己国！你看我中国尚可为吗？你看我广东人的罪尚可逭吗？吾思及此。

吾悲来而血满襟，吾几握管而不能下矣！

海哥美尔氏名画赞

　　1907年夏，曼殊在日本东京协助刘师培、何震夫妇办《天义》杂志，除不断绘画供刊登外，还介绍外国名画。此篇题赞介绍的是19世纪英国著名画家海哥美尔反映劳苦大众生活和斗争的作品《同盟罢工》的画面、创作意图和观者感受。

　　此劳动者同盟罢工时，室人憔悴，幼子啼饥之状也。英国海哥美尔氏，悲愍贫人而作是图，令阅者感愤无已，岂独画翁之画云尔哉！

曼　殊

露伊斯·美索尔遗像赞

1906年秋,曼殊住上海爱国女校,得到英国画家祖梨所绘的露伊斯·美索尔像的照片,十分景仰。翌年,题上此《赞》,表明心迹。

露伊斯·美索尔——Louise Michel(1830至1905),法国无政府主义者。母为贵族女仆,与少主私通而生,从母姓,由祖父抚养长大,受良好教育。先去巴黎艺术家聚居地区任教师,热心慈善事业及革命活动。因参加人民公社被捕入狱。释放后继续到各地宣传革命,鼓吹暴动。病死于马赛。

丙午秋,余归至沪渎,寒风萧瑟,落叶打肩,偶于故纸堆中,得英人祖梨手绘露伊斯·美索尔像,英姿活现,想见婆心,慕恋之诚,其何能已?旁系辞曰:

Louise Michel was really a kind-hearted woman, who only dreamed of bettering humannity。Personally she would not have harmed a fly。

　　美氏生平事业，已见《天义》第二卷，嗟，嗟！极目尘球，四生惨苦，谁能复起作大船师如美氏者耶？友人诗云："众生一日不成佛，我梦中宵有泪痕。"

曼殊志

南洋话

1912年春，曼殊从爪哇返至上海，应聘于《太平洋报》社任笔政。他在爪哇亲眼目睹荷兰殖民统治者欺侮、压迫爪哇华人，于是愤然撰此文刊于报上，予以揭露，并呼吁刚成立的中华民国政府通过外交途径，切实维护当地华人的权益。

南洋话，"话南洋"的倒装。南洋，南洋群岛。此指爪哇。

衲南巡爪哇二次，目击吾邦父老苦荷人苛法久。爪哇者，即《佛国记》所云耶婆堤是。法显纤道经此时，黄人足迹尚未至也。唐、宋以后，我先人以一往无前之概，航海而南，餐风宿雨，辟有蛮荒。迄万历时，华人往前通商者始众，出入俱用元通钱，利息甚厚。乃至今日，华侨人数，即爪哇一岛而论，即达三十余万，蔚为大国矣。谁知荷人蚕食南洋三百年来，以怨报德，利我华人不识不知，施以重重压制。红河之役，复糜吾先人血肉殆尽。今虽子孙不肖，犹未付之淡忘。乃开春中华民国甫成，而荷兰又以淫威戮我华胄，辱我国旗。呜呼，荷兰者，真吾国人九世之仇也！今者当道群公，已与荷政府办严重交涉，固吾新国韹地啼声，应该一试。唯衲更有愿望于群公者，即非废却一切苛法则弗休也。后此当重订商约，遣舰游弋，护卫商民；分派学人，强迫教育，使卖菜佣俱有六朝烟水气，则人谁其侮我者！

爪哇野老尝为衲言："昔千余年前，华人缔造末里洞石佛山，工竣，临行，土人依依弗忍遽别，问我华人：'何时复返？'我华人答之曰：'后此当有白奴儿来此，替我经营，我返当以铁为路识之。'"今铁道刚筑至该地，宁非华侨业尽福生之朕耶！

冯春航谈

　　1912年4月18日，曼殊应柳亚子之邀去观看艺人冯春航表演，见其演艺大进，十分感动，乃撰此文。

　　冯春航，名旭初，字子和，江苏吴县人。民初上海著名京剧演员，善串青衫、花旦，深受柳亚子等赞赏。

　　前夕，亚子要衲往观《血泪碑》一剧。观毕，衲感喟无已。春航所唱西曲，节奏过促，只宜于 Meet me by moon light 之调。又春航数年前所唱西曲，无如今日之美满，实觉竿头日进，剧界前途，大有望于斯人云。

　　忆曩日观《九袭衣》一剧，衲始而吁口戏，继而泪潸潸下透罗巾矣。人谓衲天生情种，实则别有伤心之处耳。

华洋义赈会观

　　1912年5月，曼殊自东京返至上海，即往张园采访一个由中外人士合办的义赈会，将观感写成此文。

　　昨日午后三时，张园开华洋义赈会，衲往参观。红男绿女，极形踊跃，足征中外众善之慈祥，衲当为苍生重复顶礼，以谢善男善女之隆情盛意也。唯有一事，所见吾女国民，多有奇特装束，殊自得意，以为如此则文明矣。衲敬语诸女同胞，此后勿徒效高乳细腰之俗，当以"静女嫁德不嫁容"之语为镜台格言，则可耳。

讨袁宣言

1913年7月,孙中山发动"二次革命",讨袁声势十分高涨,江苏、安徽、广东、福建、上海等省市纷纷宣告独立。面对此热潮,曼殊异常激动,即以佛教界名义,撰出此文。

昔者,希腊独立战争时,英吉利诗人拜伦投身戎行以助之,为诗以励之,复从而吊之曰:

Greece! Change thy lords, thy state is still the same;Thy glorious day is o'er, but not thy years of shame。

呜呼!衲等临瞻故园,可胜怆恻!

自民国创造,独夫袁氏作孽作恶,迄今一年。擅屠操刀,杀人如草;幽、蓟冤鬼,无帝可诉。诸生平等。杀人者抵;人讨未申,天殛不逭。况辱国失地,蒙边夷亡;四维不张,奸回充斥。上穷碧落,下极黄泉;

新造共和，固不知今真安在也？独夫祸心愈固，天道愈晦；雷霆之威，震震斯发。普国以内，同起伐罪之师。

衲等虽托身世外，然宗国兴亡，岂无责耶？今直告尔：甘为元凶，不恤兵连祸结，涂炭生灵，即衲等虽以言善习静为怀，亦将起而褫尔之魄！尔谛听之。

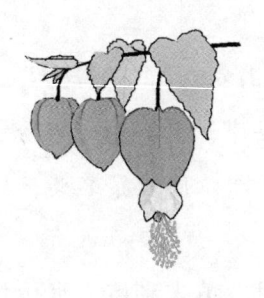

碧伽女郎传

1916年夏，曼殊在上海得到一幅德国邮片，上有一女郎肖像。曼殊便与杨沧白、叶楚伧开玩笑，当作真有其人，请二人赋诗，自己则串缀成此文。

碧伽女郎，德意志产。父为一乡祭酒，其母国色也。幼通拉丁文。及长，姿度美秀，纤腰能舞。年十五，避乱至圣约克。邻居有一勋爵，老矣，悯其流落可叹，以二女一子师事之，时于灯下，弦轸自放。自云："安命观化，不欲求知于人。"和尚闻之，欲观其人，乃曰："天生此才，在于女子，非寿征也！"

蜀山父绝句云：

子夜歌残玉漏赊，春明梦醒即天涯。
岂知海外森林族，犹有人间豆蔻花！

白傅情怀，令人凄恻耳！

　　细雨高楼春去矣，围炉无语画寒灰。
　　天公无故乱人意，一树桃花带雪开。

碧伽女郎濒死幸生，程明经乃以歪诗题其小影。嗟乎！不幸而为女子，复蒙不事之名。吾知碧伽终为吾国比干剖心而不悔耳！

四月二十一日

文学精品选

苏曼殊精品选

小说

断鸿零雁记

百越有金瓯山者,滨海之南,巍然矗立。每值天朗无云,山麓葱翠间,红瓦鳞鳞,隐约可辨,盖海云古刹在焉。相传宋亡之际,陆秀夫既抱幼帝殉国崖山,有遗老遁迹于斯,祝发为僧,昼夜向天呼号,冀招大行皇帝之灵。故至今日,遥望山岭,云气葱郁;或时闻潮水悲嘶,尤使人欷歔凭吊,不堪回首。今吾述刹中宝盖金幢,俱为古物。池流清净,松柏蔚然。住僧数十,威仪齐肃,器钵无声。岁岁经冬传戒,顾入山求戒者寥寥,以是山羊肠峻险,登之殊艰故也。

一日凌晨,钟声徐发,余倚刹角危楼,看天际沙鸥明灭。

是时已入冬令,海风逼人于千里之外。读吾书者识之,此日为余三戒俱足之日。计余居此,忽忽三旬,今日可下山面吾师。后此扫叶焚香,送我流年,亦复何憾!如是思维,不觉堕泪,叹曰:"人皆谓我无母,我岂真无母耶?否否。余自养父见背,虽茕茕一身,然常于风动树梢,零雨连绵,百静之中,隐约微闻慈母唤我之声。顾声从何来,余心且不自明,恒结轖凝想耳。"继又叹曰:"吾母生我,胡弗使我一见?亦知儿身世飘零，至于斯极耶？"

此时晴波旷邈，光景奇丽。余遂披袈裟，随同戒者三十六人，双手捧香鱼贯而行。升大殿已，鹄立左右。四山长老云集。《香赞》既阕，万籁无声。少选，有尊证阇黎以悲紧之音唱曰："求戒行人，向天三拜，以报父母养育之恩。"

余斯时泪如缏縻，莫能仰视，同戒者亦哽咽不能止。既而礼毕，诸长老一一来相劝勉曰："善哉大德，慧根深厚，愿力壮严。此去谨侍亲师，异日灵山会上，拈花相笑。"

余聆其音，慈悲哀愍，遂顶礼受牒，收泪拜辞诸长老，徐徐下山。夹道枯柯，已无宿叶，悲凉境地，惟见樵夫出没，然彼焉知方外之人，亦有难言之恫？此章为吾书发凡，均纪实也。

余既辞海云寺，即驻荒村静室，经行侍师而外，日以泪珠拭面耳。吾师视余年幼，固已怜之。顾吾师虽慈蔼，不足以杀吾悲。读者试思，余殆极人世之至戚者矣！

一日，余以师命下乡化米，量之可十余斤，负之行，思觅投宿之所，忽有强者自远而来，将余米囊夺去。余付之一叹。尔时天已薄暮，彳亍独行，至海边，已不辨道路。徘徊久之，就沙滩小憩，而骇浪遽起，四顾昏黑。余踌躇间，遥见海面火光如豆，知有渔舟经此，遂疾声呼曰："请渔翁来，余欲渡耳。"

已而火光渐大，知舟已迎面至，余心殊慰。未几，舟果傍岸，渔人询余何往。曰："余为波罗村寺僧，今失道至此，幸翁助我。"

渔人摇手曰："乌，是何言！余舟将以捕鱼易利，安能载尔贫僧？"言毕，登舟驶去。

余莫审所适，怅然涕下。忽耳畔微闻犬吠声，余念是间殆有村落，遂循草径行。渐前，有古庙，就之，中悬渔灯，余入，蜷卧石上。俄闻户外足音，余整衣起，瞥见一童子匆匆入。余曰："小子何之？"童子手持竹笼数事示余曰:"吾操业至劳,夜已深矣,吾犹匿颓垣败壁,或幽岩密菁间,类偷儿行径者,盖为此唧唧者耳,不亦大可哀耶?"余曰:"少年英俊,胡为业此屑小事?"

童子太息曰:"吾家固有花圃,吾日间挑花以售富人,富人倍吝,故所入滋微,不足以养吾慈母。慈母老矣,试思吾为人子,安可勿尽心以娱其晚景?此吾所以不避艰辛,而兼业此。虽然,吾母尚不之知,否则亦尼吾如是。吾前日见庙侧有蟋蟀跨蜈蚣者,候此已两夜,尚未得也。天乎!使此微虫早落吾手,待邻村墟期,必得善价,当为慈母市羊裘一领,使老母虽于冬深之日,犹在春温。小子之心,如是慰矣。吾岂荒伧市侩,尽日孳孳爱钱而不爱命者耶?"

余聆小子言,不禁有所感触,泣然泪下。童子相余顶,从容曰:"敢问师奚为露宿于是?"

余视童貌甚庄肃,一一告以所遇。童子慨然曰:"师苦矣。寒舍尚有空阔,去此不远,请从我归,否则村人固凶恣,诬师为贼,且不堪也。"

余感此童诚实,诺之,遂行。俄入村,至一宅。童子辟扉,复自阖之,导余曲折度回廊。苑内百花,暗香沁鼻。既忽微闻老人语曰:"潮儿今日归何晚?"

余谛听之,奇哉,奇哉,此人声音也。乃至厅事,则赫然余乳媪在焉。

余礼乳媪既毕,悲喜交并。媪一一究吾行止,乃命余坐,谛视余面,即以手拊额,沉思久之,凄然曰:"伤哉,三郎也!设吾今日犹在彼家,即尔胡至沦入空界?计吾依夫人之侧,不过三年,为时虽短,然夫人以慈爱为怀,视我良厚。一别夫人,悠悠十数载,乃至于今,吾每饭犹能不忘夫人爱顾之心。

先是夫人行后,彼家人虽遇我恶薄,吾但顺受之,盖吾感夫人恩德,良不忍离三郎而去。追尔父执去世之时,吾中心戚戚,方谓三郎孤寒无依，欲驰书白夫人，使尔东归，离彼獠獠。讵料彼妇侦知，逢其蕴怒，即以藤鞭我。斯时吾亦不欲与之言人道矣！纵情挞已，即挼我归。"

媪言至此，声泪俱下。斯时余方寸悲惨已极，顾亦不知所以慰吾乳媪，惟泪涌如泉，相对无语。余忽心念乳媪以四十许人，触此愤悱，宁人所堪？遂强颜慰之曰："媪毋伤。媪育我今已成立。此恩此德，感戴何可言宣？余虽心冷空门，今兹幸逢吾媪，借通吾骨肉消息；否即碧落黄泉，无相见之日！

以此思之，不亦彼苍尚有灵耶？余在幼龄，恒知吾母尚存，第百思莫审居何许，且为谁氏。今吾媪所称夫人者，得非余生身阿母？奚为任我孑孑一身，飘摇危苦，都弗之问？媪试语我，以吾身世究如何者。"

媪既收泪，面余言曰："三郎居，吾语尔：吾为村人女，世居于斯，牧畜为业。既嫁，随吾夫子，日出而作，日入而息，其乐无极，宁识人间有是非忧患？村家夫妇，如水流年。吾三十，而吾夫子不幸短命死矣，仅遗稚子，即潮儿也。是后家计日困，平生亲友，咸视吾母子为路人。斯时吾始悟世变，怆然于中，四顾茫茫，其谁诉耶？

"一日，拾穗村边，忽有古装夫人，珊珊来至吾前，谓曰：'子似重有忧者？'因详叩吾况。吾一一答之，遂蒙夫人怜而招我，为三郎乳媪。古装夫人者，诚三郎生母，盖夫人为日本产，衣制悉从吾国古代。此吾见夫人后，始习闻之。

"'三郎'即夫人命尔名也。尝闻之夫人，尔呱呱坠地，无几月，即生父见背。尔生父宗郎，旧为江户名族，生平肝胆照人，为里党所推。后此夫人综览季世，渐入浇漓，思携尔托根上国；故掣尔身于父执为义子，使尔离绝岛民根性，冀尔长进为人中龙也。明知兹事有干国律，然慈母爱子之心，无所不至，乃亲自抱尔潜行来游吾国，侨居三年。忽一日，夫人诏我曰：'我东归矣，尔其珍重！'复手指三郎，凄声含泪曰：'是儿生也不辰，媪其善视之，吾必不忘尔赐。'语已，手书地址付余，嘱勿遗失。故吾今尚珍藏旧箧之中。

"当是时，吾感泣不置。夫人且赐我百金，顾今日此金虽尽，而吾感激之私，无能尽也。尤忆夫人束装之先一夕，一一为贮小影于尔果罐之中，衣箧之内，冀尔稍长，不忘见阿母容仪，用意至为凄恻。谁知夫人行后，彼家人悉检毁之。嗣后，夫人尝三致书于余，并寄我以金，均由彼妇收没。又以吾详知夫人身世，且深爱三郎，怒我固作是态，以形其寡德。怨毒之因，由斯而发。甚矣哉，人与猛兽，直一线之分耳！吾既见摈之后，彼即诡言夫人已葬鱼腹，故亲友邻舍，咸目尔为无母之儿，弗之闻问。迹彼肺肝，盖防尔长大，思归依阿娘耳。嗟乎！既取人子，复暴遇之，吾百思不解彼妇前生，是何毒物？苍天苍天！吾岂怨毒他人者哉？今为是言者，所以惩悍妇耳。尔父执为人诚实，恒念尔生父于彼有恩，视尔犹如己出。谁料尔父执辞世不旋踵，而彼妇初心顿变耶？至尔无知小子，受待之苛，莫可伦比。顾尔今亭亭玉立，别来无恙；吾亦老矣，不应对尔絮絮出之，以存忠厚。虽然，今丁未造，我在在行吾忠厚，人则在在居心陷我。此理互相消长。世态如斯，可胜浩叹！"吾媪言已，垂头太息。

少须，媪尚欲有言。斯时余满胸愁绪，波谲云诡。顾既审吾生母消息，不愿多询往事，更无暇自悲身世，遂从容启媪曰："今夜深矣，媪且安寝。余行将孑身以寻阿母，望吾媪千万勿过伤悲。天下事正复谁料？媪视我与潮儿，岂没世而名不称者耶？"

既而媪忽仰首，且抚余肩曰："伤哉，不图三郎羸瘠至于斯极！尔今须就寝，后此且住吾家，徐图东归，寻觅尔母。吾时时犹梦古装夫人，旁皇于东海之滨，盼三郎归也。三郎，尔尚有阿姊义妹，娇随娘侧，尔亦将闻阿娘唤尔之声。老身已矣，行将就木，弗克再会夫人，但愿苍苍者，必有以加庇夫人耳。"

翌晨，阳光灿烂，余思往事，历历犹在心头。读者试思，余昨宵乌能成寐？斯时郁伊无极，即起披衣出庐四瞩，柳瘦于骨，山容萧然矣。继今以后，余居乳媪家，日与潮儿弄艇投竿于荒江烟雨之中，或骑牛村外。幽恨万千，不自知其消散于晚风长笛间也。

一日薄暮，荒村风雪，萧萧彻骨。余与潮儿方自后山负薪以归。甫入门，见吾乳媪背炉兀坐，手缝旧衲，闻吾等声气，即仰首视余曰："劳哉小子！吾见尔滋慰。尔两人且歇，待我燃烛出鲜鱼热饭，偕尔晚膳。吾家去湖不远，鱼甚鲜美，价亦不昂，村居胜城市多矣。"

余与潮儿即将蓑笠除下，与媪共饭，为况乐甚。少选，饭罢，媪面余言曰："吾今日见三郎荷薪，心殊未忍。以尔羼躯，今后勿复如是。此粗重工夫，潮儿可为吾助。今吾为尔计，尔须静听吾言。吾家花圃，在三春佳日，群芳甚盛。今已冬深，明岁春归时，尔朝携花出售，日中即为我稍理亭苑可耳。花资虽薄，然吾能为尔积聚。迄二三年后，定能敷尔东归之费，舍此计无所出。三郎，尔意云何？"

余曰："善，均如媪言。"

媪续曰："三郎，尔先在江户固为公子，出必肥马轻裘，今兹暂作花佣，亦殊异事。虽然，尔异日东归，仍为千金之子，谁复呼尔为鬻花郎耶？"

余听至此，注视吾媪慈颜，一笑如春温焉。

岁月不居，春序忽至。余自是遵吾乳媪之命，每日凌晨作牧奴装，携花出售，每晨只经三四村落。余左手携花筐，右手持竹竿，顶戴渔父之笠，盖防人知我为比丘也。踽踽道中，状殊羞涩，见买花者，女子为最多，次则村妪耳。计余每日得钱可二三百，如是者弥月矣。

一日，余方独行前村，天忽阴晦，小雨溟濛，沾余衣袂。

此日为清明前二日，家家部署扫墓之事，故沿道无人，但有雨声清沥愁人而已。余纡道徐行，至一屋角细柳之下枯立小憩，忽睹前垣碧纱窗内，有女郎新装临眺，容华绝代，而玉颜带肃，涌现殷忧之兆。迨余旁睇，瞬然已杳。俄而雨止，天朗气清，新绿照眼。余方欲行，前屋侧扉已启，又见一女子匆遽出而礼余，嗫嚅言曰："恕奴失礼。请问若从何方至此，为谁氏子？以若年华，奚至业是？若岂不识韶光一逝，悔无及耶？请详答我。"

余聆其言，心念彼女慧甚，无村竖态，但奚为盘问，一若算命先生也者？殆故探吾行止，抑有他因耶？余惟僵立，心殊弗释，亦莫审所以为对。

良久，彼女复曰："吾之所以唐突者，乃受吾家女公子命，嘱必如是探问。吾女公子情性幽静无伦，未尝共生人言语，顾今如此者，盖听若卖花声里，含酸哽余音。今晨女公子且见若于窗外，即审若身世，固非荒凉。若得毋怪我语无伦次？若非'河合'其姓，'三郎'其名者耶？"

余骤闻是言，愕极欲奔，继思彼辈殆非为害于余，即漫声应之曰："诚然。余亟于东归寻母，不得不业此耳。尚望子勿泄于人，则余受恩不浅矣。"

女重礼余，言曰："谨受教。先生且自珍重。明晨请再莅此，待我复命女公子也。"

余自是心绪潮涌，遂怏怏以归。

明日，天气阴沉，较诸昨日为甚。迄余晨起，觉方寸中仓皇无主，以须臾即赴名姝之约耳。读吾书者，至此必将议我陷身情网，为清净法流障碍。然余是日正心思念：我为沙门，处于浊世，当如莲华不为泥污，复有何患？宁省后此吾躬有如许惨戚，以告吾读者。

余出门去矣，此时正为余惨戚之发轫也。江村寒食，风雨飘忽，余举目四顾，心怦然动。窃揣如斯景物，殆非佳朕。

然念彼姝见约，定有远因，否则奚由稔余名姓？且余昨日乍睹芳容，静柔简淡，不同凡艳，又乌可与佻挞下流，同日而语！余且行且思，不觉已重至碧纱窗下，呆立良久，都无动定。余方沉吟，谓彼小娃，殆戏我耶？继又迹彼昨日之言，一一出之至情，然则又胡容疑者？

亡何，风雨稍止，僮娃果启扉出，不言亦不笑，行至吾前，第以双手出一纸函见授。余趣接之，觉物压余手颇重。余方欲发问，而僮娃旋踵已去。余亟擘函视之，累累者，金也。

余心滋惑，于是细察函中，更有银管乌丝，盖贻余书也。嗟夫！读者，余观书讫，惨然魂摇，心房碎矣！书曰：

妾雪梅将泪和墨，裣衽致书于三郎足下：

先是人咸谓君已披剃空山，妾以君秉坚孤之性，故深信之，悲号几绝者屡矣！静夜思君，梦中又不识路，命也如此，夫复奚言！迩者连朝于卖花声里，惊辨此音，酷肖三郎心声。盖妾婴年，尝之君许，一挹清光，景状至今犹藏心坎也。迨侵晨隔窗一晤，知真为吾三郎矣。当此之时，妾觉魂已离舍，流荡空际，心亦腾涌弗止，不可自持。欲亲自陈情于君子之前，又以干于名义，故使侍儿冒昧进诘，以渎清神，还望三郎怜而恕妾。妾自生母弃养，以至今日，伶仃愁苦，已无复生人之趣。继母孤恩，见利忘义，怂老父以前约可欺，行思以妾改嫔他姓。嗟夫！三郎，妾心终始之盟，固不忒也！若一旦妾身见抑于父母，妾只有自裁以见志。妾虽骨化形销至千万劫，犹为三郎同心耳。上苍曲全与否，弗之问矣！不图今日复睹尊颜，知吾三郎无恙，深感天心慈爱，又自喜矣。呜呼！茫茫宇宙，妾舍君其谁属耶？沧海流枯，顽石尘化，微命如缕，妾爱不移。今以戋戋百金奉呈，望君即日买棹遄归，与太夫人图之。万转千回，惟君垂悯。

苦次不能细缕，伏维长途珍重。

雪梅者，余未婚妻也。然则余胡可忍心舍之，独向空山而去？读者殆以余不近情矣，实则余之所以出此者，正欲存吾雪梅耳。须知吾雪梅者，古德幽光，奇女子也。今请语吾读者：雪梅之父，亦为余父执，在余义父未逝之先，已将雪梅许我。后此见余义父家运式微，余生母复无消息，乃生悔心，欲爽前诺。雪梅固高抗无伦者，奚肯甘心负约？顾其生父继母，都不见恤，以为女子者，实货物耳，吾固可择其礼金高者而鬻之，况此权特操诸父母，又乌容彼纤小致一辞者？

雪梅是后，茹苦含辛，莫可告诉。所谓庶女之怨，惟欲依母氏于冥府，较在恶世为安。此非躬历其境者，不自知也。余年渐长，久不与雪梅相见，无由一证心量，然睹此情况，悲慨不可自聊。默默思量，只好出家皈命佛陀、达摩、僧伽，用息彼美见爱之心，使彼美享有家庭之乐。否则绝世名姝，必郁郁为余而死，是何可者？不观其父母利令智昏，宁将骨肉之亲，付之蒿里，亦不以嫁单寒无告之儿如余者。当时余固年少气盛，遂掉头不顾，飘然之广州常秀寺，哀祷赞初长老，摄受为"驱乌沙弥"，冀梵天帝释愍此薄命女郎而已。前书叙余在古刹中忆余生母者，盖后此数月间事也。

余自得雪梅一纸书后，知彼姝所以许我者良厚。是时心头辘辘，不能为定行止，竟不审上穷碧落，下极黄泉，舍吾雪梅而外，尚有何物。即余乳媪，以半百之年，一见彼姝之书，亦惨同身受，泪潸潸下。余此际神经，当作何状，读者自能得之。须知天下事，由爱而生者，无不以为难，无论湿、化、卵、胎四生，综以此故而入生死，可哀也已！

清明后四日，侵晨，晨曦在树，花香沁脑，是时余与潮儿母子别矣。以媪亦速余遄归将母，且谓雪梅之事，必力为余助。余不知所云，以报吾媪之德，但有泪落如潘，乃将雪梅所赠款，分二十金与潮儿，为媪购羊裘之用。又思潮儿虽稚，侍亲至孝，不觉感动于怀，良不忍与之遽作分飞劳燕。忽回顾苑中花草，均带可怜颜色，悲从中来，徘徊饮泣。媪忽趣余曰："三郎，行矣，迟则渡船解缆。"余此时遂抑抑别乳媪、潮儿而去。

二日已至广州，余登岸步行，思诣吾师面别。不意常秀寺已被新学暴徒毁为墟市，法器无存。想吾师此时，已归静室，乃即日午后易舟赴香江。翌晨。余理装登岸，即向罗弼牧师之家而去。牧师隶西班牙国，先是数年，携伉俪及女公子至此，构庐于太平山。家居不恒外出，第以收罗粤中古器及奇花异草为事。余特慕其人清幽绝俗，实景教中铮铮之士，非包藏祸心、思墟人国者，遂从之治欧文二载，故与余雅有情怀也。余既至牧师许，其女公子盈盈迎于堂上，牧师夫妇亦喜慰万状。迨余述生母消息及雪梅事竟，俱泪盈于睫。余万感填胸，即踞胡床而大哭矣。

后此四日，牧师夫妇为余置西服。及部署各事既竟，乃就余握别曰："舟于正午启舷，孺子珍重，上帝必宠锡尔福慧兼修。尔此去可时以笺寄我。"语毕，其女公子曳蔚蓝文裙以出，颇有愁容。至余前殷殷握余手，亲持紫罗兰花及含羞草一束、英文书籍数种见贻。余拜谢受之。俄而海天在眼，余东行矣。

船行可五昼夜，经太平洋。斯时风日晴美，余徘徊于舵楼之上，茫茫天海，渺渺余怀。即检罗弼大家所贻书籍，中有莎士比尔，拜轮及室梨全集。余尝谓拜轮犹中土李白，天才也；莎士比尔犹中土杜甫，仙才也；室梨犹中土李贺，鬼才也。乃先展拜轮诗，诵《哈咯尔游草》，至末篇，有《大海》六章，遂叹曰："雄浑奇伟，今古诗人，无其匹矣。"濡笔译为汉文如左：

皇涛澜汗	灵海黝冥	万艘鼓楫	泛若轻萍
芒芒九围	每有遗虚	旷哉天沼	匪人攸居
大器自运	振荡帛夆	岂伊人力	赫彼神工
罔象乍见	决舟没人	狂謇未几	遂为波臣

掩体无棺	归骨无坟	丧钟声嘶	逖矣谁闻
谁能乘蹻	履涉狂波	觌诸苍生	其奈公何
泱泱大风	立懦起罢	兹维公功	人力何衰
亦有雄豪	中原陵厉	自公囱中	摘彼空际
惊浪霆奔	慑魂慹神	转侧张皇	冀为公怜
腾澜赴厓	载彼微体	拚溺含弘	公何岂弟
摇山憾城	声若雷霆	王公黔首	莫不震惊
赫赫军艘	亦有浮名	雄视海上	大莫与京
自公视之	觌矣其形	纷纷溶溶	旋入沧溟
彼阿摩陀	失其威灵	多罗缚迦	壮气亦倾
傍公而居	雄国几许	西利佉维	希腊罗马
伟哉自由	公所锡予	君德既衰	耗哉斯土
遂成遗虚	公目所睹	以敖以娱	潘回涛舞
苍颜不皲	长寿自古	渺瀰澶漫	滔滔不舍
赫如阳燧	神灵是鉴	别风淮雨	上临下监
扶摇羊角	溶溶澹澹	北极凝冰	赤道淫滟
浩此地镜	无裔无襜	圆形在前	神光奔闪
精魁变怪	出尔泥涂	回流云转	气易舒惨
公之淫威	忽不可验		
苍海苍海	余念旧恩	儿时水嬉	在公膺前
沸波激岸	随公转旋	淋淋翔潮	媵余往还
涤我匈臆	慹我精魂	惟余与女	父子之亲
或近或远	托我元身	今我来斯	握公之髻

余既译拜轮诗竟，循还朗诵。时新月在天，渔灯三五，清风徐来，旷哉观也。翌晨，舟抵横滨，余遂舍舟投逆旅，今后当叙余在东之事。

余行装甫卸，即出吾乳媪所授地址，以询逆旅主人。逆旅主人曰："是地甚迩，境绝严静，汽车去此可五站。客且歇一句钟，吾当为客购车票。吾阅人多矣，无如客之超逸者，诚宜至彼一游。今客如是急逼，殆有要事耶？"

余曰："省亲耳。"

午餐后，逆旅主人伴余赴车场，余甚感其殷渥。车既驶行，经二站，至一驿，名大船。掌车者向余言曰："由此换车，第一站为兼仓，第二站是已。"

余既换车，危坐车中，此时心绪，深形忐忑。自念于此顷刻间，即余骨肉重逢，母氏慈怀大慰，宁非余有生以来第一快事？忽又转念，自幼不省音耗，矧世事多变如此，安知母氏不移居他方？苟今日不获面吾生母，则飘泊人胡堪设想？

余心正怔忡不已，而车已停。余向车窗外望，见牌上书"逗子驿"三字，遂下车。余既出驿场，四瞩无有行人，地至萧旷，即雇手车向田亩间辚辚而去。时正寒凝，积冰弥望。如是数里，从山脚左转，即濒海边而行。但见渔家数处，群儿往来垂钓，殊为幽悄不嚣。车夫忽止步告余曰："是处即樱山，客将安往？"

余曰："樱山即此耶？"遂下车携箧步行。

久之，至一处，松青沙白。方跂望间，忽遥见松阴夹道中，有小桥通一板屋，隐然背山面海，桥下流水触石，汩汩作声。余趣前就之，仰首见柴扉之侧，有标识曰："相州逗子樱山村八番"。余大悦怿，盖此九字，即余乳媪所授地址。遂以手轻叩其扉，久之，阒如无人。寻复叩之，一妇人启扉出。

余见其襟前垂白巾一幅，审其为厨娘也。即问之曰："幸恕唐突，是即河合夫人居乎？"

妇曰："然。"

余曰:"吾欲面夫人,烦为我通报。"

妇踌躇曰:"吾主人大病新瘥,医者嘱勿见客,客此来何事,吾可代达主人"。

余曰:"主人即余阿母,余名三郎。余来自支那,今早始莅横滨,幸速通报。"

妇闻言,张目相余,自颅及踵,凝思移时,骇曰:"信乎,客三郎乎?吾尝闻吾主言及少主,顾存亡未卜耳。"

语已,遂入。久之,复出,肃余进。至廊下,一垂髫少女礼余曰:"阿兄归来大幸。阿娘病已逾月,侵晨人略清爽,今小睡已觉,请兄来见阿娘。"

于是导余登楼。甫推屏,即见吾母斑发垂垂,据榻而坐,以面迎余微笑。余心知慈母此笑,较之恸哭尤为酸辛万倍。余即趋前俯伏吾母膝下,口不能言,惟泪如潮涌,遽湿棉墩。此时但闻慈母咽声言曰:"吾儿无恙,谢上苍垂悯。三郎,尔且拭泪面余。余此病几殆,年迈人固如风前之烛,今得见吾儿,吾病已觉霍然脱体,尔勿悲切。"

言已,收泪扶余起,徐回顾少女言曰:"此尔兄也,自幼适异国,故未相见。"旋复面余曰:"此为吾养女,今年十一,少尔五岁,即尔女弟也,侍我滋谨,吾至爱之。尔阿姊明日闻尔归,必来面尔。尔姊嫁已两载,家事如毛,故不恒至。吾后此但得尔兄妹二人在侧,为况慰矣。吾感谢上苍,不任吾骨肉分飞,至有恩意也。"

慈母言讫,余视女弟依慈母之侧,泪盈于睫,悲戚不胜,此时景状,凄清极矣。少选,慈母复抚余等曰:"尔勿伤心,吾明日病瘳,后日可携尔赴谒王父及尔父墓所,祝呵护尔。吾家亲戚故旧正多,后此当带尔兄妹各处游玩。吾卧病已久,正思远行,一觇他乡风物。"

时厨娘亦来面余母,似有所询问。吾母且起且嘱余女弟曰:"惠子,且偕阿兄出前楼瞭望,尔兄仆仆征尘,苦矣。"已,复指厨娘顾余曰:

"三郎，尔今在家中，诸事尽可遣阿竹理之。阿竹佣吾家十余载，为人诚笃，吾甚德之。"

吾母言竟下楼，为余治晚餐。余心念天下仁慈之心，无若母氏之于其子矣。遂随吾女弟步至楼前。时正崦嵫落日，渔父归舟，海光山色，果然清丽。忽闻山后钟声，徐徐与海鸥逐浪而去。女弟告余曰："此神武古寺晚钟也。"

入夜，余作书二通：一致吾乳媪，一致罗弼牧师。二书均言余平安抵家，得会余母，并述余母子感谢前此恩德，永永不忘。余母复附寄百金与吾乳媪，且嘱其母子千万珍卫，良会自当有期。迨二书竟，余疲极睡矣。逾日既醒，红日当窗，即披衣入浴室。浴罢，登楼，见芙蓉峰涌现于金波之上，胸次为之澄澈。此日余母精神顿复，为余陈设各事无少暇。

余归家之第三日，天甫迟明，余母携余及弱妹趁急行车，赴小田原扫墓。是日阴寒，车行而密雪翻飞，途中景物，至为萧瑟。迨车抵小田原驿，雪封径途矣。荒村风雪中，固无牵车者，余母遂雇一村妇负余妹。又至驿旁，购鲜花一束。既已，余即扶将母氏步行可三里，至一山脚。余仰睇山顶积雪中，露红墙一角，余母以指示余曰："是即龙山寺，尔祖及父之墓即在此。"

余等遂徐徐踏石蹬而上。既近山门，有联曰：
蒲团坐耐江头冷　香火重生劫后灰

余心谓是联颇工整。方至殿中，一老尼龙钟出，与余母问讯叙寒暄毕，尼即往燃香，并携清水一壶，授余母。余与弱妹随阿母步至浮屠之后，见王父及先君两墓并立，四围绕以铁栅，栅外复立木柱。柱之四面，作悉昙文，书"地，水，火，风，空"五字，盖密宗以表大日如来之德者也。余与弱妹拾取松枝，将坟上积雪推去。余母以手提壶灌水，由墓顶而下。少选，汛洒严净，香花既陈，余母复摘长青叶一片，端置石案之中，命余等展拜。余拜已，掩面而哭。余母曰："三郎，雪弥剧，余等盍归。"

余遂启目视坟台，积雪复盈三寸，新陈诸物，均为雪蔽。

余母以白纸裹金授老尼，即与告别，冒雪下山。余母且行且语余曰："三郎，若姨昨岁卜居箱根，去此不远，今且与尔赴谒若姨。须知尔幼时，若姨爱尔如雏凤，一日不见尔，则心殊弗择。先时余携尔西行，若姨力阻；及尔行后，阿姨肝肠寸断矣。三郎知若姨爱尔之恩，弗可忘也。"

既至姨氏许，阍者通报，姨氏即出迓余母。已，复引领顾余问曰："其谁家宁馨耶？"

余母指余笑答姨氏曰："三郎也，前日才归家。"

姨氏闻言喜极曰："然哉，三郎果生还耶？胡未驰电告我？"

言已，即以手扑余肩上雪花，徐徐叹曰："哀哉三郎！吾不见尔十数载，今尔相貌犹依稀辨识，但较儿时消瘦耳。尔今罢矣，且进吾闼。"

遂齐进厅事，自去外衣。倏忽见一女郎，擎茶具，作淡装出，嬛娜无伦。与余等礼毕。时余旁立谛视之，果清超拔俗也。第心甚疑骇，盖似曾相见者。姨氏以铁管剔火钵寒灰，且剔且言曰："别来逾旬，使人系念。前日接书，始知吾妹就瘥，稍慰。今三郎归，诚如梦幻，顾我乐极矣！"

余母答曰："谢姊关垂。身虽老病，今见三郎，心滋怡悦。惟此子殊可愍耳！"

此时女郎治茗既备，即先献余母，次则献余。余觉女郎此际瑟缩不知为地。姨氏知状，回顾女郎曰："静子，余犹记三郎去时，尔亦知惜别，丝丝垂泪，尚忆之乎？"因屈指一算，续曰："尔长于三郎二十有一月，即三郎为尔阿弟，尔勿踧踖作常态也。"

女郎默然不答，徐徐出素手，为余妹理鬟丝，双颊微生春晕矣。迨晚餐既已，余顿觉头颅肢体均热，如居火宅。是夜辗转不能成寐，病乃大作。

翌晨，雪不可止。余母及姨氏举屋之人，咸怏怏不可状，谓余此病匪细。顾余虽呻吟床褥，然以新归，初履家庭乐境，但觉有生以来，无若斯时欢欣也。于是一一思量，余自脱俗至今，所遇师傅、乳媪母子及罗弼牧师家族，均殷殷垂爱，无异骨肉。则举我前此之飘零辛苦，尽足偿矣。第念及雪梅孤苦无告，中心又难自恝耳。然余为僧及雪梅事，都秘而不宣，防余母闻之伤心也。兹出家与合婚二事，直相背而驰。余既证法身，固弗娶者，虽依慈母，不亦可乎？

方遐想间，余母与姨氏入矣。姨氏手持汤药，行至榻畔予余曰："三郎，汝病盖为感冒。汝今且起服药，一二日后可无事。此药吾所手采。三郎，若姨日中固无所事，惟好去山中采药，亲制成剂，将施贫乏而多病者。须知世间医者，莫不贪财，故贫人不幸构病，只好垂手待毙，伤心惨目，无过于此。吾自顾遣此余年，舍此采药济人之事，无他乐趣。若村妇烧香念佛，吾弗为也。三郎，吾与汝母俱为老人类。谚云'老者预为交代事'，盖谓人老只当替后人谋幸福，但自身劳苦非所计。顾吾子现隶海军，且已娶妇，亦无庸为彼虑。今兹静子，彼人最关吾怀。静子少失怙恃，依吾已十有余载，吾但托之天命。"

姨氏言至此，凝思移时，长喘一声，复面余曰："三郎，先是汝母归来，不及三月，即接汝义父家中一信，谓三郎上山，为虎所噬。吾思彼方固多虎患，以为言实也。余与汝母，得此凶耗，一哭几绝，顿增二十余年老态。兹事亦无可如何，惟有晨夕祷告上苍，祝小子游魂，来归阿母。"

余倾听姨氏之言，厥声至惨，猛触宿恨，肺叶震震然，不知所可。久之，仰面见余母容仪，无有悲戚，即力制余悲，恭谨言曰："铭感阿姨过爱。第孺子遭逢，不堪追溯，且已成过去陈迹，请阿姨阿母置之。儿后此晨昏得奉阿姨阿母慈祥颜色，即孺子喜幸当何如也！"

余言已，余母速余饮药。少选，上身汗出如注，惫极，帖然而卧。

余病四昼夜，始臻勿药。余母及姨氏举家喜形于色。时为三月三日，天气清新，余就窗次卷帘外盼，山光照眼，花鸟怡魂，心乃滋适。忽念一事，盖余连日晨醒，即觉清芬通余鼻观，以榻畔紫檀几上，必易鲜花一束，插胆瓶中，奕奕有光，花心犹带露滴。今晨忽见一翡翠襟针遗于几下，方悉其为彼姝之物，花固美人之贻也。余又顿忆前日似与玉人曾相识者，因余先在罗弼女士斋中，所见德意志画伯阿陀辅手缋《沙浮遗影》，与彼姝无少差别耳。方凝伫间，忽注目纱帘之下，陈设甚雅：有云石案作鹅卵形，上置鉴屏、银盒、笔砚、绛罗，一尘不着。旁有柚木书棂，状若鸽笼，藏书颇富。

余检之，均汉土古籍也。迨余回视左壁，复有小几，上置雁柱鸣筝，似尚有余音绕诸弦上。此时余始惊审此楼为彼姝妆阁，又心仪彼姝学邃，且翛然出尘，如藐姑仙子。

斯时，余正觉心中如有所念，移时，又怃然若失。忽见余母登楼，手中将春衣二袭，嘱余曰："三郎，今兹寒威已退，尔试易此衣。"

余将衣接下，遂伴余母坐于蓝缎弹簧长椅之上。余母视余作慈祥之色，旋以手案余额问曰："吾儿今晨何似？"

余曰："儿无所苦，身略罢耳。阿娘以何日将余及妹宁家？余尚未面阿姊也。"

余母曰："何时均可。吾初意俟尔病瘳即行，但若姨昨夕，苦苦留吾母子勿遽去。今晨已函报尔姊。盖若姨有切心之事，与我相量。苟尔居此舒泰，吾一时固无归意。尔知吾年已垂暮，生平亲属咸老，势必疏远，安能如盛年时往来无绝？吾今举目四顾，惟与若姨形影相吊耳。且若姨见尔，中心怡悦靡极，则尔住此，一若在家中可也。吾知尔性耽幽寂，居此楼最适。此楼向为静子所居，前日尔来，始移于楼下，与尔妹同室。三郎，尔居此，意若弗适者，尽可语我。"

余曰:"敬遵娘言。阿姨屋外风物固佳,小住,于儿心滋乐也。"此时侍者传言,晨餐已备,余母欣然趣余更衣下楼御膳。

余既随母氏至食堂,即鞠躬致谢阿姨厚遇之恩。姨氏以面迎余,欣欢万状,引首顾彼妹曰:"托天之庇,三郎无恙矣。静子,尔趋前为三郎道晨安。"

瞬息,即见玉人翩若惊鸿,至余前,肃然为礼。而此际玉人密发虚鬟,丰姿愈见娟媚。余不敢回眸正视,惟心绪飘然,如风吹落叶,不知何所止。

余兄妹随阿娘羁旅姨氏家中,不啻置身天苑。姨氏固最怜余,余惟凡百恭谨,以奉阿姨阿母欢颜,自觉娱悦匪极。苟心有怅触,即倚树临流,或以书自遣。顾楱中所藏多宋人理学之书,外有梵章及驴文数种,已为虫蚀,不可辨析,俱唐本也。复次有汉译《婆罗多》及《罗摩延》二书,乃长篇叙事诗。二书汉土已失传矣,惟于《华严经》中偶述其名称,谓出自马鸣菩萨,今印度学人哆氏之英译《摩诃婆罗多族大战篇》,即其一也。

一时雁影横空,蝉声四彻。余垂首环行于姨氏庭苑鱼塘堤畔,盈眸廓落,沦漪泠然。余默念晨间,余母言明朝将余兄妹遣归,则此地白云红树,不无恋恋于怀。忽有风声过余耳,瑟瑟作响。余乃仰空,但见宿叶脱柯,萧萧下堕,心始耸然知清秋亦垂尽矣。遂不觉中怀惘惘,一若重愁在抱。想余母此时已屏挡行具,方思进退闲之轩,一看弱妹。步至石阑桥上,忽闻衣裙窸窣之声。

少选,香风四溢,陡见玉人靓妆,仙仙飘举而来,去余仅数武;一回青盼,徐徐与余眸相属矣。余即肃然鞠躬致敬。

尔时玉人双颊虽赪,然不若前此之羞涩,至于无地自容也。余少瞩,觉玉人似欲言而未言。余愈跼蹐,进退不知所可,惟有俯首视地。久久,忽残菊上有物,映余眼帘,飘飘然如粉蝶,行将逾篱落而去。余趋前以手捉之，方知为蝉翼轻纱，落自玉人头上者。斯时余欲掷之于地，又思于礼微悖，遂将返玉人。玉人知旨，立即双手进接，以慧目迎余，且羞且发娇柔之声曰："多谢三郎见助。"

此为余第一次见玉人启其唇樱，贻余诚款，故余胶胶不知作何词以对。但见玉人口窝动处，又使沙浮复生，亦无此庄艳。此时令人真个消魂矣！

玉人寻复俯其颈，叶婉妙之音，微微言曰："三郎日来安乎？逗子气候温和，吾甚思造府奉谒，但阿母事集，恐岁内未能抽身耳。是间比逗子清严幽澈则一，惟气候悬绝，盖深山也。唐人咏罗浮诗云：'游人莫著单衣去，六月飞云带雪寒。'吾思此语移用于此，颇觉亲切有味，未知三郎以吾言有当不？"

余聆玉人词旨，心乃奇骇，唯唯不能作答，久乃恭谨言曰："谢阿姊分神及我。果阿姊见枉寒舍，俾稚弟朝夕得侍左右，垂纶于荒村寒瀰，幸何如之！否则寒舍东西诗集不少，亦可挑灯披卷，阿姊得毋嫌软尘溷人？敢问阿姊喜诵谁家诗句耶？"

玉人低首凝思，旋即星眸瞩我，輾然答曰："感篆三郎盛意。所问爱读何诗，诚为笑话，须知吾固未尝学也。三郎既不以吾为渎，敢不出吾肝膈以告？且幸三郎有以教我。"遂累累如贯珠言曰："从来好读陈后山诗，亦爱陆放翁，惟是故国西风，泪痕满纸，令人心恻耳。比来读《庄子》及《陶诗》，颇自觉徜徉世外，可见此关于性情之学不少。三郎观吾书匧所藏多理学家言，此书均明之遗臣朱舜水先生所赠吾远祖安积公者。盖安积公彼时参与德川政事，执弟子礼以侍朱公，故吾家世受朱公之赐。吾家藏此书帙，已历二百三十余年矣。"

此语一发，余更愕然张目注视玉人。

玉人续曰："吾婴年闻先君道朱公遗事，至今历历不忘，吾今复述三郎听之。"于是长喟一声，即愀然曰："朱公以崇祯十七年，即吾国正保元年，正值胡人猖披之际，子身数航长崎，欲作秦庭七日之哭，竟不果其志。迨万治三年，而明社覆矣。朱公以亡国遗民，耻食二朝之粟，遂流寓长崎，以其地与平户郑成功诞生处近也。后德川氏闻之，遣水户儒臣，聘为宾师，尤殚礼遇。公遂传王阳明学于吾国土，公与阳明固是同乡也。至今朱公遗墓，尚存茨城县久慈郡瑞龙山上，容日当导三郎，一往奠之，以慰亡国忠魂。三郎其有意乎？又闻公酷爱樱花，今江户小石川后乐园中，犹留朱公遗爱。此园系朱公亲手经营者。朱公以天和二年春辞世，享寿八十有三。公目清人腼然人面，疾之如仇。平日操日语至精，然当易箦之际，公所言悉用汉语，故无人能聆其临终垂训，不亦大可哀耶？"

玉人言已，仰空而歔，余亦凄然。二人伫立无语，但闻风声萧瑟。

忽有红叶一片，敲玉人肩上。玉人蹙其双蛾，状似弗愜，因俯首低声曰："三郎，明朝行耶？胡弗久留？吾自先君见背，旧学抛荒已久。三郎在，吾可执书问难。三郎如不以弱质见弃，则吾虽凋零，可无憾矣。"

余不待其言之毕，双颊大赧，俯首至臆；欲贡诚款，又不工于词，久乃嗫嚅言曰："阿母言明日归耳。阿姊恳恳如此，滋可感也。"

时余妹亦出自廊间，且行且呼曰："阿姊不观吾袷衣已带耶？晚餐将备，曷入食堂乎？"

玉人让余先行，即信步随吾而入。是夕餐事丰美，逾于常日，顾余确不审为何味。饭罢，枯坐楼头，兀思余今日始见玉人天真呈露，且殖学滋深，匪但容仪佳也。即监守天阍之乌舍仙子，亦不能逾是人矣！思至此，忽尔昂首见月明星稀，因诵亿翁诗曰：

千岩万壑无人迹，独自飞行明月中。

心为廓然。对月凝思，久久，回顾银烛已跋，更深矣，遂解衣就寝；复喟然叹曰："今夕月华如水，安知明夕不黑云暧霼耶？"

余词未毕，果闻雷声隐隐，似发于芙蓉塘外，因亦戚戚无已。寻复叹曰："云耶，电耶，雨耶，雪耶，实一物也，不过因热度之异而变耳。多谢天公，幸勿以柔丝缚我！"

明日，晨餐甫竟，余母命余易旅行之衣，且言姨氏亦携静子偕行。余闻言喜甚，谓可免黯然魂消之感。余等既登车室，玻璃窗上，霜痕犹在。余母及姨氏，指麾云树，心旷神怡。瞬息，闻天风海涛之声，不觉抵吾家矣。自是日以来，余循陔之余，静子亦彼此常见，但不久谭，莞尔示敬而已。

一日，细雨廉纤，余方伴余母倚阑观海，忽微微有叩镮声，少选，侍者持一邮筒，跪上余母。余母发函申纸，少选，观竟，嘱余言曰："三郎，此尔姊来笺也，言明日莅此，适逢夫子以明日赴京都，才能分身一来省我云。此子亦大可怜。"

言至此，微喟，续曰："谚云'养女徒劳'，不其然乎？女子一嫔夫家，必置其亲于脑后，即每逢佳节，思一见女面，亦非易易。此虽因中馈繁杂，然亦天下女子之心，固多忘所自也。昔有贫女，嫁数年，夫婿致富。女之父母，私心欣幸，方谓两口可以无饥矣。谁料不数日，女差人将其旧服悉还父母，且传语曰：'好女不着嫁时衣。'意讽嫁时奁具薄也。世人心理如是，安得不江河日下耶？"

余母言已，即将吾姊来书置桌上，以慈祥之色回顾余曰："三郎，晨来毋寒乎？吾觉凉生两臂。"

余即答曰："否。"

余母遂徐徐诏余曰："三郎，坐。"

余即坐。余母问曰："三郎，尔视静子何如人耶？"

余曰："慧秀孤标，好女子也。"

余母尔时舒适不可状，旋曰："诚然，诚然，吾亦极爱静子和婉有仪。母今有言，关白于尔，尔听之：三郎，吾决纳静子为三郎妇矣。静子长于尔二岁，在理吾不应尔。然吾仔细回环，的确更无佳耦逾是人者。

顾静子父母不全，按例须招赘，始可袭父遗荫，然吾固可与若姨合居，此实天缘巧凑。若姨一切部署已定，俟明岁开春时成礼，破夏吾亦迁居箱根。兹事以情理而论，即若姨必婿吾三郎，中怀方释。盖若姨为托孤之人，今静子年事已及，无时不系之怀抱。顾连岁以来，求婚者虽众，若姨都不之顾。若姨之意，非关门地，第以世人良莠不齐，人心不古，苟静子不得贤夫子而侍，则若姨将何以自对？今得婿三郎，若姨重肩卸矣。"

余母言至此，凄然欲哭曰："三郎，老母一生寥寂，今行将见尔庆成嘉礼，即吾与若姨晚景，亦堪告慰。后此但托天命，吾知上苍必予尔两小福慧双修。"

余母方絮絮发言，余心房突突而跳。当余母言讫，余夷犹不敢遽答。正思将前此所历，径白余母，继又恐滋慈母之戚，非人子之道。心念良久，蕴泪于眶，微微言曰："儿今有言奉干慈母听纳，盖儿已决心……"

余母急曰："何谓？"

余曰："儿终身不娶耳。"

余母闻言极骇，起立张目注余曰："乌，是何言也！尔何所见而为此言？抑尔固执拗若是？此语真令余不解。尔年弱冠不娶，人其谓我何？若姨爱尔，不陡然耶？尔澄心思之，此语胡可使若姨听之者？矧静子恒为吾言，舍三郎无属意之人。尔前次惙惙病卧姨家，汤药均静子亲自煎调。怀诚已久，尚不知尔今竟岸然作是言也！"

余母言至末句，声愈严峻。余即敛涕言曰："慈母谛听。儿抚心自问，固爱静子，无异骨肉；且深敬其为人，想静子亦必心知之。儿今兹恝然出是言者，亦非敢抗挠慈母及阿姨之命，此实出诸不得已之苦衷，望慈母恕儿稚昧。"

余母凄然不余答，久乃哀咽言曰："三郎，尔当善体吾意。吾钟漏且歇，但望尔与静子早成眷属，则吾虽入土，犹含笑矣。"

余听母言，泪如瀑泻，中心自咎，诚不应逆堂上之命，致老母出此伤心之言，此景奚堪？余皇然少间，遽跪余母膝前，婉慰余母曰："阿娘恕儿。儿诚不孝，儿罪重矣！后此惟有谨遵慈命。儿固不经事者，但望阿娘见恕耳。"

余母徐徐收泪，漫声应曰："孺子当听吾言为是。古云：'不信老人言，后悔将何及。'矧吾儿终身大事，老母安得不深思详察耶？当知娘心无一刻不为儿计也。即尔姊在家时，苟不从吾言，吾亦面加叱责而不姑息。今既归人，万事吾可不必过问。须知女心固外向，吾又何言？若静子则不然。彼姝性情娴穆，且有夙慧，最称吾怀，尔切勿以傅粉涂脂之流目之可耳。"

余母尚欲有言，适侍女跪白余母曰："浴室诸事已备，此时刚十句钟也。"言毕，即去。

余母颜色开霁，抚余肩曰："三郎，娘今当下楼检点冬衣，十一时方暇。尔去就浴。"

余此时知已宽慈母之忧，不禁怡然自得。仰视天际游丝，缓缓移去，雨亦遽止，余起易衣下楼就浴。

余浴毕，登楼面海，兀坐久之，则又云愁海思，袭余而来。当余今日，慨然许彼姝于吾母之时，明知此言一发，后此有无穷忧患，正如此海潮之声，续续而至，无有尽时。然思若不尔者，又将何以慰吾老母？事至于此，今但焉置吾身？

只好权顺老母之意，容日婉言劝慰余母，或可收回成命。如老母坚不见许，则历举隐衷，或卒能谅余为空门中人，未应蓄内。余抚心自问，固非忍人忘彼姝也。继余又思：日俗真宗，固许带妻，且于刹中行结婚礼式，一效景教然者。若吾母以此为言，吾又将何言说答余慈母耶？余反复思维，不可自聊，又闻山后凄风号林，余不觉惴惴其栗。因念佛言："身中四大，各自有名，都无我者。"嗟乎！望吾慈母，切勿驱儿作哑羊可耳！

越日，余姊果来，见余不多言，但亦劝余曰："吾弟随时随地须听母言。凡事毋以盛气自用，则人情世故，思过半矣。至尔谓终身不娶，自以为高，此直村竖恒态，适足笑煞人耳！三郎，尔后此须谨志吾言，勿贻人笑柄也。"

余唯唯而退。余自是以来，焦悚万状，定省晨昏，辄不久坐。尽日惴惴然，惟恐余母重提意向。余母每面余时，欢欣无已，似曾不理余心有闲愁万种。一日，余方在斋中下笔作画，用宣愁绪。既绘怒涛激石状，复次画远海波纹，已而作一沙鸥斜射堕寒烟而没。忽微闻叩镮声，继知吾妹，推扉言曰："阿兄胡不出外游玩？"

余即回顾，忽尔见静子作斜红绕脸之妆，携余妹之手，伫立门外，见余即鞠躬与余为礼。余遂言曰："请阿姊进斋中小坐，今吾画已竟，无他事也。"

余言既毕，余妹强牵静子，径至余侧。静子注观余案上之画，少选，莞尔顾余言曰："三郎幸恕唐突。昔董源写江南山，李唐写中州山，李思训写海外山，米元晖写南徐山，马远、夏圭写钱塘山，黄子久写海虞山，赵吴兴写雪苕山；今吾三郎得毋写厓山耶？一胡使人见即翛然如置身清古之域，此诚快心洞目之观也。"

言已，将画还余。余受之，言曰："吾画笔久废，今兴至作此，不图阿姊称誉过当，徒令人增惭惕耳。"

静子复微哂，言曰："三郎，余非作客气之言也。试思今之画者，但贵形似，取悦市侩，实则宁达画之理趣哉？昔人谓画水能终夜有声，余今观三郎此画，果证得其言不谬。三郎此幅，较诸近代名手，固有瓦砾明珠之别，又岂待余之多言也？"

余倾听其言，心念世宁有如此慧颖者，因退立其后，略举目视之，鬒发腻理，纤秾中度。余暗自叹曰："真旷劫难逢者也。"

忽而静子回盼，赧赧然曰："三郎，此画能见賸否？三郎或不以余求在礼为背否？余观此景沧茫古逸，故爱之甚挚。今兹发问，度三郎能谅我耳。"

余即答曰："岂敢，岂敢，此画固不值阿姊一粲。吾意阿姊固精通绘事者，望阿姊毋吝教诲，作我良师，不宁佳乎？"

静子瑟缩垂其双睫，以柔荑之手，理其罗带之端，言曰："非然也。昔日虽偶习之，然一无所成，今惟行箧所藏《花燕》一幅而已。"

余曰："请问云何《花燕》？"

静子曰："吾家园池，当荷花盛开时，每夜有紫燕无算，巢荷花中，花尽犹不去。余感其情性，命之曰'花燕'，爰为之图。三郎，今容我检之来，第恐贻笑大方耳。"

余鞠躬对曰："请阿姊速将来，弟亟欲拜观。"

静子不待余言之毕，即移步鞠躬而去，轻振其袖，熏香扑人。余遂留余妹问之曰："何不闻阿母阿姊声音，抑外出耶？"

余妹答曰："然，阿姊约阿姨阿母俱出，谓往叶山观千贯松，兼有他事，顺道谒淡岛神社。已嘱厨娘，今日午膳在十二句半钟，并嘱吾语阿兄也。"

余曰："妹曷未同往？"

妹曰："不，静姊不往，故我亦不愿往。"

余顾余妹手中携有书籍，即诘之曰："何书？"

妹曰："此波弥尼八部书也。"

余曰："此为《梵文典》，吾妹习此乎？"

妹曰："静姊每日授余诵之，顾初学殊艰，久之渐觉醰醰有味。其句度雅丽，迥非独逸，法兰西，英吉利所可同日而语。"

余曰："然则静姊固究心三斯克列多文久矣。"

妹曰："静姊平素喜谈佛理，以是因缘，好涉猎梵章。尝语妹云：

'佛教虽斥声论，然《楞伽》、《瑜伽》所说五法，曰相，曰名，曰分别，曰正智，曰真如，与波弥尼派相近。《楞严》后出，依于耳根圆通，有声论宣明之语。是佛教亦取声论，特形式相异耳。'"余听毕，正色语余妹曰："善哉，静姊果超凡入圣矣。吾妹谨随之学毋怠。"

余语吾妹既讫，私心叹曰："静子慧骨天生，一时无两，宁不令人畏敬？惜乎，吾固勿能长侍秋波也！"

已而静子盈盈至矣。静子手持缋绢一帧，至余前；余肃然起立，接而观之：莲池之畔，环以垂杨修竹，固是姨家风物，有女郎兀立，风采益然，碧罗为衣，颇得吴带当风之致。

女郎挽文金高髻，即汉制飞仙髻也。俯观花燕，且自看妆映，翛然有出尘之姿，飘飘有凌云之概。余赞叹曰："美哉伊人！奚啻真真者？"

静子闻言，转目盼余，兼视余妹，莞尔言曰："究又奚能与三郎之言相副耶？且三郎安可以外貌取人？亦觇其中藏如何耳。画中人外观，似奕奕动人，第不能言，三郎何从谂其中心着何颜色者？"

余置其言弗答，续曰："画笔秀逸无伦，固是仙品。余生平博览丹青之士，咸弗能逮。嗟乎！衣钵尘土久，吾尚何言？今且据行云流水之描，的是吾姊戛戛独造，使余叹观止矣。阿姊端为吾师，吾何幸哉！"

静子此时，羞不能答，俯首须臾，委婉言曰："三郎，胡为而作如是言？令浅尝者无地自容。但愿三郎将今日之画见赐，俾为临本，兼作永永纪念，以画中意况，亦与余身世吻合。迹君心情，宁谓非然者？"

余曰："余久不复属意于画，盖已江郎才尽。阿姊自是才调过人，固应使我北面红妆，云何谓我妄言？"

静子含羞不余答。余亦无言，但双手擎余画献之，且无心而言曰："敬乞吾畏友哂存，聊申稚弟倾服之诚，非敢言画也。"

静子欣然曰："三郎此言，适足以彰大作之益可贵耳。"言已，即平铺袖角，端承余画，以温厚之词答曰："敬谢三郎。三郎无庸以畏友外我。今得此画，朝夕对之，不敢忘锡画人也。"

是夕，微月已生西海，水波不兴。余乃负杖出门，随步所之，遇渔翁，相与闲话，迄翁收拾垂纶，余亦转身归去。时夜静风严，余四顾，舍海曲残月而外，别无所睹。及去余家仅丈许，瞥见有人悄立海边孤石之旁，静观海面，余谛瞩倩影亭亭，知为静子，遂前叩之曰："立者其吾阿姊乎？"

静子闻余声，却至欣悦，急回首应曰："三郎，归何晏？独不避海风耶？吾迟三郎于此久矣。三郎出时可曾加衣否？向晚气候，不比日间，恐非三郎所胜，不能使人无戚戚于中。三郎善自珍摄，寒威滋可畏也。"

余即答曰："感谢吾姊关垂。天寒夜寂，敬问吾姊于此，沉沉何思？女弟胡未奉侍左右？"

静子则柔声答曰："区区弱质，奚云惜者？今余方自家中来，姨母、令姊、令妹及阿母，咸集厨下制瓜团粉果，独余偷闲来此，奉候三郎。三郎归，吾心至适。"

余重谢之曰："深感阿姊厚意见待，愧弗克当。望阿姊次回，毋冒夜以伫我。吾姊恩意，特恐下走不称消受耳。"

余言毕，举步欲先入门，静子趣前娇而扶将曰："三郎且住。三郎悦我请问数言乎？"

余曰："何哉？姊胡为客气乃尔？阿姊欲有下回，稚弟固无不愿奉白者也。"

静子踌躇少间，乃出细腻之词，第一问曰："三郎，迩来相见，颇带幽忧之色，是何故者？是不能令人无郁拂。今愿窃有请耳。"

余此时心知警兆，兀立不语。静子第二问曰："三郎可知今日阿母邀姨母同令姊，往礼淡岛明神，何因也？吾思三郎必未之审。"

余闻语茫然，瞠不能答，旋曰："果如阿姊言，未之悉也。"

静子低声而言，其词断续不可辨，似曰："三郎鉴之，总为君与区区不肖耳。"

余胸震震然，知彼美言中之骨也。余正怔忡间，转身稍离静子所立处，故作漫声指海面而言曰："吾姊试谛望海心黑影，似是鱼舠经此，然耶？否耶？"

静子垂头弗余答。少选，复步近余胸前，双波略注余面。

余在月色溟濛之下，凝神静观其脸，横云斜月，殊胜端丽。此际万籁都寂，余心不自镇；既而昂首瞩天，则又乌云弥布，只余残星数点，空摇明灭。余不觉自语曰："吁！此非人间世耶？今夕吾何为置身如是景域中也？"

余言甫竟，似有一缕吴绵，轻温而贴余掌。视之，则静子一手牵余，一手扶彼枯石而坐。余即立其膝畔，而不可自脱也。久之，静子发清响之音，如怨如诉曰："我且问三郎，先是姨母，曾否有言关白三郎乎？"

余此际神经已无所主，几于膝摇而牙齿相击，垂头不敢睇视，心中默念，情网已张，插翼难飞，此其时矣。

但闻静子连复同曰："三郎乎，果阿姨作何语？三郎宁勿审于世情者，抑三郎心知之，故弗背言？何见弃之深耶？余日来见三郎愀然不欢，因亦不能无渎问耳。"

余乃力制惊悸之状，嗫嚅言曰："阿娘向无言说，虽有，亦已依稀不可省记。"

余言甫发，忽觉静子筋脉跃动，骤松其柔荑之掌。余知其心固中吾言而愕然耳。余正思言以他事，忽尔悲风自海面吹来，乃至山岭，出林薄而去。余方凝伫间，静子四顾皇然，即襟间出一温香罗帕，填余掌中，立而言曰："三郎，珍重。此中有绣角梨花笺，吾婴年随阿母挑绣而成，谨以奉赠，聊报今晨杰作。君其纳之。此闲花草，宁足云贡？三郎其亦知吾心耳！"

余乍闻是语，无以为计。自念拒之于心良弗忍；受之则睹物思人，宁可力行正照，直证无生耶？余反复思维，不知所可。静子故欲有言，余陡闻阴风怒号，声振十方，巨浪触石，惨然如破军之声。静子自将笺帕袭之，谨纳余胸间。既讫，遽握余臂，以腮熨之，嘤嘤欲泣曰："三郎受此勿戚，愿苍苍者祐吾三郎无恙。今吾两人同归，朝母氏也。"余呆立无言，惟觉胸间趯趯而跃。静子娇不自胜，搀余徐行。及抵斋中，稍觉清爽，然心绪纷乱，废弃一切。此夜今时，因悟使不析吾五漏之躯，以还父母，又那能越此情关，离诸忧怖耶？

翌朝，天色清朗，惟气候遽寒，盖冬深矣。余母晨起，即部署厨娘，出馎饦，又陈备饮食之需。既而齐聚膳厅中，欢声腾彻。余始知姊氏今日归去。静子此际作魏代晓霞妆，余发散垂右肩，束以锶带，迥绝时世之装，腼腆与余为礼，益增其冷艳也。余既近炉联坐，中心滋耿耿，以昨夕款语海边之时，余未以实对彼姝故耳。已而姊氏辞行，余见静子拖百褶长裙，手携余妹送姊氏出门。余步跟其后，行至甬道中，余母在旁，命余亦随送阿姊。

静子闻命，欣然即转身为余上冠杖。余曰："谨谢阿姊，待我周浃。"

余等齐行，送至驿上，展辂车发，遂与余姊别。归途惟静子及余兄妹三人而已。

静子缓缓移步，远远见农人治田事，因出其纤指示余，顺口吟曰："'采菱辛苦废犁锄，血指流丹鬼质枯。无力买田聊种水，近来湖面亦收租。'三郎，此非范石湖之诗欤？在宋已然，无怪吾国今日赋税之繁且重，吾为村人生无限悲感耳。"

静子言毕，微喟，须臾忽绛其颊，盼余问曰："三郎得毋劳顿？日来身心，亦无患耶？吾晨朝闻阿母传言，来周过已，更三日，当挈令妹及余归箱根。未审于时三郎可肯重尘游屐否？"

余闻言，万念起落，不即答，转视静子，匿面于绫伞流苏之下，引慧目迎余，为状似甚羞涩。余曰："如阿娘行，吾必随叩尊府。"

余言已，复回顾静子眉端隐约见愁态。转瞬，静子果蕴泪于眶，嘤然而呻曰："吾晨来在膳厅中，见三郎胡乃作戚戚容？得毋玉体违和？敢希见告耳。苟吾三郎有何伤感，亦不妨掬心相示，幸毋见外也。"

余默默弗答。静子复微微言曰："君其怒我乎？胡靳吾请？"

余停履抗声答曰："心偶不适，亦自不识所以然。劳阿姊询及，惭惕何可言？万望阿姊饶我。"

余且行且思，赫然有触于心，弗可自持，因失声呼曰："吁！吾滋愧悔于中，无解脱时矣！"

余此时泪随声下。静子虽闻余言，殆未见窥余命意所在，默不一语。继而容光惨悴，就胸次出丹霞之巾，授余揾泪，慰藉良殷，至于红泪沾襟。余暗惊曰："吾两人如此，非寿征也！"

旁午，始莅家庭，静子与余都弗进膳。

余姊行后，忽忽又三日矣。此日大雪缤纷，余紧闭窗户，静坐思量，此时正余心与雪花交飞于茫茫天海间也。余思久之，遂起立徘徊，叹曰："苍天，苍天，吾胡尽日怀抱百忧于中，不能自弭耶？学道无成，而生涯易尽，则后悔已迟耳。"

余谛念彼姝，抗心高远，固是大善知识，然以眼波决之，则又儿女情长，殊堪畏怖。使吾身此时为幽燕老将，固亦不能提刚刀慧剑，驱此婴婴宛宛者于漠北。吾前此归家，为吾慈母，奚事一逢彼姝，遽加余以尔许缠绵婉恋，累余虱身于情网之中，负己负人，无有是处耶？嗟乎，系于情者，难平尤怨，历古皆然。吾今胡能没溺家庭之恋，以闲愁自戕哉？佛言："佛子离佛数千里，当念佛戒。"吾今而后，当以持戒为基础，其庶几乎。余轮转思维，忽觉断惑证真，删除艳思，喜慰无极。决心归觅师傅，冀重重忏悔耳。第念此事决不可以禀白母氏，母氏知之，万不成行矣。

忽而余妹手托锦制瓶花入，语余曰："阿兄，此妹手造慈溪派插花，阿兄月旦，其能有当否？"

余无言，默视余妹，心忽恫楚，泪盈余睫，思欲语以离家之旨，又恐行不得也。迄吾妹去后，余心颤不已，返身掩面，成泪人矣。

此夕，余愁绪复万叠如云，自思静子日来恹恹，已有病容。迹彼情词，又似有所顾虑，抑已洞悉吾隐衷，以我为太上忘情者欤？今既不以礼防为格，吾胡不亲过静子之室，叙白前因，或能有我。且名姝深愫，又何可弃捐如是之速者？思已，整襟下楼，缓缓而行。及至廊际，闻琴声，心知此吾母八云琴，为静子所弹，以彼姝喜调《梅春》之曲也。至"夜迢迢，银台绛蜡，伴人垂泪"句，忽而双弦不谐，音变滞而不延，似为泪珠沾湿。迄余音都杳，余已至窗前，屏立不动。

乍闻余妹言曰："阿姊，晨来所治针黹，亦已毕业未？"

静子太息答余妹曰："吾欲为三郎制领结，顾累日未竟，吾乃真孺稚也。"

余既知余妹未睡，转身欲返，忽复闻静子凄声和泪，细诘余妹曰："吾妹知阿兄连日胡因郁郁弗舒，恒露忧思之状耶？"

余妹答曰："吾亦弗审其由。今日尚见阿兄独坐斋中，泪潸潸下，良匪无以。妹诚愕异，又弗敢以禀阿娘。吾姊何以教我慰阿兄耶？"

静子曰："顾乃无术。惟待余等归期，吾妹努力助我，要阿兄同行，吾宁家，则必有以舒阿兄郁结。阿兄莅吾家，兼可与吾妹剧谈破寂，岂不大妙？不观阿兄面庞，近日十分消瘦，令人滋悢悢。今有一言相问吾妹：妹知阿母、阿姨，或阿姊，向有何语吩咐阿兄否？"

余妹曰："无所闻也。"

静子不语。久之，微呻曰："抑吾有所开罪阿兄耶？余虽勿慧，曷遂相见则……"言至此，噫焉而止。复曰："待明日，但乞三郎加示喻耳。"

静子言时，凄咽不复成声。余猛触彼美沛然至情，万绪悲凉，不禁欷歔泣下，乃归，和衣而寝。

天将破晓，余忧思顿释，自谓觅得安心立命之所矣。盥漱既讫，于是就案搦管构思，怃然少间，力疾书数语于笺素云：

静姊妆次：

呜呼，吾与吾姊终古永诀矣！余实三戒俱足之僧，永不容与女子共住者也。吾姊盛情殷渥，高义干云，吾非木石，云胡不感？然余固是水曜离胎，遭世有难言之恫，又胡忍以飘摇危苦之躯，扰吾姊此生哀乐耶？今兹手持寒锡，作远头陀矣。尘尘刹刹，会面无因。伏维吾姊，贷我残生，夫复何云？倏忽离家，未克另禀阿姨、阿母，幸吾姊慈悲哀愍，代白此心；并婉劝二老切勿悲念顽儿身世，以时强饭加衣，即所以怜儿也。幼弟三郎含泪顶礼。

书毕，即易急装，将笺暗纳于鞞骨细盒之内。盒为静子前日盛果媵余，余意行后，静子必能检盒得笺也。摒挡既毕，举目见壁上铜钟，锵锵七奏，一若催余就道者。此时阿母、阿姨咸在寝室，为余妹理衣饰。静子与厨娘、女侍，则在厨下都弗余觉。余竟自辟栅潜行。行数武，余回顾，忽见静子亦匆匆踵至，绿鬓垂于耳际，知其还未栉掠，但仓皇呼曰："三郎，侵晨安适？夜来积雪未消，不宜出行。且晨餐将备，曷稍待乎？"

余心为赫然，即脱冠致敬，恭谨以答曰："近日疏慵特甚，忘却为阿姊道晨安，幸阿姊恕之。吾今日欲观白泷不动尊神，须趁雪未溶时往耳。敬乞阿姊勿以稚弟为念。"

静子趣近余前，愕然作声问曰："三郎颜色，奚为乍变？得毋感冒？"

言毕，出其腻洁之手，按余额角，复执余掌言曰：

"果热度腾涌。三郎此行可止，请速归家，就榻安歇，待吾禀报阿母。"言时声颤欲嘶。

余即陈谢曰："阿姊太过细心，余惟觉头部微晕，正思外出，吸取清气耳。望吾姊勿尼吾行。二小时后，余即宁家，可乎？"

静子以指掠其鬓丝，微叹不余答；久乃娇声言曰："然则，吾请侍三郎行耳。"

余急曰："何敢重烦玉趾，余一人行道上，固无他虑。"

静子似弗怿，含泪盼余，喟然答曰："否。粉身碎骨，以卫三郎，亦所不惜，况区区一行耶？望三郎莫累累见却，即幸甚矣。"

余更无词固拒，权伴静子逡巡而行。道中积雪照眼，余略顾静子芙蓉之靥，衬以雪光，庄艳绝伦，吾魂又为之奭然而摇也。静子频频出素手，谨炙余掌，或扪余额，以觇热度有无增减。俄而行经海角砂滩之上，时值海潮初退，静子下其眉睫，似有所思。余瞩静子清癯已极，且有泪容，心滋恻怅，遂扶静子腰围，央其稍歇。静子脉脉弗语，依余憩息于细软干砂之上。

此时余神志为爽，心亦镇定，两鬓热度尽退，一如常时，但静默不发一言。静子似渐释其悲哽，尚复含愁注视海上波光。久久，忽尔扶余臂愀然问曰："三郎，何思之深也？三郎或勿讶吾言唐突耶？前接香江邮筒，中附褪红小简，作英吉利书，下署罗弼氏者，究属谁家扫眉才子？可得闻乎？吾观其书法妩媚动人，宁让簪花格体？奈何以此蟹行乌丝，惑吾三郎，怏怏至此田地？余以私心决之，三郎意似怜其薄命如樱花然者。三郎今兹肯为我倾吐其详否耶？"

余无端闻其细腻酸咽之词，以余初不宿备，故嗫不能声。

静子续其声韵曰："三郎，胡为缄口如金人？固弗容吾一闻芳讯耶？"

余遂径报曰:"彼马德利产,其父即吾恩师也。"

静子闻言,目动神慌,似极惨悸,故迟迟言曰:"然则彼人殆绝代丽姝,三郎固岂能忘怀者?"

言毕,哆其唇樱,回波注睇吾面,似细察吾方寸作何向背。余略引目视静子,玉容瘦损,忽而慧眼含红欲滴。余心知此子固天怀活泼,其此时情波万叠而中沸矣。余情况至窘,不审将何词以答。少选,邃作庄容而语之曰:"阿姊当谅吾心,絮问何为?余实非有所恋恋于怀。顾余素鞅鞅不自聊者,又非如阿姊所料。余周历人间至苦,今已绝意人世,特阿姊未之知耳。"

余言毕,静子挥其长袖,掩面悲咽曰:"宜乎三郎视我,漠若路人,余固乌知者?"已而复曰:"嗟乎!三郎,尔意究安属?心向丽人则亦已耳,宁遂忍然弗为二老计耶?"

余聆其言,良不自适,更不忍伤其情款。所谓藕断丝连,不其然欤?余遂自绾愁丝,阳慰之曰:"稚弟胡敢者?适戏言耳,阿姊何当介蒂于中,令稚弟皇恐无地。实则余心绪不宁,言乃无检。阿姊爱我既深,尚冀阿姊今以恕道加我,感且无任耳!阿姊其见宥耶?"

静子闻余言,若喜若忧,垂额至余肩际,方含意欲申,余即抚之曰:"悲乃不伦,不如归也。"

静子愁悰略释,盈盈起立,捧余手重复亲之,言曰:"三郎记取:后此无论何适,须约我偕行,寸心释矣。若今晨匆匆自去,将毋令人悬念耶?"

余即答曰:"敬闻命矣。"

静子此时俯身,拾得虹纹贝壳,执玩反复,旋复置诸砂面,为状似甚乐也。已而骈行,天忽阴晦,欲雪不雪,路无行人。静子且行且喟。余栗栗惴惧不已,乃问之曰:"阿姊奚叹?"

静子答曰:"三郎有所不适,吾心至慊。"

余曰:"但愿阿姊宽怀。"

此时已近由脚孤亭之侧,离吾家只数十武,余停履谓曰:"请阿姊先归,以慰二老。小弟至板桥之下,拾螺蛤数枚,归贻妹氏,容缓二十分钟宁家。第恐有劳垂盼。阿姊愿耶?否耶?"

静子曰:"甚善。余先归为三郎传朝食。"

言毕,握余手略鞠躬言曰:"三郎,早归。吾偕令妹伫伺三郎,同御晨餐。今夕且看明月照积雪也。"

余垂目细瞻其雪白冰清之手,微现蔚蓝脉线,良不忍遽释,惘然久立,因曰:"敬谢阿姊礼我。"

余目送静子珊珊行后,喟然而叹曰:"甚矣,柔丝之绊人也!"

余自是力遏情澜,亟转山脚疾行。渐前,适有人夫牵空车一辆,余招而乘之,径赴车站。购票讫,汽车即发。二日半,经长崎,复乘欧舶西渡。余方豁然动念,遂将静子曩日所媵凤文罗简之属,沉诸海中,自谓忧患之心都泯。

更二日,抵上海,余即日入城,购僧衣一着易之,萧然向武林去,以余素慕圣湖之美,今应顺道酬吾夙愿也。既至西子湖边,盈眸寂乐,迥绝尘寰。余复泛瓜皮舟,之茅家埠。

既至,余舍舟,肩挑被席数事,投灵隐寺,即宋之问"楼观沧海日,门对浙江潮"处也。余进山门,复至客堂,将行李放堂外左边,即自往右边鹄立。

久久,有知客师出问曰:"大师何自而来?"

余曰:"从广州来。"

知客闻言欣然曰:"广东富饶之区也。"

余弗答,摩襟出牒示之。知客审视牒讫,复欣然导余登南楼安息。余视此楼颇广,丁方可数丈,楼中一无所有,惟灰砖数方而已。

迄薄暮,斋罢,余急就寝,即以灰砖代枕。入夜,余忽醒,弗复成寐，又闻楼中作怪声甚厉。余心惊疑是间有鬼，惨栗不已，急以绒毡裹头，力闭余目，虽汗出如瀋，亦弗敢少动。漫漫长夜，不胜苦闷。天甫迟明，闻钟声，即起，询之守夜之僧，始知楼上向多松鼠，故发此怪声，来往香客，无不惊讶云。

晨粥既毕，主持来嘱余曰："师远来，晨夕无庸上殿，但出山门扫枯叶柏子，聚而焚之。"

余曰："谨受教。"

过午，复命余将冷泉亭石脚衰草剔净。如是安居五日过已，余颇觉翛然自得，竟不识人间有何忧患，有何恐怖。听风望月，万念都空。惟有一事，不能无憾：以是间风景为圣湖之冠，而冠盖之流，往来如鲫，竟以清净山门，为凡夫俗子宴游之区，殊令人弗堪耳。

余一日无事，偶出春淙亭眺望，忽见壁上新题，墨痕犹湿。余细视之，即《捐官竹枝词》数章也，其词曰：

> 二品加衔四品阶，皇然绿轿四人抬。
> 黄堂半跪称卑府，白简通详署宪台。
> 督抚请谈当座揖，臬藩接见大门开。
> 便宜此日称观察，五百光洋买得来。
> 大夫原不会医生，误被都人唤此名。
> 说梦但求升道府，升阶何敢望参丞。
> 外商吏礼皆无分，兵户刑工浪挂名。
> 一万白银能报效，灯笼马上换京卿。
> 一麾分省出京华，蓝顶花翎到处夸。
> 直与翰林争俸满，偶兼坐办望厘差。
> 大人两字凭他叫，小考诸童听我枷。
> 莫问出身清白否，有钱再把道员加。

工赈捐输价便宜，白银两百得同知。
　　官场逢我称司马，照壁凭他画大狮。
　　家世问来皆票局，大夫买去署门楣。
　　怪他多少功牌顶，混我胸前白鹭鹚。
　　八成遇缺尽先班，铨补居然父母官。
　　刮得民膏还凤债，掩将妻耳买新欢。
　　若逢苦缺还求调，偏想诸曹要请安。
　　别有上台饶不得，一年节寿又分餐。
　　补褂朝珠顶似晶，冒充一个状元郎。
　　教官都作加衔用，殷户何妨苦缺当。
　　外放只能抡刺史，出身原是做厨房。
　　可怜裁缺悲公等，丢了金钱要发狂。
　　小小京官不足珍，素珠金顶亦荣身。
　　也随编检称前辈，曾向王公作上宾。
　　借与招牌充薙匠，呼来雅号冒儒臣。
　　衔条三字翰林院，诳得家人唤大人。

　　余读至此，谓其词雅谑。首章指道员，其二郎中，其三知府，其四同知，其五知县，其六光禄寺署丞，其七待诏，惜末章为风雨剥灭，不可辨，只剩：

　　天丧斯文人影绝，官多捷径士心寒。
　　一联而已。此时科举已废，盖指留学生而言也。
　　余方欲行，适有少年比丘，负囊而来。余观其年，可十六七，面带深忧极恨之色。见余即肃容合十，向余而言曰：
　　"敬问阿师，此间能容我挂单否乎？"
　　余曰："可，吾导尔至客堂。"

比丘曰:"阿弥陀佛。"

余曰:"子来从何许?观子形容,劳困已极,吾请助子负囊。"

比丘颦蹙曰:"谢师厚意。吾果困顿,如阿师言。吾自湖南来者,吾发愿参礼十方,形虽枯槁,第吾心中懊恼,固已净尽无余,且勿知苦为何味也。"

晚上比丘与余同歇楼上,余视其衣单,均非旧物,因意其必新剃度,又一望可知其中心实有千端愁恨者。遂叩之曰:"子出家几载?"

比丘聆余言,沉思久之,凄然应余曰:"吾削发仅月余耳。阿师待我殊有礼义,中心宁弗感篆?我今且语阿师以吾何由而出家者。

"吾恨人也,自幼失怙恃。吾叔贪利,鬻余于邻邑巨家为嗣。一日,风雨凄迷,余静坐窗间,读《唐五代词》,适邻家有女,亦于斯时当窗刺绣。余引目望之,盖代容华,如天仙临凡也。然余初固不敢稍萌妄念。忽一日,女缄一小小蛮笺,以红线轻系于蜻蜓身上,令徐徐飞入余窗。盖领窗与余窗斜对,仅离六尺,下有小河相界耳。余得笺,循还雒诵,心醉其美,复艳其情,因叹曰:'吾何修而能枉天仙下盼耶?'由是梦魂,竟被邻女牵系,而不能自作主持矣。此后朝夕必临窗对晤,且馈余以锦绣文房之属。吾知其家贫亲老,亦厚报之以金,如是者屡矣。

"一日,女复自绣秋海棠笔袋,实以旃檀香屑见贻。余感邻女之心,至于万状,中心自念,非更得金以酬之,无以自对良心也。顾此时阮囊羞涩,遂不获已,告贷于厮仆。不料仆阳诺而阴述诸吾义父之前。翌晨,义父严责余曰:'吾素爱汝,汝竟行同浪子耶?吾家断无容似汝败行之人,汝去!'义父言毕,即草一函,嘱余挈归,致吾叔父。余受函入房,女犹倚窗迎余含笑。余正色告之曰:'今日见摈于老父,后此何地何时,可图良会耶?'

"女聆余言，似不欢，怫然竖其一指，逡巡答余曰：'今夕无月，君于十一句钟，以舴艋至吾屋后。君能之乎？'余呕应曰：'能之。'

"余既领香谕，自以为如天之福也，即归至家。叔父诘余曰：'汝语我，将钱何所用，赌耶？交游无赖耶？'余惟恭默，不敢答一辞，恐直言之，则邻女声名瓦解，是何可者？俄顷，叔父复问曰：'汝究与谁人赌耶？'余弗答如故。遂益中吾叔父之怒，乃以桐城烟斗，乱剥余肩。余忍痛不敢少动，又不敢哭。

"黄昏后，余潜取邻舍渔舟，肩痛不可忍，自念今夕不行，将负诺，则痛且死，亦安能格我者？遂勉力摇舟，欸乃而去。及至其宅，刚九句钟，余心滋慰，竟忘痛楚。停桡于屋角。待久之，不见人影，良用焦忧。忽骤雨如覆盆，余将孤艇驶至墙缘芭蕉之下，冒风雨而立，直至四更，亦复杳然。余心知有变，跃身入水，无知觉已。

"迄余渐醒，四瞩竹篱茅舍，知为渔家。一翁一媪，守余侧，频以手按余胸次，甚殷。余突然问曰：'叟及夫人拯吾命耶？然余诚无面目，更生人世。'"媪曰：'悲哉，吾客也！客今且勿言。天必祐客平安无事，吾谢天地。'

"余闻媪言辞温厚，不觉堕泪，悉语以故。媪白发婆娑，摇头叹曰：'天下负心人儿，比比然也。客今后须知自重。'

"叟曰：'勉乎哉，客今回头是岸，佳也。'

"余收泪跪别翁媪而行，莫审所适，悲腾恨溢，遂入岳麓为僧。乃将腰间所系海棠笔袋并香屑葬于飞来钟树脚之侧。后此附商人来是间。今兹茫茫宇宙，又乌睹所谓情，所谓恨耶？"

余闻湘僧言讫，历历忆及旧事，不能宁睡。忽依稀闻慈母责余之声，神为耸然而动，泪满双睫，顿发思家之感。翌朝，余果病不能兴。湘僧晨夕为余司汤药粥施各事，余辄于中夜感极涕零，遂与湘僧为患难交。后此湘僧亦备审吾隐恫，形影相吊，无片刻少离。余病兼旬，始护清健，能扶杖出山门眺望，潭映疏钟，清人骨髓。

忽一日，监院过余言曰："明日中元节，城内麦家有法事，首座命衲应赴，并询住僧之中，谁合选为同伴者。衲以师对，首座喜甚。道师沉静寡言，足庄山门风范，能起十方宗仰。且麦氏亦岭南人，以师款洽，较他人方便，此吾侪不得不借重于吾师也。"

余答曰："余出家以来，未尝习此，舍《香赞》、《心经》、《大悲咒》而外，一无所能，恐辱命，奈何？"

监院曰："瑜伽炮口，只此亦够。尚有侍者三人，于诸事殊练达。师第助吾等敲木鱼及添香剪烛之外，无多劳。万望吾师勿辞辛苦，则常住增光矣。"

余不获已，允之。监院欣然遂去。余语湘僧曰："此无益于正教，而适为人鄙夷耳。应赴之说，古未之闻。昔白起为秦将，坑长平降卒四十万。至梁武帝时，志公智者，提斯悲惨之事，用警独夫好杀之心，并示所以济拔之方。武帝遂集天下高僧，建水陆道场七昼夜，一时名僧，咸赴其请。应赴之法，自此始。

"余尝考诸《内典》：昔佛在世，为法施生，以法教化四生。人间天上，莫不以五时八教，次第调停而成熟之；诸弟子亦各分化十方，恢弘其道。迨佛灭度后，阿难等结集《三藏》，流通法宝。至汉明帝时，佛法始入震旦。唐宋以后，渐入浇漓，取为衣食之资，将作贩卖之具。嗟夫，异哉！自既未度，焉能度人？譬如下井救人，二俱陷溺。且施者，与而不取之谓；今我以法与人，人以财与我，是谓贸易，云何称施？况本无法与人，徒资口给耶？纵有虔诚之功，不赎贪求之过。若复苟且将事，以希利养，是谓盗施主物，又谓之负债用。律有明文，呵责非细。"

湘僧曰："阿师言深有至理，令人不可置一词也。第余又不解志公胡必作此忏仪，延误天下苍生耶？"

余曰："志公本是菩萨化身，能以圆音利物。唐持梵呗，已无补秋毫。矧在今日凡僧，更何益之有？云栖广作忏法，蔓延至今，徒误正修，以资利养，流毒沙门，其祸至烈。至于禅宗本无忏法，而今亦相率崇效，非宜深戒者乎？顾吾与子，俱是正信之人，既皈依佛，但广说其四谛八正道，岂人天小果有漏之因，同日语哉？"

湘僧曰："善哉！马鸣菩萨言：诸菩萨舍妄，一切显真实，诸凡夫覆真，一切显虚妄。"

明日，余随监院莅麦氏许，然余未尝询其为何名，隶何地，但知其为宰官耳。

入夜，法事开场，此余破题儿第一遭也。此时男女叠肩环观者甚众。监院垂睫合十，朗念真言，至"想骨肉已分离，睹音容而何在"，声至凄恻。及至"呜呼！杜鹃叫落桃花月，血染枝头恨正长"、又"昔日风流都不见，绿杨芳草髑髅寒"，又"将军战马今何在，野草闲花满地愁"等句，则又悲健无论。斯时举屋之人，咸屏默无声，注瞩余等。

余忽闻对壁座中，有婴宛细碎之声，言曰："殆此人无疑也。回忆垂髫，恍如隔世，宁勿凄然？"时复有男子太息曰："伤哉！果三郎其人也。"

余骤闻是言，岂不惊怛？余此际神色顿变，然不敢直视。

女郎复曰："似大病新瘥，我知三郎固有难言之隐耳。"

余默察其声音，久之，始大悟其即麦家兄妹，为吾乡里，又为总角同窗。计相别五载，想其父今为宦于此。回首前尘，徒增浩叹耳。忆余羁香江时，与麦氏兄妹结邻于卖花街。其父固性情中人，意极可亲，御我特厚，今乃不期相遇于此，实属前缘。余今后或能借此一讯吾旧乡之事，斯亦足以稍慰飘零否耶？余心于是镇定如常。

黎明，法事告完，果见僮仆至余前揖曰："主人有命，请大师贲临书斋便饭。"

余即随之行。此时，同来诸僧咸骇异，以彼辈未尝知余身世，彼意谓余一人见招，必有殊荣极宠。盖今之沙门，虽身在兰阇，而情趣缨绋者，固如是耳！

及余至斋中，见餐事陈设甚盛：有莼菜，有醋鱼、五香腐干、桂花栗子、红菱藕粉、三白西瓜、龙井虎跑茶、上蒋虹字腿，此均为余特备者。余心默感麦氏，果依依有故人之意，足征长者之风，于此炎凉世态中，已属凤毛麟角矣。

少须，麦氏携其一子一女出斋中，与余为礼。余谛认麦家兄妹，容颜如故，戏采娱亲；而余抱无涯之戚，四顾萧条，负我负人，何以堪此？因掩面哀咽不止。麦氏父子，深形凄怆，其女公子亦不觉为余而作啼妆矣。

无语久之，麦氏抚余庄然言曰："孺子毋愁为幸。吾久弗见尔。先是闻乡人言，吾始知尔已离俗，吾正深悲尔天资俊爽，而世路凄其也。吾去岁挈家人侨居于此，昨夕儿辈语我，以尔来吾家作法事，令老夫惊喜交集。老夫耄矣，不料犹能会尔，宁谓此非天缘耶？尔父执之妇，昨春迁居香江，死于喉疫。今老夫愿尔勿归广东。老夫知尔了无凡骨，请客吾家，与豚儿作伴，则尔于余为益良多。尔意云何者？"

余闻父执之妻早年去世，满怀悲感，叹人事百变叵测也。

余收泪启麦氏曰："铭感丈人，不以残衲见弃，中心诚皇诚恐，将奚以为报？然寺中尚有湘僧名法忍者，为吾至友，同居甚久，孺子滋不忍离之。后此孺子当时叩高轩侍教，丈人其恕我乎？"

麦氏少思，霭然言曰："如是亦善，吾惟恐寺中苦尔。"

余即答曰："否，寺僧遇我俱善。敬谢丈人，垂念小子，小子何日忘之？"

麦氏喜形于色，引余入席。顾桌上浙中名品咸备，奈余心怀百忧，于此时亦味同嚼蜡耳。饭罢，余略述东归寻母事。

麦氏举家静听，感喟无已。麦家夫人并其太夫人，亦在座中，为余言，天心自有安排，嘱余屏除万虑。余感极而继之以泣。

及余辞行，麦家夫人出百金之票授余，嘱曰："孺子莫拒，纳之用备急需也。"

余拜却之曰："孺子自逗子起行时，已备二百金，至今还有其半，在衣襟之内。此恩吾惟心领，敬谢夫人。"

余归山门。越数日，麦家兄妹同来灵隐，视余于冷泉亭。

余乘间问雪梅近况何若。初，兄妹皆隐约其辞，余不得端倪。

因再叩之，凡三次。其妹微蹙其眉，太息曰："其如玉葬香埋何？"

余闻言儿踣，退立震慑，捶胸大恸曰："果不幸耶？"

其兄知旨，急挽余臂曰："女弟孟浪，焉有是事？实则……"语至此，转复慰余曰："吾爱友三郎，千万珍重。女弟此言非确，实则人传彼姝春病颇剧耳。然吉人自有天相，万望吾爱友切勿焦虑，至伤玉体。"余遂力遏其悲。

是日，麦家兄妹复邀余同归其家。翌晨，余偶出后苑嘘气，适逢其妹于亭桥之上，扶栏凝睇，如有所思。既见余至，不禁红上梨涡，意不忍为陇中佳人将消息耳。余将转身欲行，其妹回眸一盼，娇声问曰："三郎其容我导君一游苑中乎？"

余即鞠躬，庄然谢曰："那敢有劳玉趾？敬问贤妹一言，雪梅究存人世与否？贤妹可详见告欤？"

其妹嘤然而呻，辄摇其首曰："谚云：'继母心肝，甚于蛇虺。'不诚然哉？前此吾居乡间，闻其继母力逼雪姑为富家媳，迨出阁前一夕，竟绝粒而夭。天乎！天乎！乡人咸悲雪姑命薄，吾则叹人世之无良，一于至此也！"

余此时确得噩信，乃失声而哭，急驰返山门，与法忍商酌，同归岭海，一吊雪梅之墓，冀慰贞魂。明日午后，麦氏父子，亲送余等至拱宸桥，挥泪而别。

余与法忍至上海，始悉襟间银票，均已不翼而飞，故不能买舟，遂与法忍决定行脚同归。沿途托钵，蹭蹬已极。逾岁，始抵横蒲关，入南雄边界。既过红梅驿，土人言此去俱为坦途，然水行不一由延能达始兴。余二人尽出所蓄，尚可敷舟资及粮食之用，于是扬帆以行。风利，数日遂过浈水，至始兴县，余二人忧思稍解。

是夕，维舟于野渡残扬之下。时凉秋九月矣，山川寥寂，举目苍凉。忽有西北风潇飒过耳，余悚然而听之，又有巨物呜呜然袭舟而来，竟落灯光之下，如是者络续而至。余异而瞩之，约有百数，均团脐胖蟹也。此为余初次所见，颇觉奇趣。

法忍语余曰："吾闻丹凤山去此不远，有张九龄故宅，吾二人明晨当纡道往观。"又曰："惜吾两人不能痛饮，否则将此蟹煮之，复入村沽黄醑无量，尔我举匏樽以消幽恨。奈何此夕百忧感其心耶？"

语次，舟子以手指枫林旷刹告余二人曰："此即怀庵古兰若也，金碧飘零尽矣。父老相传，甲申三月，吾族遗老誓师于此，不观腐草转磷，至今犹在？嗟乎！风景依然，而江山已非，宁不令人愀然生感，欷歔不置耶？"

迨余等将睡，忽而黑风暴雨遽作。余谓法忍："今夕不能住宿舟中，不若同往荒殿少避风雨，明日重行。"法忍曰："善。"余二人遂辞舟子，向枫林摩道而入。既至山门，缭垣倾记殆尽，扉亦无存者。及入，殿中都无声响，惟见佛灯，光摇四壁。殿旁有甬道，通一耳室，余意其为住僧寮房，故止步弗入。法忍手扪碑上题诗，读曰：

十郡名贤请自思，座中若个是男儿。

鼎湖难挽龙髯日，鸳水争持牛耳时。

哭尽冬青徒有泪，歌残凝碧竟无诗。

故陵麦饭谁浇取，赢得空堂酒满卮。

余曰："此澹归和尚贻吴梅村之诗也。当日所谓名流，忍以父母之邦，委于群胡，残暴戮辱，亦可想而知矣。澹归和尚固是顶天立地一堂堂男子。呜呼！丹霞一炬，遗老幽光，至今犹屈而不申，何天心之愦愦也？"

时暴雨忽歇，余与法忍无言，解袱卧于殿角。余陡然从梦中惊醒，时万籁沉沉，微闻西风振箨，参以寒虫断续之声。

忽有念《蓼莪》之什于侧室者，其声酸楚无伦。听至"哀哀父母，生我劬劳"句，不禁沉沉大恸，心为摧折。

晨兴，天无宿翳。余视此僧，呜呼，即余乳媪之子潮儿也！余愕不止；潮儿几疑余为鬼物，相视久之，悲咽万状曰："阿兄归几日矣？"

余曰："昨夕抵此，风雨兼天，故就宿殿内。贤弟何故失容？阿母无恙耶？"

潮儿未及发言，已簌簌落泪，白余言曰："慈母见背，吾心悲极为僧，庐墓于此，三经弦望矣。"

余闻言，震越失次，趋前抱潮儿而恸哭曰："吾意归南海必先见吾媪。余自襁褓，独媪一人怜而抚我，不图今已长眠。天乎！吾媪养育之恩，吾未报其万一。天乎！吾心胃都碎矣！"

既而潮儿导余等出西院门，至其亡母墓前，黄土一抔，白杨萧萧，山鸟哀鸣其上。余同法忍，俯伏陨涕。潮儿掁泪言曰："亡母感古装夫人极矣！舍古装夫人而外，欲得一赐惠之人，无有也。吾前月奉去一笑，不知阿兄遄归。今会阿兄于此，亦余梦魂所不及料，宁非苍天垂愍？先母重泉慰矣。"

余等暂与潮儿为别,遂向雪梅故乡而去。陆行假食,凡七昼夜,始抵黄叶村。读者尚忆之乎?村即吾乳媪前此所居,吾尝于是村为园丁者也。顾吾乳媪旧屋,既已易主,外观自不如前,触目多愁思耳。余与法忍,投村边破寺一宿。晨曦甫动,余同法忍披募化之衣,郎当行阡陌间。此时余心经时百转,诚无以对吾雪梅也。

既至雪梅故宅,余伫立,回念当日卖花经此,犹如昨晨耳。谁料云鬟花颜,今竟化烟而去!吾憾绵绵,宁有极耶?嗟乎!雪梅亦必当怜我于永永无穷!余羁縻世网,亦恹恹欲尽矣。惟思余自西行以来,慈母在家,盼余归期,直泥牛入海,何有消息?余诚冲幼,竟敢将阿姨、阿母残年期望,付诸沧渤。思之,余罪又宁可逭耶?此时余乃战兢而前,至门次,颤声连呼:"施主,施主!"

少选,小娃出,余审视之,果前此所遇侍儿,遗余以金者。侍儿忽而却立,面容丧失,凝眸盼余二人,若识若不识。

余未发言,寸心碎磔,且哭且叩侍儿曰:"子还忆卖花人否耶?雪姑今葬何许?幸子导吾一往,则吾感子恩德弗尽。吾今急不择言,以表吾心,望子怜而恕我。"

侍儿闻余言,始为凛然,继作怒容,他顾久之,厉声曰:"异哉!先生,人既云亡,哭胡为者?曾谓雪姑有负于先生耶?试问鬻花郎,吾家女公子为谁魂断也?"言至此,复相余身,双颊殷然,含憎言曰:"和尚行矣,恕奴无礼,以对和尚。"语已返身,力阖其扉。

余立垂首,无由申辩,不图竟为僮娃峻绝,如剚余以刃也。余呆立几不欲生人世。良久,法忍殷殷慰藉,余不觉自缓其悲,乃转身行,法忍随之。既而就村间丛冢之内遍寻,直至斜阳垂落,竟不得彼姝之墓。俄而诸天曛黑，深沉万籁，此际但有法忍与余相对呼吸之声而已。余低声语法忍曰："良友已矣，吾不堪更受悲怆矣！吾其了此残生于斯乎？"

法忍闻余言，仰首瞩天，少选，以悲哽之声，百端慰解，并劝余归寺，明日更寻归途。余颓僵如尸，幸赖法忍扶余，迤逦而行。

呜呼！"踏遍北邙三十里，不知何处葬卿卿。"读者思之，余此时愁苦，人间宁复吾匹者？余此时泪尽矣！自觉此心竟如木石，决归省吾师静室，复与法忍束装就道。而不知余弥天幽恨，正未有艾也。

绛纱记

昙鸾曰：余友生多哀怨之事，顾其情楚恻，有落叶哀蝉之叹者，则莫若梦珠，吾书今先揭梦珠小传，然后述余遭遇，以眇躬为书中关键，亦流离辛苦，幸免横夭，古人所以畏蜂虿也。

梦珠名瑛，姓薛氏，岭南人也。瑛少从容淡静。邑有醇儒谢翥者，与瑛有恩旧，尝遣第三女秋云与瑛相见，意甚恋恋。瑛不顾，秋云以其骄尚，私送出院，解所佩琼琚，于怀中探绛纱，裹以授瑛。瑛奔入市货之，径诣慧龙寺披剃，住厨下，刈笋供僧。一日，与沙弥争食五香鸽子，寺主叱责之，负气不食累日。寺主愍念其来，荐充南涧寺僧录。未几，天下扰乱，于是巡锡兰、印度、缅甸、暹罗、耶婆堤、黑齿诸国。寻内渡，见经笥中绛纱犹在，颇涉冥想，遍访秋云不得，遂抱羸疾。时阳文爱、程散原创立祇洹精舍于建邺，招瑛为英文教授。后阳公归道山，瑛沉迹无所，或云居苏州滚绣坊，或云教习安徽高等学堂，或云在湖南岳麓山，然人有于邓尉圣恩寺见之者。乡人所传，此其大略。

余束发受书，与瑛友善，在香港皇娘书院同习欧文。瑛逃禅之后，于今屡易寒暑，无从一通音问，余每临风，未尝不叹息也。

戊戌之冬，余接舅父书，言星洲糖价利市三倍，当另辟糖厂，促余往，以资臂助——先是舅父渡孟买，贩茗为业，旋弃其业，之星嘉坡，设西洋酒肆，兼为糖商，历有年所。舅氏姓赵，素亮直，卒以糖祸而遭厄艰——余部署既讫，淹迟三日，余挂帆去国矣。余抵星嘉坡，即居舅氏别庐。别庐在植园之西，嘉树列植，景颇幽胜。舅氏知余性疏懈，一切无訾省，仅以家常琐事付余，故余甚觉萧闲自适也。

一日，为来复日之清晨，鸟声四噪。余偶至植园游涉，忽于细草之上，拾得英文书一小册，郁然有椒兰之气，视之，乃《沙浮纪事》。吾闻沙浮者，希腊女子，骚赋辞清而理哀，实文章之冠冕。余坐石披阅，不图展卷，即余友梦珠小影赫然夹书中也。余惊愕，见一缟衣女子，至余身前，俯首致礼。余捧书起立，恭谨言曰："望名姝恕我非仪！此书得毋名姝所遗者欤？"女曰："然。感谢先生，为萍水之人还此书也。"余细瞻之，容仪绰约，出于世表。余放书石上，女始出其冰清玉洁之手，接书礼余，徐徐款步而去。女束发拖于肩际，殆昔人堕马之垂鬟也。文裾摇曳于碧草之上，同为晨曦所照，互相辉映。俄而香尘已杳。余归，百思莫得其解：蛮荒安得诞此俊物？而吾友小影，又何由在此女书中？以吾卜之，此女必审梦珠行止。顾余逢此女为第一次，后此设得再遇者，须有以访吾友朕兆。而美人家世，或蒙相告，亦未可知。

积数月，亲属容家招饮。余随舅父往，诸戚畹父执见余极欢。余对席有女郎，挽灵蛇髻者，姿度美秀，舅父谓余曰："此麦翁之女公子五姑也。"余闻言，不审所谓。筵既撤，宾客都就退闲之轩。余偷瞩五姑，著白绢衣，曳蔚蓝纨裙，腰玫瑰色绣带，意态萧闲。舅父重命余与五姑敬礼。五姑回其清盼，出手与余，即曰："今日见阿兄，不胜欣幸！暇日，愿有以教辍学之人。"音清转若新莺。余鞠躬谢不敏，而不知余舅父胸有成竹矣。

他日，麦翁挈五姑过余许，礼意甚殷，五姑以白金时表赠余。厥后五姑时来清谈，蝉嫣柔曼。偶枨触缟衣女子，则问五姑，亦不得要领。

余一日早起，作书二通：一致广州，问舅母安；一致香山，请吾叔暂勿招工南来，因闻乡间有秀才造反，诚恐劣绅捏造黑白。书竟，燃吕宋烟吸之，徐徐吐连环之圈。忽闻马嘶声，余即窗外盼，见五姑拨马首，立棠梨之下，马纯白色，神骏也。余下楼迎迓。五姑扬肱下骑，余双手扶其腰围，轻若燕子。五姑是日服窄袖胡服，编发作盘龙髻，戴日冠。余私谓：妹喜冠男子之冠，桀亡天下；何晏服妇人之服，亦亡其家。此虽西俗，甚不宜也。适侍女具晨餐，五姑去其冠同食。

既已，舅父同一估客至，言估客远来，欲观糖厂。五姑与余亦欲往观。估客、舅父同乘马车，余及五姑策好马，行骄阳之下。过小村落甚多，土人结茅而居。夹道皆植酸果树，栖鸦流水，盖官道也。时见吉灵人焚迦筭香拜天，长幼以酒牲祭山神。五姑语余，此日为三月十八日，相传山神下降，祭之终年可免瘴疠。旁午始达糖厂。厂依山面海，山峻，培植佳，嘉果累累。巴拉橡树甚盛。欧人故多设橡皮公司于此，即吾国人亦多以橡皮股票为奇货。山下披拖弥望，尽是蔗田。舅父谓余曰："此片蔗田，在前年已值三十万两有奇，在今日或能倍之；半属麦翁，半余有也。"余见厂中重要之任，俱属英人；佣工于厂中者，华人与孟加拉人参半。余默思厂中主要之权，悉操诸外人之手，甚至一司簿记之职，亦非华人，然则舅氏此项营业，殊如累卵。

余等济览一周，午膳毕，遂归。行约四五里，余顿觉胸膈作恶。更前里许，余解鞍就溪流，踞石而呕。五姑急下骑，趋至问故。余无言，但觉遍体发热，头亦微痛。估客一手出表，一手执余脉按之，语舅父曰："西向有圣路加医院，可速往。"舅父嘱五姑偕余乘坐马车，估客、舅父并马居后，比谒医，医曰："恐是猩红热，余疗此症多。然上帝灵圣，余或能为役也。"舅父嘱余静卧，请五姑留院视余。五姑诺。舅父、估客匆匆辞去。

余入暮一切惛惚。比晨，略觉清爽，然不能张余睫，微闻有声，嘤然而呼曰："玉体少安耶？"良久，余斗忆五姑，更忆余卧病院中，又久之，姑能豁眸。时微光徐动，五姑坐余侧，知余醒也，抚余心前，言曰："热退矣，谢苍苍者佑吾兄无恙！"余视五姑，衣不解带，知其彻晓未眠。余感愧交迸，欲觅一言谢之，乃讷讷不能出口。俄舅父、麦翁策骑来视余。医者曰："此为险症，新至者罹之，辄不治。此子如天之福，静摄两来复，可离院矣。"

舅父甚感其言。麦翁遇余倍殷渥，嘱五姑勿遽宁家。舅父、麦翁行，五姑送之，倏忽复入余病室，夜深犹殷勤问余所欲。余居病院，忽忽十有八日，血气亦略复。此十八日中，余与五姑款语已深，然以礼法自持，余颇心仪五姑敦厚。

既而舅父来，接吾两人归，隐隐见林上小楼，方知已到别庐。舅父事冗他去，五姑随余入书斋，视案上有小笺，书曰：

> 比随大父，返自英京。不接清辉，但有惆怅。明日遥归澳境，行闻还国，以慰相思。
>
> 玉鸾再拜，上问起居。

余观毕，既惊且喜。五姑立余侧，肃然叹曰："善哉！想见字秀如人。"余语五姑："玉鸾，香山人，姓马氏，居英伦究心历理五稔，吾国治泰西文学卓尔出群者，顾鸿文先生而外，斯人而已。然而斯人身世，凄然感人。此来为余所不料。玉鸾何归之骤耶？"余言至此，颇有酸哽之状。此时，五姑略俯首，频抬双目注余。余易以他辞。饭罢，五姑曰："可同行苑外。"言毕，掖余出碧巷中，且行且瞩余面。余曰："晚景清寂，令人有乡关之思。五姑，明日愿同往海滨泛棹乎？"五姑闻余言似有所感。迎面有竹，竹外为曲水，其左为莲池，其右为草地，甚空旷。余即坐铁椅之上。五姑亦坐，双执余手，微微言曰："身既奉君为良友，吾又何能离君左右？今有一言，愿君倾听：吾实誓此心，永永属君为伴侣！则阿翁慈母，亦至爱君。"言次，举皓腕直揽余颈，亲余以吻者数四。余故为若弗解也者。五姑犯月归去，余亦独返。入夜不能宁睡，想后思前：五姑恩义如许，未知命也若何？平明，余倦极而寐。亭午醒，则又见五姑严服临存，将含笑花赠余，余执五姑之手微唔。五姑双颊略赤贞，低首自视其鞋尖，脉脉不言。自是，五姑每见余，礼敬特加，情款益笃。

忽一日，舅父召余曰："吾知尔与五姑情谊甚笃，今吾有言关白于尔：吾重午节后，归粤一行，趁吾附舟之前，欲尔月内行订婚之礼，俟明春舅母来，为尔完娶。语云：'一代好媳妇，百代好儿孙。'吾思五姑和婉有仪，与尔好合，自然如意。"余视地不知所对。逾旬，舅父果以四猪四羊、龙凤礼饼、花烛等数十事送麦家。余与五姑，因缘遂定。自是以来，五姑不复至余许，间日以英文小简相闻问耳。

时十二月垂尽，舅父犹未南来。余凭阑默忖：舅父在粤，或营别项生意，故以淹迟。忽有偈偈疾驱而来者，视之，麦翁也。余肃之入，翁愁叹而坐。余怪之，问曰："丈人何叹？"翁摇头言曰："吾明知伤君之所爱，但事实有不得不如此。"言次，探怀中出红帖授余，且曰："望君今日填此退婚之书。"余乍听其言，蕴泪于眶，避座语之曰："丈人词旨，吾无从着思。况舅父不在，今丈人忍以此事强吾，吾有死而已，吾何能从之？吾虽无德，谓五姑何？"翁曰："我亦知君情深为五姑耳，君独不思此意实出自五姑耶？"余曰："吾能见五姑一面否？"翁曰："不见为佳。"余曰："彼其厌我哉？"翁笑曰："我实告君，令舅氏生意不佳，糖厂倒闭矣。纵君今日不悦从吾请，试问君何处得资娶妇？"余气涌不复成声，乃奋然持帖，署吾名姓付翁。翁行，余伏几大哭。

尔日有纲纪自酒肆来，带英人及巡捕，入屋将家具细软，一一记以数号，又一一注于簿籍，谓于来复三十句钟付拍卖，即余寝室之床，亦有小纸标贴。吾始知舅父已破产，然平日一无所知。而麦翁又似不被影响者，何也？余此际既无暇哭，乃集园丁、侍女语之故，并以余钱分之，以报二人侍余亲善之情。计吾尚能留别庐三日，思此三日中，必谋一见五姑，证吾心迹，则吾蹈海之日，魂复何恨！又念五姑为人婉淑，何至如其父所言？意者，其有所逼而不得已耶？

余既决计赴水死，向晚，余易园丁服，侍女导余至麦家后苑。麦家有僮娃名金兰者，与侍女相善，因得通言五姑。五姑淡妆簪带，悄出而含泪亲吾颊，复跪吾前，言曰："阿翁苦君矣！"即牵余至墙下低语，其言甚切。余以翁命不可背。五姑言："翁固非亲父。"余即收泪别五姑曰："甚望天从人愿也！"

明日，有英国公司船名威尔司归香港，余偕五姑购得头等舱位。既登舟，余阅搭客名单，华客仅有谢姓二人，并余等为四人。余劝五姑莫忧，且听天命。正午启舷，园丁、侍女并立岸边，哭甚哀；余与五姑掩泪别之。

天色垂晚，有女子立舵楼之上，视之，乃植园遗书之人，然容止似不胜清怨，余即告五姑。五姑与之言，殊落寞。忽背后有人唤声，余回顾，盖即估客也，自言送其侄女归粤，兼道余舅氏之祸，实造自麦某一人。言已，无限感喟，问余安适。余答以携眷归乡。

越日，晚膳毕，余同五姑倚阑观海。女子以余与其叔善，略就五姑闲谈。余微露思念梦珠之情，女惊问余于何处识之，余乃将吾与梦珠儿时情愫一一言之。至出家断绝消息为止。女听至此，不动亦不言。余心知谢秋云者，即是此人，徐言曰："请问小姐，亦尝闻吾友踪迹否乎？"女垂其双睫，含红欲滴，细语余曰："今日恕不告君，抵港时，当详言之。君亦梦珠之友，或有以慰梦珠耳。"女言至此，黑风暴雨猝发。至夜，风少定。忽船内人声大哗，或言铁穿，或言船沉。余惊起，亟抱五姑出舱面。时天沉如墨，舟子方下空艇救客，例先女后男。估客与女亦至。吾告五姑莫哭，且扶女子先行，余即谨握估客之手，估客垂泪曰："冀彼苍加庇二女！"此时船面水已没足。余微睨女客所乘艇，仅辨其灯影飘摇海面。水过吾膝，余亦弗觉，但祝前艇灯光不灭，五姑与女得庆生还，则吾虽死船上，可以无憾。余仍鹄立，有意大利人争先下艇，睹吾为华人，无足轻重，推吾入水中；幸估客有力，一手急揽余腰，一手扶索下艇。余张目已不见前面灯光，心念五姑与女，必所不免。余此际不望生，但望死，忽觉神魂已脱躯壳。

及余醒，则为遭难第二日下半日矣。四瞩，竹篱茅舍，知是渔家。估客、五姑、女子无一在余侧，但有老人踞床理网，向余微笑曰："老夫黎明将渔舟载客归来。"余泣曰："良友三人，咸葬鱼腹，余不如无生耳。"老人置其网，蔼然言曰："客何谓而泣也？天心仁爱，安知彼三人勿能遇救？客第安心，老夫当为客访其下落。"言毕，为余置食事。余问老人曰："此何地？"老人摇手答曰："先世避乱，率村人来此海边，弄艇投竿，怡然自乐，老夫亦不知是何地。"余复问老人姓氏。老人言："吾名并年岁亦亡之，何有于姓？但有妻子。日出而作，日入而息耳。"余矍然曰："叟其仙乎？"老人不解余所谓。余更问以甲子数目等事，均不识。

老人瞥见余怀中有时表，问是何物。余答以示时刻者，因语以一日廿四时，每时六十分，每分六十秒。老人正色曰："将恶许用之，客速投于海中，不然者，争端起矣。"

明日，天朗无云，余出庐独行，疏柳微汀，俨然倪迂画本也，茅屋杂处其间。男女自云：不读书，不识字，但知敬老怀幼，孝悌力田而已；贸易则以有易无，并无货币，未尝闻评议是非之声；路不拾遗，夜不闭户。复前行，见一山，登其上一望，周环皆水，海鸟明灭，知是小岛，疑或近崖州西南。自念居此一月，仍不得五姑消息者，吾亦作波臣耳，吾安用生为？及归，见老人妻子，词气婉顺，固是盛德人也。

后数日，偕老人之子出海边行渔，远远见一女子，坐于沙上，既近，即是秋云，顾余若不复识。余询五姑行在，女始婉容加礼；一一为具言五姑无恙，有西班牙女郎同伴，但不知流转何方。余喜极，乘间叩梦珠事。女凄然曰：

"余诚负良友，上帝在天，今请为先生言之，先生长厚，必能谅其至冤。始吾村居，先君常叹梦珠温雅平旷，以余许字之，而梦珠未知也。一日，梦珠至余家，先君命余出见，余于无人处，以婴年所弄玉赠之。数日，侍婢于市见玉，购归，果所佩物。而吾家大祸至矣。

"先是有巨绅陈某，欲结缡吾族，先君谢之。自梦珠出家事传播邑中，疑不能明也：有谓先君故逼薛氏子为沙门，有谓余将设计陷害之。巨绅子闻之，强欲得余，便诬先君与邝常肃通。巡警至吾家，拔刃指几上《新学伪经考》以为铁证，以先君之名，登在逆籍。先君无以自明，吞金而殁。吾将自投于井，二姊秋湘阻之，携余至其家，以烛泪涂吾面，令无人觉，使老妪送余至香港依吾婶。一日，见《循环日报》载有僧侣名梦珠游印度，纡道星洲。余思叔父在彼经商，余往，冀得相遇。乃背吾婶，附贾舶南行。于今三年矣。

"余遭家不造，无父母之庇。一日不得吾友，即吾罪一日不谊。设梦珠忘我，我终为比干剖心而不悔耳！"

言至此，泪随声下。余思此女求友分深，爱敬终始，求之人间，岂可多得？徐慰之曰："吾闻渠在苏州就馆，吾愿代小姐寻之。"女曰："吾亦为先生寻五姑耳。"女云住海边石窟，言已遂别。余同老人子行阡陌间，老人与估客候余已久，余见估客愈喜，私念如五姑亦相遇于此，将同栖绝境，复何所求！

余三人居岛中共数晨夕，而五姑久无迹兆，心常动念。凡百余日，忽见海面有烟纹一缕，如有汽船经过。须臾，船果泊岸，余三人遂别岛中人登船。船中储枪炮甚富。估客颤声耳语余曰："此曹实为海贼，将奈之何？"余曰："天心自有安排，贼亦人耳，况吾辈身无长物，又何所顾虑？"时有贼人数辈，以绳缚秋云于桅柱，既竟，指余二人曰："速以钱交我辈，如无者，投汝于海。"忽一短人自舱中出，备问余辈行踪，命解秋云。已而曰："吾姓区，名辛，少有不臣之志，有所结纳，是故显名。船即我有，我能送诸君到香港，诸君屏除万虑可也。"

五日，船至一滩头，短人领余三人登岸，言此处距九龙颇近。瞬息，驶船他去。估客携其侄女归坚道旧宅。停数日，女为余整资装，余即往吴淞。维时海内鼎沸，有维新党、东学党、保皇党、短发党，名目新奇且多。大江南北，鸡犬不宁。余流转乞食两阅月，至苏州城。

一日，行经乌鹊桥，细雨濛濛，沾余衣袂。余立酒楼下，闻酒贩言：有广东人流落可叹者，依郑氏处馆度日；其人类有疯病。能食酥糖三十包，亦奇事也。于是过石桥，寻门叩问。有人出应，确是梦珠，惟瘦面，披僧衣。听余语颠末，似省前事，然言不及赠玉之人。心甚异之。饭罢，檐雨淅沥，梦珠灯下弹琴，弦轸清放。忽而据琴不弹，向余曰："秋云何人也？盍使我闻之乎？"余思人传其疯病，信然。余乃重述秋云家散，至星嘉坡苦寻梦珠及遇难各节。梦珠视余良久，漫应曰："我心亦如之。夫睹貌而相悦者，人之情也；吾今学了生死大事，安能复恋恋？"余甚不耐，不觉怫然曰："嗟乎！吾友如不思念旧情，则彼女一生贞洁，见累于君矣。"遂出。

至沪，遇旧友罗弨玉明经于别发书肆，因谈及梦珠事。弨玉言："梦珠性非孤介，意必有隐情在心。然秋云品格，亦自非凡，梦珠何为绝人如是？"余即曰："君与我当有以释梦珠之憾乎？"弨玉曰："窃所愿也。"

弨玉，番禺人，天性乐善，在梵王渡帮教英文，人敬且爱之。弨玉招余同居于孝友里。其祖母年八十三，蔼然仁人也。其妹氏名小玉，年十五，幽闲端美，笃学有辞采，通拉丁文，然不求知于人也；尝劝余以书招秋云来海上，然后使与梦珠相见。余甚善其言，但作书招秋云，未尝提及梦珠近况。小玉又云："吾国今日女子殆无贞操，犹之吾国殆无国体之可言，此亦由于黄鱼学堂之害（苏俗称女子大足者曰"黄鱼"）。女必贞，而后自由。昔者，王凝之妻因逆旅主人之牵其臂，遂引斧自断其臂。今之女子何如？"

此时闻叩环声，霏玉肃客入，即一细腰女郎，睨笑嫣然，望而知为苏产也。霏玉曰："密司爱玛远来，故倦矣。"女郎坐而平视余，问余姓氏。小玉答之。已而女郎要余并霏玉乘摩多车同游。既归，余问霏玉与此女情分何似，霏玉曰："吾语汝：吾去夏在美其饮冰忌连，时有女子隔帘悄立，数目余，忽入帘，莞尔示敬，似怜吾为他乡游子。此女能操英吉利语，自言姓卢，询知其来自苏州，省其姨氏。吾视此女颇聪慧，遂订交而别。是后，常以点心或异国名花见赠。秋间吾病，吾祖母及女弟力规吾勿与交游。吾自思纵此女果为狐者，亦当护我，我何可负义？明日复来，引臂替枕，以指检摩尔登糖纳吾口内，重复亲吾吻，嘱吾珍重而去。如是者十数次，吾病果霍然脱体。即吾祖母亦感此女诚挚，独吾妹于此女多微辞。今吾质之于子，此女何如人也？"余未有以答。

数日，女盛服而至，谓霏玉曰："吾母在天赐庄病甚，不获已而告贷于君。"霏玉以四百元应之。省其家贫亲老，更时有接济，前后约三千元。

女一夕于月痕之下，抚霏玉以英语告之曰："I don't care for anybody in the whole world but you. I love you."

秋候已过，霏玉与女遂定婚约。

至十一月二十六日，午膳毕，霏玉静坐室中，久乃谓余曰："吾甚觉耳鸣，烦为吾电告龙飞备乘，吾将与子驰骋郊野。"俄车至，余偕霏玉出游，过昧莼园，男女杂沓。霏玉隔窗窥之，愕视余曰："归欤？"吾亦以此处空气劣，不宜留，遂行。霏玉于途中忽执吾手狂笑不已，问之，弗答。吾恐霏玉有心病，令马夫驶马速行。至家，余扶将以入。

此时，霏玉踞椅如有所念，余知必有异事。时见小玉于女红坐处告余，有西班牙女子名碧伽，修刺求见，自云过三日重来。霏玉闻言甚欣悦，祝余曰："是为五姑将消息者。"余心稍解。讵知霏玉即以此夕自裁于卧内！

明晨，余电问龙飞马夫昨日昧莼园曾有何事。答云："卢氏姑娘与绸缎庄主自由结婚耳。"余始晓霏玉所以狂笑之故。然余不欲其祖母、妹氏知霏玉为女所绐，今笔之于书以示人者，亦以彰吾亡友为情之正者也。

吾友霏玉辞世后三日，碧伽女士果来，握余手言曰："五姑自遭难以来，无时不相依，思君如婴儿念其母，吾父亦爱五姑如骨肉。谁知五姑未三月已成干血症，今竟长归天国。五姑是善人，吾父尝云：'五姑当依玛利亚为散花天使。'今有一简并发，敬以呈君。简为五姑自书；发则吾代剪之，盖五姑无力持剪。吾父居香港四十九年，吾生于香港，亦谙华言。遇秋云小姐，故知君在此。今兹吾事已毕，愿君珍重！"女复握余手而去。余不敢开简，先将发藏衣内，惊极不能动。隔朝，抆泪启之，其文曰：

妾审君子平安，吾魂甚慰。妾今竟以病而亡，又不亡于君子之侧，为悲为恨，当复何言？始妾欲以奄奄一息之躯，渡海就君子；而庄湘老博士不余许，谓若渡海，则墓亦不得留在世间，为君子一凭吊之，是何可者？博士于吾，良有恩意。妾故深信来生轮回之说，今日虽不见君子，来世岂无良会？妾惟愿君子见吾字时，万勿悲伤，即所以慰妾灵魂也。君子他日过港，问老博士，便得吾墓。

简外附庄湘博士住址，余并珍藏之。

时霏玉祖母及妹归心已炽，议将霏玉灵柩运返乡关。余悉依其意，于是趁海舶归香港。既至，吾意了此责，然后谒五姑之墓。遂雇一帆船赴乡，计舟子五人。船行已二日，至一山脚，船忽停于石步。时薄暮，舟子齐声呼曰："有贼！有贼！"胁使余三人上岸。岸边有荒屋，舟子即令余三人匿其中，诫勿声。余思广东故为盗邑，亦不怪之。达晓，舟子来笑曰："贼去矣。"复行大半日，至一村，吾不审村名。舟子曰："可扶槎以上，去番禺尚有八十四五里。"舟子抬棺先行，余三人乘轿随后。余在途中听土著言语，知是地实近羊城，心知有变。忽巡勇多人，荷枪追至，喝令停止。余甫出轿，一勇拉余襟，一勇挥刀指余鼻曰："尔胆大极矣！"言毕，重缚余身。余曰："余送亡友罗明经灵柩归里，未尝犯法。尔曹如此无礼，意何在也？"视前面轿夫舟子，都弃棺而逃，惟霏玉祖母及妹相持大哭。

俄一勇令开棺，刀斧锵然有声。时霏玉祖母及妹相抱触右而死，勇见之不救，余心俱碎。小间，棺盖已启，余睨棺内均黑色。余勇启之，乃手枪、子弹、药包，而亡友之躯，杳然无睹，余晕绝仆地。

比醒，余身已系狱中。思欲自杀，又无刀，但以头碰壁，力亦不胜。狱中有犯人阻余，徐曰："子毋尔！今日即吾处斩之日。闻之狱卒云，子欲以炸药焚督署，至早亦须明日临刑。计子命尚多我一日；且子为革命党，党中或有勇士相救，亦意中事，愿子勿寻短见。若我乃罪大恶极之人，虽有隐忧，无可告诉。冤哉吾妻也！"余答之曰："吾实非党人，吾亦不望更生人世。然子有隐恫，且剖其由，吾固可忍死须臾，为子听之。"犯人曰："吾父为望族，英朗知名。父有契友，固一乡祭酒，与吾父约，有子女必谐秦晋。时吾在母腹中仅三月，吾父已指腹为吾订婚矣。及吾堕地后七日，吾妻亦出世。吾长，奢豪爱客，而朋辈无一善人，吾亦沦于不善，相率为伪，将吾父家资荡尽，穷无所依，行乞过日。吾外家悔婚，阴使人置余死地者三次。吾妻年仅十七，知大义，尝割臂疗父病，刚自英伦归，哭谏曰：'是儿命也，何可背义？'其父母不听。适吾行乞过其村，宿破庙中。吾妻将衣来，为吾易之，劝余改过自新，且赠余以金。天明，余醒，思此事甚奇，此金必为神所赉，即趋至赌馆，一博去其半，再博而尽，遂与博徒为伍，时余实不知其为偷儿也。前晚雁塘村之事，非我为之，不过为彼曹效奔走，冀得一饱。杀人者已逍遥他去，余以饥不能行，是以被逮。然吾未尝以真名姓告人，恐伤吾妻。"言至此，狱卒入曰："去！"犯人知受刑之时已到，泪涟涟随狱卒去矣。

余记往昔有同学偶言玉鸾事，与此吻合，犯人殆玉鸾之未婚夫耶？因叹曰："嗟乎！天生此才，在于女子，而所遇如斯，天之所赋，何其驳欤？"

少选，狱卒复来，怒目喝余曰："汝即昙鸾乎？速从我来！"遂至一厅事，人甚众，一白面书生指余曰："是即浙江巡抚张公电嘱释放之人。此人不胜匕箸，何能为盗？"众以礼送余出。余即渡香港，先访秋云。秋云午绣方罢，乃同余访庄湘博士。博士年已七十有六，盖博学多情、安命观化之人也，导余拜五姑之墓如仪。博士曰："愿君晚佳。"遂别。

亡何，春序已至，余同秋云重至海上寻梦珠。既至苏州，有镜海女塾学生语秋云云："梦珠和尚食糖度日，苏人无不知之。近来寄身城外小寺，寺名无量。"余即偕秋云访焉。至则松影在门，是日为十五日也。余见寺门虚掩，嘱秋云少延伫以待，余入。时庭空夜静，但有佛灯，光摇四壁。余更入耳房，亦阒然无人，以为梦珠未归，遂出。至廊次，瞥见阶侧有偶像，貌白皙，近瞻之，即梦珠瞑目枯坐，草穿其膝。余呼之，不应，牵其手，不动如铁，余始知梦珠坐化矣。亟出，告秋云。秋云步至其前，默视无一语。忽见其襟间露绛纱半角，秋云以手挽出，省览周环。已而,伏梦珠怀中抱之,流泪亲其面。余静立,忽微闻风声,而梦珠肉身忽化为灰,但有绛纱在秋云手中。秋云即以绛纱裹灰少许,藏于衣内。此时风续续而至,将灰吹散,惟余秋云与余二人于寺。秋云曰:"归。"遂行。

至沪,忽不见秋云踪迹。余即日入留云寺披剃。一日,巡抚张公过寺,与上座言:"曾梦一僧求救其友于羊城狱中。后电询广州,果然,命释之。翌晚,复梦僧来道谢。宁非奇事?"余乃出,一一为张公述之。张公笑曰:"子前生为阿罗汉。好自修持。"

后五年,时移俗易,余随昙谛法师过粤,途中见两尼:一是秋云,一是玉鸾。余将欲有言,两尼已飘然不知所之。

焚剑记

广东有书生,其先累世巨富,少失覆荫,家渐贫,为宗亲所侮。生专心笃学,三年不窥园。

宣统末年,生行年十六,偶于市买酥饼,见贵势导从如云,乃生故人,请为记室参军。生以其聚敛无厌,不许。他日,又遇之。故人曰:"我能富人,我能贵人,思之勿悔。"生曰:"子能富人,吾能不受人之富;子能贵人,吾能不受人之贵。"故人大怒,将胁之以兵,生遂逃。至钦州,易姓名曰陈善,为人灌园,带索褴褛,傲然独得。

是时南境稍复鸡犬之音,生常行陂泽,忽见断山,叹其奇绝,蹑石傍上,乃红壁十里,青萼百仞,殆非人所至。生仰天而啸。久之,解衣觅虱,闻香郁然,顾之,乃一少女,亭亭似月也。女拜生,微笑而言曰:"公子俊迈不群,所从来无乃远乎?妾所居不遥,今禀祖父之命,请公子一尘游屐,使祖父得睹清辉,蒙惠良深矣。"生似不措意,既又异之,觇其衣,固非无缝,且丝袜粉舄,若胡姬焉。女坚请,始从。生故羸疾,女为扶将。不觉行路之远。俄至木桥,过桥入一庐,长萝修竹,水石周流。女引至厅中。

斯须，一老人出，须鬓皓白，可年八十许，笑揖生曰："枉顾山薮，得无劳止？顷间吾遥见子立山上，知为孤洁寡合之士，故遣孙女致意于子，今观子果风骨奇秀，愿息吾庐，与共清淡，子有意乎？"生知老人意诚，而旨趣非凡，应声便许。老人复嗟叹曰："吾山栖五十年矣，不意今之丧乱，甚于前者。"言次，因指少女曰："此吾次孙也，姐妹二人，避难来此，刚两月耳，以某将军凌其少弱，濒死幸生。不图季世险恶至于斯极也！"老人言已，凄怆不乐。生亦喟然曰："嗟乎！有道之日，鬼不伤人。于今沧海横流，人间何世！孺子所以彷徨于此。今遇丈人，已为殊幸。孺子门户殄瘁，浪志无生，慢而无礼，惟垂哀恕。"老人聆生音词，舒闲清切，每瞻生风采，甚敬悦之。

俄，少女为设食，细语生曰："家中但有麦饭，阿姐手制。阿姐当来侍坐……"言犹未终，一女子环步从容，与生为礼，盼倩淑丽，生所未见。饭时，生窃视女。少女觉之，微哂曰："公子莫观阿姐姿，使阿姐不安。"女以鞋尖移其妹之足，令勿妄言，亦误触生足，少女愈笑不止。时老人向生言他事，故老人不觉。饭罢，老人请生沐浴易衣，馆生于小苑之西，器用甚洁。二女为生浣衣，意殊厚。生心神萧散，叹曰："天之待我还未薄也！"于时升月隐山，忽闻笆篱之南，有抚弦而歌，音调凄恻，更审听之，乃老人长孙也。生念此女端丽修能，贞默达礼，恍然凝思，忆番禺举子刘文秀，美貌年少，行义甚高，与生有积素累旧之欢，此女状貌，与刘子无参差，莫是刘子女弟耶？时女缓轸还寝。明日，生欲发问，而未果言。

老人语言，往往有精义，生知为非常人，情甚相慕。又经日，老人谓生曰："吾二孙欲学，子其导之。"乃命二女拜生，生亦欣然，临阶再拜。既已，老人谨容告二女曰："公子人伦师表，善事公子，无负吾意也。"

生于是日教二女属文，长女名阿兰，小生一岁，次女名阿蕙，小生三岁，二女天质自然，幼有神采，生不胜其悦，而恭慎自守。二女时轻舟容与于丹山碧水之间，时淡汝雅服，试学投壶，如是者三更秋矣。

一日，阿蕙肃然问生曰："今宇宙丧乱，读书何用？识时务者，不过虚论高谈，专在荣利，若夫狡人好语，志大心劳，徒殃民耳！"生默而不应。

他日，又进曰："女子之行，唯贞与节。世有妄人，舍华夏贞专之德，而行夷女猜薄之习，向背速于反掌，犹学细腰，终饿死耳。"生闻女言，怪骇而退。喟然叹曰："此女非寿征也！"无何，生寝疾甚笃。二女晨夜省视，敬事殷勤，有逾骨肉，生深德之。

月余，生稍愈，徐步登山，凌清瞰远。二女亦随至，生止之，二女微笑不言，徘徊流盼。久之，阿蕙问生曰："公子莫思歇否？"生曰："不也。"此时，阿兰怅然有感，至生身前言曰："公子且出手授我。"遂握生手，密谓之曰："公子非独孤粲耶？妾尝遇姻戚云，公子变易姓名，尝佣于其家。姻戚固识公子有迈世之志，情意亦甚优重，特未与公子言之。请问公子，果如所言否？"生曰："果如所言。"生良久思维，遂问阿兰曰："识刘文秀乎？"阿兰惊答曰："是吾兄也。曩日吾等避乱渡江，兄忽失踪，后闻在浙右，今即不知在何许。妾亦尝闻兄言，朋辈中有一奇士，姓独孤，名粲，妾故企仰清辉久矣，不图侍亲得公子之侧。妾向者朝晚似有神人诏妾曰：'独孤公子，为汝至友，汝宜敬奉。'妾亦不知其所以然，然妾心侍公子，实奉神人之诏。妾早失父母，公子岂哀此薄命之人，而容其陋质乎？"言毕，以首伏生肩上，凄然下泣。生亦嗟叹无言。忽闻阿蕙在侧曰："公子病新瘥，阿姐何遽扰公子？阿姐固情深，公子岂是忍人？悲乃不伦，不如扶公子归耳。"

时夜将午，忽红光烛天。老人执生臂曰："噫，乱兵已至此矣！"言已，长揖生曰："吾老，不复久居于世，我但深念二孙。吾久将阿兰许字于子；阿蕙长成，姻亲之事，亦托于子。"老人言毕，抚其二孙，恸极，呕血而死，生与二女魂飞神丧。时有流弹中屋，屋顶破，三人遂葬老人于屋侧。

生念："吾身世孤子，死何足惜？但二女可怜，他乡未必可止。吾必护之至香港，使自谋生，不负老人之托。"时二女方哭于新坟之侧，生勉携之至山脚，二女昏然如醉，生抱之登小舟，沿流而下。已二日，舍舟登陆，憔悴困苦，不可复言。村间烟火已绝，路无行人，但有死尸而已。此时万籁俱寂，微月照地，阿蕙忽牵生手，一手指丛尸中，悄语生曰："此尸蓬首挺身欲起，或未死也。"生趋前问尸曰："子能起耶？"尸曰："苦哉！吾被弹洞穿吾肩，不知吾何罪而罹此厄也？汝三人慎勿前去，倘遇暴兵，二女宁不立为齑粉？暴兵以半日杀尽此村人口。此虽下里之民，然均自耕而食，自织而衣，素未闻有履非法者。甚矣，天之以人为戏也！"生即扶其人徐起，其人始哭。哭已，续言曰："吾有老母爱弟，并为暴兵戮死，投之川流。继而吾中弹，忍痛潜卧尸中，经一夜一日。今遇汝三人，谢上苍助我。此去不远，为吾田庄，汝三人且同留止，暂避凶顽。"生扶其人，徐步至庄。庄内已焚掠一空。其人赴围栅之侧，知新米一包尚在。二女于是采葵作羹，四人得不饿。

过三朝，其人出村边一望，闸口有木片钉塞，傍贴黄榜朱字云：

此是鬼村，行人莫入。

其人归告生曰："吾姓周，名阿大，此即周家村，好事者今以'鬼'名吾村，咸相戒不敢近，不知犹有我周大一人未死。天下奇事固多，不料吾年四十，始身受之。"

更逾数朝，有人于闸口潜窥，见生等形状枯瘦，疑为行尸。二女久不修容，憔悴正如鬼也。忽有一人窥见阿大，问曰："汝是鬼邪，或阿大未死也？"阿大见此人是邻村旧识，具陈本末，且言有友携妹，欲诣前村求食，求友为先容，庶不见疑为鬼魅。友遂开闸，与四人行至其家。友曰："村人父老，死亡过半，幼少者亦随乱兵而谋衣食。"友出资，为四人略置衣服。停数日，阿大疮处已平，四人雇帆船，风顺，五日达于香港。二女有姨氏住德辅道，甚有衣食，二女得姨氏所在。姨氏老矣，见二女婉慧可爱，大悦。姨氏止有一子，岁岁往外国经商。姨氏每顾二女，事事过人，颇慰晚景。周大即留为纲纪。

生自是如释重负。一日，与阿兰连臂登赤柱山，望海神伤。生顾阿兰曰："我行孤介，必不久居于此。"阿兰闻之，戚然改容，几半日不言，俄低鬟问曰："公子今欲何行？"生曰："吾自今以去，从僧道异人却食吞气耳。"阿兰便曰："妾同行，得永奉欢好，庶不负公子之义，使妾殒殁，亦无恨也。"生曰："是何言也？余孤穷羸弱，何足以当！"女凝思久之，顾生曰："妾知公子非负心者，今所以匆匆欲行，殆心有不平事耳。"生闻言，耸然掣阿兰之手。歔欷不能自胜矣。此时，阿兰深感娇泣，言曰："士固有志，妾与妹氏居此，盼眄公子归来。"生诺，二女便资给于生，莫知去处，阿兰再三叹息。

其年，香港霍乱甚厉，姨氏挈二女移寓边州。沿海风光秀丽。二女日与渔妇闲话，亦觉悠然自得。姨氏闲向阿兰曰："语云：'竹门对竹门，木门对木门。'汝姨母为汝关怀久矣。吾有梁姓外孙，才貌相兼，家道颇赡，吾昨以求亲之事，闻于外氏，外氏甚悦。但愿汝福慧双修，以慰吾念也。"阿兰闻语，视地久之，具以诚告其姨氏曰："吾舍独孤公子外，无心属之人，今虽他适，公子固信士，异日必归。请姨母勿以为念。"姨氏笑曰："公子佳则佳，然其人穷至无裤，安足偶吾娇女？吾非不重公子为人。试思吾残年向尽，安忍见吾娇女度贫贱之日？此婚姻之所以论门第，吾不可不慎也。"阿兰曰："士患无德义，不患无财。人虽贫公子，吾不贫公子也。"他日，姨氏复劝阿兰罢其前约，阿兰终不改其素志，至于九喻。姨氏怒。阿兰日夜悒怏，都不寝食。

经一月，生更无消息。阿兰知村间风俗劣，有抢婚之事，遂背其妹、阿大等，潜至香港，佣于上环伍家。女居停遇之甚殷渥，收为义女。女居停有外甥莫氏来省，忽窥见女，以为非人世所有，及归，神已痴矣。父母苦问之，始得其故，于是遣人至伍家说意旨，居停欣然许之。其人去，居停乃微笑向阿兰曰："古有明训：'男人须婚，女大须嫁。'吾今为汝觅得嘉婿矣，则吾外甥莫氏。其人望族也，尝游学于大鹿国，得博士衔，人称洋状元，今在胡人鹭饼之肆任二等书记。吾为汝贺。"阿兰闻言不答，居停以为阿兰心许矣。

过三日，阿兰知期已逼，长叹曰："人皆以我为贸易，我无心以宁，无颜以居，我终浪迹以避之耳。"遂行。时薄暮，于九龙岸边逢一女子，年犹未笄，敛裾将赴水死，阿兰力救之。女曰："吾始生失母，父名余曰眉娘，继母遇我无恩，往往以炭火烧余足，备诸毒虐。父畏阿母，不之问。邻居有老妪，劝余至石塘为娼，谓一可免阿母猜忌，一可择人而事。妪之言虽秽，然细思，妪实至情之人，妪之外，更无一人愍我喻我者，为可哀耳。"言已，哭泣甚哀。阿兰亦泫然流涕，不知所以慰之，久乃抚女言曰："汝且勿悲，吾身内有金数环，可与汝潜遁他方，暂觅投身之处。"女感阿兰言，从之。二人以灰炭自污其面，为乞妇状。旬日，至东馆西约十里，日将西坠。有军将似留学生，策马而至，见二女，勒马欲回。二女拜跪马前求食，军将笑，以手探鞍，举一人腿示二女曰："吾侪以此度日，今仅余一腿，尔曹犹欲问鼎耶？"言已，纵辔而去。二女惊骇欲绝，相扶徐行。至一山村，有老者荷薪而归，二女问："是间有乱否？何以军中以人肉为粮也？"老者不答，女凡三四问，老者厉声曰："一何少见！吾袋中有五香人心，吾妻所制，几忘之。"言已，出心且行且嚼。二女见状，忧迫特甚：此村以人为食，他事岂复可问？然日暮穷途，无可为计。二女相携，至一旅店求宿，有女人出应，款对颇周。店内旧劣不堪，后有小门，邻屋即主人所居，无门相通。主人既出，倒锁店门归寝。

时夜将半，阿兰忽闻隔屋有老人细声笑曰："女子之肉，嫩滑无伦。"又闻女主人笑声。阿兰就板缝中潜窥，则向所遇食人心者。女人又言："刀已四日不用，恐有锈。"老者曰："吾当磨之。"言已，向床下牵出一蒲箱。老者方启箱取刀，阿兰命眉娘即起，轻拔后关而遁。既出，于疏篱外觇之，老者灯下磨刀，籔窣有声。二女急走。时有新月，至村侧，东转有堤，见稻草堆。二女俯身匿其下，觉甚空虚。遽入，中如小室，上有数孔通光，女心稍安。阿兰更于草下得一箱甚重，审其为富人之物，旁有驼毛毡、气枕以及里丁饼干十数罐，意村有富人藏此，用备不时之需者。二女分饼干一罐，纳袋中，余无所取。

天明，二女方行，回顾村中，积水弥望，继有凄厉之声，随风而至，始知大水为灾。二女于村庙中得破鼓，仅容二人，遂乘之，顺流而往，若扁舟泛大海。数日中，见难民出没，绝为凄惨，频以饼干分赠之。眉娘为阿兰言曰："吾记得幼时居外家，亦遭水患，吾随外祖父止于屋背。同村有贫富二人，亦息树间，经八日有半，富人食物将尽，贫者止余熟山薯二，此其平日饲猪之物。富人探囊，出一金锭示贫者曰：'若以薯子分我，我即与汝此金。'贫者以一薯易金。久之，复出一锭，向贫者言如前。贫者实饥，而心未决。富人曰：'子何不思之甚？昨夕天边发红光，明后日水必退。子得金，何事不办？'贫者心动，竟从之。富人留薯不食。又半日，贫者饥甚，垂死，富人视之恝然。迄贫者气绝，富人徐将所予二金锭取还，推其尸水中。入夜，水果退。吾外祖见富人大恶，取楖击其头，富人不顾，但双手坚掩其袋，恐楖中其金锭也。"阿兰曰："此非怪事，世人均以此富人之道，为安身立命之理，可叹耳！"亡何，大水既退，二女行乞如故，亲爱愈极。

阅两月，阿兰暴病卒于道中，弥留之际，三呼独孤公子，气断犹含笑也。

眉娘顾左右悄无人居，时夜已深，行入林中，遥见有灯火之光。既至，有宅门，徘徊独泣。俄有人出问故，眉娘跽曰："吾乞儿也，吾姐死于途中，今欲鬻身以葬吾姐耳。"其人入，商之其妻。已而出，对眉娘曰："我是贩布客，汝留亦善。"明日，夫妻二人将阿兰尸殡殓。见眉娘眉如细柳，容颜朗秀，夫妻倍怜之，视如己女。

居数月，夫妻携眉娘往南雄贩布，颇得资。将归，过始兴县南驿三十里外，夜投逆旅，遇贼，杀夫妻二人，劫眉娘及钱财。方登船，见一男人驰至，捉贼左腕，挥剑断之，三贼奔走。问眉娘何处人，眉娘掩涕拜谢，具言身世所经。男子闻眉娘说阿兰名字，默行数步，掷剑于地，仰天潸然曰："阿兰竟去人寰！我流离四方，友仇未复，阿兰在幽冥之中，必能谅我。"眉娘听男子言此，回身怒诘之曰："呼！若即吾姐临命所呼之独孤氏耶？负心若此！试问，吾姐停辛伫苦，以待何人？吾诚不愿见若！"言迄，于地取剑，欲自刎，生夺剑阻之；更欲跃身江流，亦未果愿，生哭泣止之。良久，眉娘歇觑言曰："吾闻姐有胞妹在边州，汝能送我到边州，见妹氏，返九龙，省父母，然后死无憾耳。"

生善其志行，从之。收剑卷之，如卷皮带，与眉娘上贼船，解维，过湜江，下汝水，六日达红梅驿。二人登岸，以兄妹相呼，免路人见疑。寻到边州，二人果遇阿蕙、周大二人于海岸拾贝壳，二人见生，非常欢惬。及眉娘述其姐行状毕，阿蕙恸哭失声，思往谒姐氏墓，又不知处所。明日，生即送眉娘返九龙，生倏然不知去向。

眉娘至家，不敢入门，即访邻妪。妪即前日劝眉娘当娼者也，见眉娘，惊视，愀然问曰："吾久不见汝，汝继母言汝已死，吾甚哀汝生之不辰也。汝父前月无故而逝，或未知欤？"言时就眉娘耳语再四，已而摇头叹曰："天下黑心娘子，比比然也。"眉娘哭不可抑，妪慰之曰："汝今后可住吾许，汝母见汝，必杀汝也。"眉娘日夜涕泣，频欲自杀，妪频救之。

妪一夕语眉娘曰："汝未闻吾少年之事，有甚于汝万万倍，今为汝言之，或能减汝悲怀。吾实非本地人也，吾父姓杨，是云和人，有田十亩，娶吾母沈氏，颇有贤德，为乡党所推。吾父终日纵酒，家计日艰。吾生而腰细，人咸呼曰：'细腰'。六岁，慈母以时病弃养。吾父将余托外氏，即往申江，购一牛头车，为行客载重，亦颇得钱，然每为东洋车夫藐视。遂易其业，购一东洋车，得资倍于前，而又苦马夫凌辱。吾父叹曰：'使吾为马夫，亦当受制于汽车夫也！'乃安之。忽一日，富春里赛寓有一妓，名傅天娥，雇吾父车。偶于酒楼下与同业者闲谈，吾父因问曰：'此妓貌不及中人，何以生意甚佳？'同业曰：'汝不知此乃名妓傅彩云之雏耶？彩云为洪状元夫人，至英国，与女王同摄小影。及状元死，彩云亦零落人间。庚子之役，与联军元帅瓦德斯办外交，琉璃厂之国粹，赖以保存。瓦德斯者，德意志雄主推毂之臣，乃慕彩云之风流，诏入禁内，常策骏马出入宫门。是故人又叹之曰"曾卧龙床者"。又闻任长尝充彩云译官。今彩云老矣，神女生涯，令人有尊前白发之感耳。'吾父闻至此，不觉鼓掌而叹曰：'然则此人亦名留青史矣。'吾父思久之，私谓：'此一粉头耳，计今夕车所停二十余处，顾曲之人，何止半百？一人一金，已足吾一岁之需。思吾女细腰已长成，容貌胜此女多多，吾何不携来，令学歌舞，吾何愁不为封翁？他日吾女或亦名垂竹帛，正未可料。'

"其岁，挈余至申江，托余于一苏州妇人，命余呼之为母。明年，余艺成，始知命薄而背人塚泪也。吾父得资，仅足度日及吸烟之费。吾父常念余孤苦，欲赎余归。初余落籍，吾父仅收四十金，而是时余身价已涨至三千，吾父何处得金赎吾？惟有忍泪吞声而已。更一年，吾父一贫如故，来申欲一见余面，假母亦不见许。吾饥不加食，寒不加絮。房中有侍儿曰阿崔，容态润媚，客多悦之，常与我商量曰：'身为女子，薄命如斯，止得强颜欢笑。如遇性情中人，即可事之，不必富人，亦不必才子。'余思其言有至理，然而余视过客，无一善茬，正如过客之视余侪无一贞静之人也。逾日，有广东胡别驾慨然以四千金为余脱籍。余喜不自胜，以为从此可报父恩于万一，岂知余出苦海，而吾父已殁数月，亦实命不犹也已。吾夫带余来香港，家人与我均无缘分。我身世至此，虽欲上顺翁姑，下怀弟妹，而翁姑弟妹，咸以我为外江妖怪，吾夫又日日虚词诡说，视我为一玩具。既不得家庭之乐，岂有人生之趣？我委顿床枕之日，即秋扇见捐之时，我在云和虽贫窭，或有乡人愍我，今即一下堂倡女，谁复能一顾耶？"媪言毕，于灯下重理其麻，续曰："吾今日日为店家压麻为线，可得少资自赡，亦不欲怨天尤人，但怨命耳！"

眉娘听妪言，低鬟垂泪久之，婉语慰妪曰："妪勿忧，吾闻天无绝人之理，吾当为奴婢，觅一栖身之所，然后助妪度日，接欢笑。"妪闻言喜极，抱眉娘哭曰："谢上苍怜我也！"

眉娘乃佣身于烟馆，夕宿妪家，忽一日，眉娘见独孤生翩然而至，踞榻捉一烟客，徐喻之曰："吾四方觅汝久矣，汝非蒋少轩之友乎？何以始谋其财，继害其命，而终夺其妻也？"烟客惊震，跪于地曰："吾知罪过。吾与少轩在东洋读书，甚相友爱。吾之所以至今日穷无所依者，均听信其妻之言耳。今其妻已嫁一司令官，亦少轩同学。吾今殊追悔前此所为，望饶命也。"生即出剑割其两耳，纵之去。时坐客皆歔欷感叹。眉娘遂出拜生，生喜眉娘无恙。烟馆主人备闻生及眉娘之事，慕生之义，而叹眉娘之苦，主人遂请于生及妪，收眉娘为发妻。后眉娘儿女成群，遇妪知己母。

生为其友复仇之后，喜眉娘有托，即赴边州。既见周大，问阿蕙何在。周大曰："嫁矣。"生曰："无所苦否？"周大泪涟涟答曰："嫁一木主耳。"生叩其详，周大曰："初阿兰去后，姨氏即将阿蕙许嫁梁姓外孙，而不与阿蕙言其事，今春过门之期将至，始具言于阿蕙。阿蕙故婉顺，不逆姨氏意。讵知阿蕙嫁前数日，梁氏子发痨而卒。姨氏问阿蕙意旨向背，阿蕙曰：'即许于前，何悔于后？'姨氏喜曰：'善。汝若不嫁至其家，即吾门亦无人过问。'阿蕙遂依期出嫁，吾亦随往。其家故巨宅，先见一老苍头抱木主出。接阿蕙至礼堂，红灯绿彩，阿蕙扶侍女，并木主行婚礼。既毕，旋过邻厅，即其夫丧屋也，四顾一白如雪。其姑乃将缟素衣物，亲为阿蕙易之。阿蕙即散发跪其夫灵前，恸哭尽礼，吾不忍久视。既归，常念阿蕙幽闲贞静，今世殆若凤毛麟角。阿蕙时一归省姨氏，言翁姑视之甚厚，未尝言及身世。如阿蕙者，复何人也？"

周大言讫，生默不一言，出腰间剑令周大焚之，如焚纸焉。自后，粤人亦无复有见生及周大者云。惟阿蕙每于零雨连绵之际，念其大父、阿姊、独孤公子不置耳。

碎簪记

　　余至西湖之第五日,晨餐甫罢,徘徊于南楼之上,钟声悠悠而逝,遥望西湖风物如恒,但与我游者乃不同耳。计余前后来此凡十三次;独游者九次,共昙谛法师一次,共法忍禅师一次,共邓绳侯、独秀山民一次,今即同庄湜也。此日天气阴晦,欲雨不雨,故无游人,仅有二三采菱之舟出没湖中。余忽见杨缕毵毵之下,碧水红莲之间,有扁舟徐徐而至。更视舟中,乃一淡装女郎,心谓此女游兴不浅,何以独无伴侣?移时,舟停于石步,此女风致,果如仙人也。至旅邸之门,以吾名氏叩阍者。阍者肃之登楼。余正骇异,女已至吾前,盈盈为礼,然后郝然言曰:"先生幸恕唐突。闻先生偕庄君同来,然欤?"余漫应曰:"然。"女曰:"妾为庄君旧友,特来奉访。敬问先生,庄君今在否?"余曰:"晨朝策马自去,或至灵隐、天竺间,日暮归来,亦未可定。君有何事?吾可代达也。"尔时,女若有所思,已而复启余曰:"妾姓杜,名灵芳,住湖边旅舍第六号室。敬乞传语庄君,明日上午惠过一谈。但有渎精神,良用歉仄耳。"余曰:"敬闻命矣。"女复含郝谢余,打桨而去。余此际神经，颇为此女所扰，此何故哉？一者，吾友庄湜恭慎笃学，向未闻与女子交游，此女胡为乎来？二者，吾与此女无一面之雅，何由知吾名姓？又知庄湜同来？三者，此女正当绮龄，而私约庄湜于逆旅，此何等事？若谓平康挟瑟者流，则其人仪态万方，非也；若谓庄湜世交，何以独来访问，不畏多言耶？余静坐沉思，久乃耸然曰："天下女子，皆祸水也！"余立意既定，抵暮，庄湜归，吾暂不提此事。

  明日，余以电话询湖边旅舍曰："六号室客共几人？"曰："母女并婢三人。"曰："从何处来？"曰："上海。"曰："有几日住？"曰："饭后乘快车去。"余思：此时即使庄湜趋约，亦不能及。又思：此亦细事，吾不语庄湜，亦未为无信于良友也。

  又明日为十八日，友人要余赴江头观潮，并观三牛所牵舟；庄湜倦，不果行。迄余还，已灯火矣。余不见庄湜，问之阍者。阍者云其于六句钟得一信，时具晚膳，独坐不食，须臾外出，似有事也。余即往觅之，沿堤行至断桥，方见庄湜临风独盼。余曰："露重风多，何为不归？"庄湜不余答，但握余手，顺步从余而返。至旅邸，余罢甚，即就寝，仍未与言女子过访之事也。余至夜半忽醒，时明月侵帘，余披衣即帘下窥之，湖光山色，一一在目，此景不可多得。余欲起与庄湜同观，正衣步至其榻，榻空如也，余即出楼头觅之。时万籁俱寂，瞥眼见庄湜枯立栏前。余自后凭其肩，藉月光看其面，有无数湿痕。余问之曰："子何思之深耶？"庄湜仍不余答，但悄然以巾掩泪。余心至烦乱，不知所以慰之，惟有强之就榻安眠，实则庄湜果能安眠否，余不知之，以余此夜亦似睡而非睡也。

  翌朝，余见庄湜面灰白，双目微红，食不下咽，其心似曰："吾幽忧正未有艾，吾殆无机复吾常态，与畏友论湖山风月矣。"饭罢，余庄容语之曰："子自昨日神色大变，或有隐恫在心，有触而发，未尝与吾一言，何也？试思吾与子交厚，昨夜睹子情况，使吾与子易地而处，子情何以堪？"此时，余反复与言，终不一答。余不欲扰其心绪，遂与放舟同游，冀有以舒其忧郁，而庄湜始终不稍吐其心事。余思庄湜天性至厚，此事不欲与我言者，必有难言之隐，昨日阍者所云得一信，宁非女郎手笔？吾不欲与庄湜提女子事者，因吾知庄湜用情真挚，而年鬓尚轻，恐一失足，万事瓦解。吾非谓人间不得言爱也。今兹据此情景，则庄湜定与淡装女郎有莫大关系，吾老于忧患矣，无端为庄湜动我缠绵悱恻之感，何哉？余同庄湜既登孤山，见"碧睛国"人数辈，在放鹤亭游览。忽一碧睛女子高歌曰："Love is enough. Why should we ask for more？"女歌毕，即闻空谷作回音，亦曰："Love is enough. Why should we ask for more？"时一青年继曰："Oh！ You kid！ Sorrow is thd depth of Love."空谷作抗音如前。游人均大笑。余见庄湜亦笑，然而强笑不欢，益增吾悲耳。

连日天晴湖静，余出必强庄湜同行。余视庄湜愁潮稍退，渐归平静之境，然庄湜弱不胜衣，如在大病之后。余则如泛大海中，但望海不扬波，则吾友之心庶可收拾。一日，庄湜忽问余曰："吾骑马出游之日，曾有老人觅我否？"余即曰："彼日觅子者，非老人，乃一女郎。"庄湜愕视余曰："女子耶？彼曾有何语？"余始将前事告之，并问曰："彼女子何人也？"庄湜思少间，答曰："吾知之而未尝见面者也。"余曰："始吾不欲以儿女之情扰子游兴，故未言之。今兹反使我不能无问者，子何为得书而神变耶？吾思书必为彼女子所寄，然耶？否耶？"庄湜急曰："否，乃叔父致我者。"余又问曰："然则书中所言，与女子过访不相涉耶？"庄湜曰："彼女过访，实出吾意料之外，君言之，我始知之。"余又问曰："如彼日子未外出，亦愿见彼女子否？"庄湜曰："不愿见之。"余又问曰："子何由问我有无老人来过？彼老人何人也？"庄湜曰："恐吾叔父来游，不相值耳。"

亡何，秋老冬初，庄湜束装归去。余以肠病复发，淹留湖上，或观书，或垂钓，或吸吕宋烟，用已吾疾，实则肠疾固难已也。

他日，更来一女子，问庄湜在否。余曰："早已归去。"余且答且细瞻之，则容光靡艳，丰韵娟逸，正盈盈十五之年也。女闻庄湜已归，即惘惘乘轩去。余沉吟叹曰："前后访庄湜者两人，均丽绝人寰者也。今姑不问二人与庄湜何等缘分，然二人均以不遇庄湜忧形于色，则庄湜必为两者之意中人无疑矣，但不知庄湜心在阿谁边耳。"又思："庄湜曾言不愿见前之女子，今日使庄湜在者，愿见之乎，抑不愿见之乎？吾今无从而窥庄湜也。夫天下最难解决之事，惟情耳。庄湜宵深掩泪时，余心知此子必为情所累，特其情史未之前闻。余又深信庄湜心无二色，昔人有言：'一丝既定，万死不更。'庄湜有焉。今探问庄湜者，竟有二美，则庄湜之不幸，可想而知。哀哉！恐吾良友，不复永年。故余更曰：'天下女子，皆祸水也！'"

半月，余亦归沪，行装甫卸，即访庄湜。其婶云："湜日来忽发热症，现住法国医院。"余驰院视之。庄湜见余，执余手，不言亦不笑。余问之曰："子病略愈否？"庄湜但点首而已。余抚其额，热度亦不高。余此时更不能以第二女访问之事告之，故余亦无言，默坐室内，可半句钟，见庄湜闭睫而卧。适医者入，余低声以病状问医者。医者谓其病症甚轻，惟神经受伤颇重，并嘱余不必与谈往事。医者既行，余出表视之，已八句钟又十分矣。余视庄湜贴然而睡，起立欲归，方启扉，庄湜忽张目向余曰："且勿遽行，正欲与君作长谈也。"余曰："子宜静卧，吾明晨再至。"庄湜曰："吾事须今夕告君。君请坐，吾得对君吐吾衷曲，较药石为有效验。吾见君时，心绪已宁。更有一事：吾今日适接杜灵芳之简，约于九句钟来院。吾向医者言明，医者已许吾谈至十句钟为止。此子君曾于湖上见之，于吾为第一见，故吾求君陪我，或吾辞有不达意者，君须助我。君为吾至亲爱之友，此子亦为吾至亲爱之友，顾此子向未谋面，今夕相逢，得君一证吾心迹，一证彼为德容俱备之人，异日或能为我求于叔父,于事兹佳。"庄湜且言且振作其精神,不似带病之人,余心始释,然余思今夕处此境地,实生平所未经,盖男女慕恋,憔悴哀痛而外无可言,吾何能于其间置一词哉?继念庄湜今以一片真诚求我,我何忍却之?余复默坐。

少间,女郎已至,驻足室外。庄湜略起,肃之人。余鞠躬与之为礼,庄湜肃然言曰:"吾心慕君,为日非浅,今日始亲芳范,幸何如也!"此际女郎双颊为酡,羞郝不知所对。庄湜复曰:"在座者,即吾至友曼殊君,性至仁爱,幸勿以礼防为隔也。"女始低声应曰:"知之。"庄湜曰:"吾无时不神驰左右,无如事多乖忤,前此累次不愿见君者,实不得已。未审令兄亦尝有书传达此意否?"女复应曰:"知之。"庄湜曰:"余游西湖之日,接叔父书,谓闻人言,君受聘于林姓,亲迎有日,然欤?"女容色惨沮,而颤声答曰:"非也。"庄湜继曰:"如此事果确者,君将何以……"语未毕,女截断言曰:"碧海青天,矢死不易吾初心也!"庄湜心为摧折,不复言者久之。女忽问曰:"妾中秋侍家母之钱塘观潮,令叔已知之耶?"庄湜曰:"或知之也。"女曰:"妾湖上访君未遇,令叔亦知之耶?"庄湜曰:"惟吾与曼珠君知之耳。"女曰:"令叔今去通州,何日归耶?"庄湜曰:"不知。"女郎至此,欲问而止者再,已而嗫嚅问曰:"君为莲佩女士曾见面否?与妾同乡同塾,其人柔淑堪嘉也。"庄湜曰:"吾居青岛时,曾三次见之,均吾姊绍介。"女曰:"君偕曼殊君游湖所在,是彼告我者,彼今亦在武林,未与湖上相遇耶?"庄湜曰:"且未闻之。"此际,余始得向庄湜插一言曰:"子行后,果有女子来访。"女惊向余曰:"请问先生,得毋密发虚鬟、亭亭玉立者欤?"余曰:"是矣。"庄湜闻言,泪盈其睫。女郎蹶然就榻,执庄湜之手,泫然曰:"君知妾,妾亦知君。"言次,自拔玉簪授庄湜曰:"天不从人愿者,碎之可耳。"余心良不忍听此女作不祥之语。余视表,此时刚十句钟矣,余乃劝女郎早归,俾庄湜安歇。女郎默默与余握手，遂凄然而别。

嗟乎！此吾友庄湜与灵芳会晤之始，亦即会晤之终也。

余既别庄湜、灵芳二人而归，辗转思维，终不得二子真相。庄湜接其叔书，谓灵芳将结缡他姓，则心神骤变，吾亲证之，是庄湜爱灵芳真也。余复思灵芳与庄湜晋接时，虽寥寥数语，然吾窥伺此女有无限情波，实在此寥寥数语之外；余又忽忆彼与余握别之际，其手心热度颇高：此证灵芳之爱庄湜亦真也。据二子答问之言推之，事或为其叔中梗耳。庄湜云与莲佩凡三遇，均其婶氏引见，则莲佩必为其叔婶所当意之人。灵芳问我："密发虚鬓、亭亭玉立"此八字者，舍湖上第二次探问庄湜之女郎而外，吾固不能遽作答辞也。然则所谓莲佩女士者，余亦省识春风之面矣。第未审庄湜亦爱莲佩如爱灵芳否？莲佩亦爱庄湜如灵芳否？既而余愈思愈见无谓，须如此乃庄湜之情关玉扃，并非属我之事也，又奚可以我之理想，漫测他人情态哉？余乃解衣而睡，遂入梦境。顾梦境之事，似与真境无有差别。但以我私心而论，梦境之味，实长于真境滋多，今兹请言吾梦——

梦偕庄湜、灵芳、莲佩三子，从锦带桥泛棹里湖，见四围荷叶已残破不堪，犹自战风不已，时或泻其泪珠，一似哀诉造物。余怜而顾之。有一叶摇其首而对余曰："吾非乞怜于尔，尔何不思之甚也？"将至西泠桥下，灵芳指水边语莲佩曰："此数片小花，作金鱼红色者，亦楚楚可人，先吾亲见之而开，今吾复亲见之而谢，此何花也？"莲佩曰："吾未识之，非证花耶？"庄湜转以问余。余曰："此与蘋同种而异类，俗名'鬼灯笼'，可为药料者也。"言时，已过西泠桥。灵芳、莲佩忽同声歌曰："同携女伴踏青去，不上道旁苏小坟。"俄而歌声已杳，余独卧胡床之上，窗外晨曦在树，晓风新梦，令人惘然。

余饭后复至医院，以紫白相间之花十二当赠庄湜。庄湜静卧榻上。昨夕之事，余不欲重提只字，乃絮论湖上之游，明知此于庄湜为不入耳之言，然余不得不如是也。余见昨夕女所遗簪，犹在枕畔，因谓庄湜曰："此物子好自藏之。"庄湜开眸微视，则摇其首。余为出其巾裹之，置枕下。已而，庄湜向余曰："吾婶晨朝来言，吾叔将归与吾同居别业。"余曰："令叔年几何？"庄湜曰："六十一。"继曰："吾叔屡次阻吾与灵芳相见，吾至今仍不审其所以然。然吾心爱灵芳，正如爱吾叔也。"余顺问曰："灵芳之兄何人也？"庄湜曰："吾同学而肝胆照人者也。"余曰："彼今何在？"曰："瑞士。"余曰："有书至否？"曰："有，书皆为我与灵芳之事者。"余曰："云何？"曰："劝我要求阿婶，早订婚约。但吾婶之意，则在莲佩。"余曰："莲佩何如人耶？"曰："彼为吾婶外甥，幼工刺绣，兼通经史，吾婶至爱之。"余即接曰："子亦爱之如爱灵芳耶？"庄湜微叹而曰："吾亦爱之如吾婶也。"余曰："然则二美并爱之矣？"庄湜复叹曰："君思'弱水三千'之义，当识吾心。"余曰："今问子，心所先属者阿谁？"曰："灵芳。"余曰："子先觌面者为莲佩，而先属意者乃灵芳，其故可得闻欤？"曰："前者吾游京师，正袁氏欲帝之日。某要人者，吾故人也。一日，招我于其私宅，酒阑，出文书一纸，嘱余译以法文，余受而读之，乃通告列国文件，盛载各省劝进文中之警句，以证天下归心袁氏。余以此类文句，译成国外之语，均虚妄怪诞、谄谀便辟之辞，非余之所能胜任也，于是敬谢不敏。某要人曰：'子不译之，可。今但恳子联名于此。愿耶？'余曰：'余非外交官，又非元老，何贵署区区不肖之名？'遂与某要人别。三日，有巡警提余至一处，余始知被羁押。时杜灵运为某院秘书，闻吾为奸人所陷。鼎力为余解免。事后充职，周游大地，今羁瑞士。灵运弱冠失父，偕灵芳游学罗马四年，兄妹俱有令名者也。当余新归海上，偕灵运卜居涌泉路，肥马轻裘与共。灵运将行，余与之同摄一小影，为他日相逢之券。积日灵运微示其贤妹之情，拊余肩而问曰：'亦有意乎？'余感激几于泣下，其时吾心许之，而未作答词焉。吾思三日，乃将灵运之言闻于叔婶，叔婶都不赞一辞，吾亦置之不问。一日，灵运别余，萧然自去。灵运情义，余无时不深念之。顾虽未见其妹之面，而吾寸心注定，万却不能移也！"余曰："子既爱之，而不愿见之，是又何故？"庄湜曰："始吾不敢有违叔父之命也。"

余曰："佳哉！为人子侄，固当如是。今吾思令叔之所以不欲子与灵芳相见者，亦以子天真诚笃，一经女子眼光所摄，万无获免。此正令叔慈爱之心所至，非猜薄灵芳明矣。吾今复有一言进子：以常理度之，令叔婶必为子安排妥当，子虽初心不转，而莲佩必终属子。子若能急反其所为，收其向灵芳之心，移向莲佩，则此情场易作归宿，而灵芳亦必有谅子之一日。不然者，异日或有无穷悲慨，子虽入山，悔将何及？"余言至此，庄湜面色顿白，身颤如冒寒。余颇悔失言，然而为庄湜计，舍此再无他言可进。余待庄湜神息少靖乃去。

数日，其叔婶果挈庄湜居于江湾之别业。余往访之，见其叔手《东莱博议》一卷，坐藤椅之上，且观且摇其膝。庄湜引余至其前曰："阿叔，此吾友曼殊君，同吾游武林者也。"其叔闻言，乃徐徐脱其玳瑁柜大眼镜，起立向余略点其首，问曰："自上海来乎？"余曰："然。"又曰："吾闻汝足迹半天下，甚善，甚善。今日天色至佳，汝在此可随意游览。"余曰："敬谢先生。"时侍婢将茶食呈于藤几之上。庄湜引余坐定，其叔劝进良殷，以手取山楂糕、糖莲子分余，又分庄湜。余密觇其爪甲颇长，且有黑物藏于爪内，余心谓："墨也，彼必善爪书。"

茶既毕，庄湜导余观西苑。余且行且语庄湜曰："令叔和蔼可亲，子试自明心迹，于事或有济也。"庄湜曰："吾叔恩重，所命靡不承顺，独此一事，难免有逆其情意之一日，故吾无日不耿耿于怀。迹吾叔心情，亦必知之而怜我；特以此属自由举动，吾叔故谓蛮夷之风，不可学也。"

尔时隆隆有车声，庄湜与余即至苑门。车门既启，一女子提其纤鞋下地，余静立瞻之，乃临存湖上之第二女郎也。女一视余，即转目而视庄湜，含娇含笑，将欲有言。余知庄湜中心已战栗，但此时外貌矫为镇定。女果有言曰："闻玉体有恙，今已平善耶？"庄湜曰："谢君见问，愈矣。"女曰："吾前归自青岛，即往武林探君，不料君已返沪。"言至此，回其清盼而问余曰："曼殊先生归几日矣？"余曰："归已六日。"女少思，已而复问庄湜曰："湖上遇灵芳姊耶？"庄湜曰："彼时适外出，故未遇之。"女急续曰："然则至今亦未之见面耶？"此语似凤备者。斯时庄湜实难致答，乃不发一言。女凝视庄湜，而目中之意似曰："枕畔赠簪之时，吾一一知之矣。"

少选，侍婢请女入。余同庄湜往草场中，徘徊流盼。忽而庄湜颜色惨白，凝立不动。余再三问之，始曰："余思及莲佩前此垂爱之情及阿婶深恩，而吾今兹爱情所向，乃乖忤如是，中心如何可安？复悟君前日训迪之言，吾心房碎矣！"余见庄湜忧深而言婉，因慰之曰："子勿戚戚弗宁，容日吾当代子陈情于令叔，或有转机，亦未可料。"实则余作此语，毫无把握。然而溺于爱者，乃同小儿，其视吾此语，亦如小儿闻人话饼，庄湜又焉知余之所惴惴者耶？余辞庄湜归，中途见一马车瞥然而过，车中人即莲佩也，其眼角颇红。余心叹此女实天生情种，亦横而不流者矣。方今时移俗易，长妇姹女，皆竟侈邪，心醉自由之风，其实假自由之名而行越货，亦犹男子借爱国主义而谋利禄。自由之女，爱国之士，曾游女、市侩之不若，诚不知彼辈性灵果安在也！盖余此次来沪，所见所闻，无一赏心之事。则旧友中不少怀乐观主义之人，余平心而论，彼负抑塞磊落之才，生于今日，言不救世，学不匡时，念天地之悠悠，惟有强颜欢笑，情郁于中，而外貌矫为乐观，迹彼心情，苟谓诸国老独能关心国计民生，则亦未也。

迄余行至黄浦，时约十句钟，扪囊只有铜板九板，心谓为时夜矣，复何能至友人住宅？昔余羁异国，不能谋一宿，乃驿路之待客室，吸烟待旦，此法独不能行之上海。余径至一报馆访某君。某君方埋首乱纸堆中，持管疾书，见余，笑曰："得毋谓我下笔千言，胸无一策者耶？"余曰："此不生问题者也。夜深吾无宿处；故来奉扰。"某君曰："甚善。吾有烟榻，请子先卧，吾毕此稿，即来共子聚谈。吾每日以'勋爵勋爵，入阁入阁'诸名词见累，正欲得素心人一谈耳。"余问曰："子于何时就寝？"某君曰："明晨五六句钟始能就寝。子不知报馆中人，一若依美国人之起卧为准则耶？"余曰："然则听我去睡，明晨五六句钟，适吾起时也。"某君曰："子自卧，吾自为文。"余乃和衣而睡。

明晨，余更至一友人家。友人顾问余曰："子冬衣犹未剪裁。何日返西湖去？"余曰："未定。"友人出百金纸币相赠曰："子取用之。"余接金，即至英界购一表，计七十元，意离沪时以此表还赠其公子上学之用，亦达其情。余购表后，又购吕宋烟二十元之谱，即返向日寄寓友人之处。

翌日，接庄湜笺，约余速往。余既至，庄湜即牵余至卧室，细语余曰："吾婶明日往接莲佩来此同住，吾今殊难为计，最好君亦暂寓舍间，共语晨夕；若吾一人独居，彼必时来缠扰。彼日吾冷然对之，彼怅惘而归，吾知彼必有微言陈于吾婶也。"余曰："尊婶尚有何语？"庄湜曰："此消息得之侍婢，非吾婶见告者。"余曰："余一周之内，须同四川友人重赴西湖，愧未能如子意也。"庄湜曰："使君住此一周亦佳，不然者，吾惟有逃之一法。"余即曰："子逃向何处？"庄湜曰："吾已审思，如事迫者，吾惟有约灵芳同往苏州或长江一带商埠。"余曰："灵芳知子意否？"庄湜曰："病院一别，未觉再见，故未告之。"余曰："善，余来陪子住，细细商量可也。子若贸然他遁，此下下策，余不为子取也。"余是日即与庄湜同居，其叔婶遇余，一切殷渥，余甚感之。

明日，莲佩亦迁来南苑，所携行李甚简单，似不久住也者。余见庄湜与莲佩每相晤面，亦不作他语，但莞尔示敬而已。有时见莲佩伫立厅前，庄湜则避面而去，莲佩故心知之而无如何也。

一日，天阴，气候颇冷，余同庄湜闲谈书斋中。忽见侍婢捧百叶水晶糕进，曰："此燕小姐新制，嘱馈公子并客。"庄湜受之。侍婢去未移时，而莲佩从容含笑入斋，问起居。庄湜此时无少惊异，亦不表殷勤之貌，但曰："多谢点心。请燕小姐坐近炉次，今日气候甚寒也。"莲佩待余两人归原座，乃敛裾坐于炉次，盖服西装也，上衣为雪白毛绒所织，披其领角，束桃红领带，状若垂巾，其短裾以墨绿色丝绒制之，着黑长袜，履十八世纪流行之舄，乃玄色天鹅绒所制，尖处结桃红 Ribbon，不冠，但虚鬓其发，两耳饰钻石作光，正如乌云中有金星出焉。余见庄湜危坐，不与之一言，余乃发言问曰："燕小姐尝至欧美否？"莲佩低鬓应曰："未也。吾意二三年后，当往欧洲一吊新战场。若美洲，吾不愿往，且无史迹可资凭睇，而其人民以 Make money 为要义，常曰：'Two dollars is always better than one dollar.' 视吾国人直如狗耳，吾又何颜往彼都哉？人谓美国物质文明，不知彼守财虏，正思利用物质文明，而使平民日趋于贫。故倡人道者有言曰：'使大地空气而能买者，早为彼辈吸收尽矣。'此语一何沉痛耶！"言已，出素手加煤于炉中。庄湜乘间取书自阅。莲佩加煤既已，遂辞余两人，回身敛裾而去。余语庄湜曰："斯人恭让温良，好女子也。"庄湜愁叹不语。余乃易一新吕宋烟吸之，半及其半，庄湜忽抛书语余曰："此人于英法文学，俱能道其精义，盖从苏格兰处士查理司习声韵之学五年有半，匪但容仪佳也，此人实为我良师，吾深恨相逢太早，致反不愿见之。嗟夫，命也！"庄湜言时，含泪于眶。顷之，谓余曰："君今同我一访灵芳可乎？其兄久无书至，吾正忧之。"余曰："可。"遂同行。至巴子路，问其婢，始知灵芳母女往昆山已数日，乃怅怅去之。比归别业，则见莲佩迎于苑门之外，探怀出一函，呈庄湜曰："是灵芳姊手笔，告我云已至昆山，不日返也。"

翌日，天气清明，饭罢，庄湜之婶命余等同游。其别业旧有二车，此日二车均多添一马，成双马车。是日，莲佩易紫罗兰色西服。余等既出，途中行人莫不举首惊望，以莲佩天生丽质，有以惹之也。甫至南京路，日已傍午，余等乃息于春申楼进午餐焉。当余等凭阑俯视之际，余见灵芳于马路中乘车而过，灵芳亦见余等，但庄湜与莲佩并语，未之见，余亦不以告之，餐罢，即往惠罗、汇司诸肆购物，以莲佩所用之物，俱购自西肆者。是日，莲佩倍觉欣欢，乃益增其媚。庄湜即奉承婶氏慈祥颜色，亦不云不乐。余即类星轺随员，故无所增减于胸中。莲佩复自购泰西银管四枝，赠庄湜一双，赠余一双；观剧之双眼镜二，庄湜一，余一。诸事既毕，即往徐园，而徐家汇，而梁园，而崔圃。游兴既阑，庄湜请于其婶曰："今夕不归别业，可乎？"其婶曰："不归，固无不可，但旅馆太不洁净。"庄湜曰："有西人旅舍曰圣乔治，颇有幽致。如阿婶愿之，吾今夕当请阿婶观泰西歌剧。"其婶即曰："今夕闻歌，是大佳事，但汝须恭请燕小姐为我翻译。"庄湜曰："善。"

向晚，余等遂往博物院剧场。至则泰西仕女云集，盖是夕所演为名剧也。莲佩一一口译之，清朗无异台中人，余实惊叹斯人灵秀所钟。余等已观至两句钟之久，而莲佩犹滔滔不息。忽一乌衣子弟登台，怒视坐上人，以凄丽之音言曰："What the world calls love, I neither know nor want. I know God's love, and that is not weak and mild. That is hard even unto thd terror of death; it offers caresses which leave wounds. What did God answer in the olive grove, when the Son lay sweating in agony, and prayed and prayed: `Let his cup pass from me！'Did he take the cup of pain from his mouth ? No, child, he had to drain it to the depth."莲佩至此，忽停其悬河之口。庄湜之婶问之曰："何以不译？"再问，而莲佩已呆若木鸡。余与庄湜俱知莲佩尔时深为感动。但庄湜

之婶以为优人作狎辞，即亦不悦，遂命余等归于旅邸。既归，余始知是日为莲佩生日也。

　　明日凌晨，莲佩约庄湜共余出行草地中，行久之，莲佩忽以手轻扶庄湜左臂，低首不语，似有倦态，梨涡微泛玫瑰之色。庄湜则面色转白，但仍顺步徐行。比至廊际，余上阶引彼二人至一小客室，谓庄湜曰："晨餐尚有一句半钟，吾侪暂歇于此。子听鸟声乎？似云：'将卒岁也。'"莲佩闻余言，引领外盼，已而语庄湜曰："汝观郊外木叶，半已零坠，飞鸟且绝迹，雪景行将陈于吾人睫畔。"且言且注视庄湜。奈庄湜一若罔闻，拈其表链，玩弄不已。余忽见有旅客手执网球拍，步经客室而去，余亦随之往观，已有二女一男候此人于草地。余观彼四人击网球，技甚精妙，余返身欲呼庄湜、莲佩同观。岂料余至客室，则见庄湜犹痴坐梳花椅上，目注地毡，默不发言；莲佩则偎身于庄湜之右，披发垂于庄湜肩次，哆其唇樱，睫间颇有泪痕，双手将丝巾叠折卷之，此丝巾已为泪珠湿透。二人各知余至，莲佩心中似谓："吾今作是态者，虽上帝固应默许。吾钟吾爱，无不可示人者。"而庄湜此时心如冰雪。须知对此倾国弗动其怜爱之心者，必非无因，顾莲佩芳心不能谅之，读者或亦有以恕莲佩之处。在庄湜受如许温存腻态，中心亦何尝不碎？第每一思念"上帝汝临，无二尔心"之句，即亦凛然为不可侵犯之男子耳。余问庄湜曰："尊婶睡醒未？"庄湜微曰："吾今往谒阿婶。"遂藉端而去。莲佩即起离椅，就镜台中理其发，而后以丝巾净拭其靥。余中心甚为莲佩凄恻，此盖人生至无可如何之事也。

　　迨余等返江湾，庄湜频频叹喟，复时时细诘侍婢。是夕，余至书斋觅书，乃见庄湜含泪对灯而坐。余即坐其身畔，正欲觅辞慰之，庄湜凄声语余曰："灵芳之玉簪碎矣！"余不觉惊曰："何时碎之？何人碎之？"庄湜曰："吾俱不知，吾归时，即枕下取观始知之。"庄湜言已，呜咽不胜。适其时莲佩亦至，立庄湜之前问曰："君何谓而哭也？或吾有所开罪于君耶？幸相告也。"百问不一答。莲佩固心知其哭也为彼，遂亦即庄湜身畔，掩面而哭。久之，侍婢扶莲佩归卧室。余见庄湜战栗不已，知其病重矣，即劝之安寝。

　　明晨，余复看庄湜。庄湜见余，如不复识，但注目直视，默不一言。余即时请谒其叔，语以庄湜病症颇危，而稍稍道及灵芳之事，冀有以助庄湜于毫末。其叔怒曰："此人不听吾言，狂悖已甚。烦汝语彼，吾已碎其玉簪矣。此人年少任情，不知'炫女不贞，炫士不信'，古有明训耶？"言已，就案草一方交余曰："据此人病状，乃肝经受邪之症，用人参、白芍、半夏各三钱，南星、黄连各二钱，陈皮、甘草、白芥子各一钱，水煎服，两三剂则愈。烦为我照料一切。"言时浩叹不置。余接方，嗒然而退，招待婢往药局配方。侍婢低声语余曰："燕小姐昨夜死于卧室，事甚怪。主母戒勿泄言于公子。"余即问曰："汝亲见燕小姐死状否？"侍婢曰："吾今早始见之，盖以小刃自断其喉部也。"余曰："万勿告公子。汝速去取药。"乃余返庄湜卧内，庄湜面发紫色，其唇已白，双目注余面不转。余问："安否？"累问，庄湜都如不闻。余静坐室中待侍婢归。庄湜忽而摇首叹息，一似知莲佩昨夕之事者。然余心料无人语彼，何由知之？忽侍婢归，以药付余。复以一信呈庄湜。庄湜观信既已，即以授余，面色复变而为青。余侧身抚其肩。庄湜此时略下其泪，然甚稀疏。余知此乃灵芳手笔，顾今无暇阅之。更迟半句钟，侍婢将汤药而进。庄湜徐徐服之，然后静卧。余乃乘间披灵芳之信览之。信曰：

　　湜君足下：

　　　病院相晤之后，银河一角，咫尺天涯，每思隆情盛意，即亦点首太息而已。今者我两人情分绝矣！前日趋叩高斋，正君偕莲姑出游时也，蒙令叔出肺腑之言相劝。昔日遗簪，乃妾请于令叔碎之，用践前言者也。今兹玉簪既碎，而吾初心易矣。望君勿恋恋细弱，须一意怜爱莲姑。妾此生所不与君结同心者，有如皦日。复望君顺承令叔婶之命，以享家庭团圞之乐，则薄命之人亦堪告慰。嗟乎！但愿订姻缘于再世，尽燕婉于来生。自兹诀别，夫复何言！

灵芳再拜

余观竟，一叹庄湜一生好事已成逝水，一叹莲佩之不可复作，而灵芳此后情境，余不暇计及之矣。庄湜忽醒而吐，余重复搓其背。庄湜吐已，语余曰："灵芳绝我，我固谅之，盖深知其心也。惜吾后此无缘复见灵芳，然而……"言至此，咽气不复成声。余即扶之而卧，直至晚上，都不作一言。余嘱侍婢好好看视，冀其明日神识清爽，即可仍图欢聚。余遂离其病榻，归寝室。然余是夕已震恐不堪，亦惟有静坐吸烟，连吸十余支，始解衣而睡，出新表视之，不觉一句半钟。余甫合眼，忽闻有人启余寝室之门，望之，则见侍婢持烛仓皇，带泪而启余曰："公子气断矣！"余急起趋至其室，按庄湜之体，冷如冰霜。少间，其叔婶俱至。其叔舍太息之外，无他言。惟其婶垂泪颤声抚庄湜曰："汝真不解事，累我至此田地！"言已复哭。

天明，余亟雇车驰至红桥某当铺，出新表典押，意此表今不送人亦无不可。余既典得四十金，即出，乃遇一女子，其面右腮有红痣如瓜子大。猛忆此女乃灵芳之婢，遂问之曰："灵姑安否？"女含泪不答。余知不佳。时女引余至当铺屋角语余曰："姑娘前夕已自缢，恫哉！今家中无钱部署丧事，故主母命我来此耳。"余闻此语，伤心之处，不啻庄湜亲闻之也。

迟三日，为庄湜出葬之日，来相送者，则其远亲一人，同学一人，都不知庄湜以何因缘而殒其天年也。既安葬于众妙山庄，余出厚资给守山者，令其时购鲜花，种于坟前，盖不忍使庄湜复见残英。今兹庄湜、灵芳、莲佩之情缘既了，彼三人者，或一日有相见之期，然而难也。

非梦记

吾邑汪玄度，老画师也，其人正直，为里党所推。妻早亡，剩二女，长曰薇香，次曰芸香，均国色。玄度自教二女绘事。有燕生名海琴者，其父与玄度世交，因遣之从玄度学。既三年，颇得云林之致，而生孜孜若无能也。玄度爱生如己子，欲以薇香妻之；生之父母，俱皆当意。生行年十二，遭母丧，父挈之博游西樵。逾年归，将为生行订婚之礼，不料以消渴疾卒，生惟依其姊刘氏。后三年，玄度重以姻事闻于刘，刘意殊不属，乃婉言曰："待之，待之，更三年议此未迟也。"

一日，刘假无心之词，问生曰："汝爱薇香否？"生视地不答。刘曰："薇香，好女子也，惟我问诸算命先生矣，恐不利于汝，故为汝辞之耳。"生愈不语。过四月，生得沉疾，刘百问不一答。刘心知其理，耳语之曰："我有甥女凤娴，与薇香不上下，定为汝娶之，勿戚也。薇香但善画，须知画者，寒不可衣，饥不可食，岂如凤娴家累千金，门当户对者耶？"生不语如故。

又过五日，生病稍瘥。刘大悦，命侍婢阿娟以玫瑰点心进之。诘朝，生徐行至燕处之室。甫入,见刘与一靓妆之女郎共话。女突见生,即起立欲避。生凝眄不转。刘见生,慰问倍切,忽而微哂,引女郎之手,即问生曰:"昨日点心美乎?"生曰:"厥制滋佳。"因问所自来,刘向女郎言曰:"汝今日更为海琴多制百枚,彼病新瘥,食量必倍于汝。"此时,女郎红上梨涡。生肃然欲退,刘止之,笑曰:"海琴今日见嘉宾不拜,何也?既啖人家点心,不当道谢耶?"生如言,与女郎为礼。女亦莞尔,盈盈下拜。此觌面之始也。停午,女亲持重酪及饼子馈生,生亦欣然相受。抵暮,生患又发,体中温度逾四十。第二日,人略清爽,复见女郎软步温香,捧药而进。自是,殷勤调护,彼此默不一言。一夕,生目稍瞑,忽觉有人即枕畔引生右手,加诸鼻端闻之,复倾首以樱唇微微亲生之腮。迄生张目而视,则女郎悄立于灯畔,着雪白轻纱衫,麋颜腻理。二人眼光频频相对,生中心愈觉摇摇,久之,微启女郎曰:"阿姊悴矣。"又曰:"何事见教?敬烦阿姊以芳名见告。"女低鬟不应。有间,生再问曰:"婶娘安睡未?"女又不应,然见生发问,若欣欣然有喜色,即探怀出一嵌珠小盒授生,回身而去。厥后,生久不睹女郎,乃私叩阿娟曰:"前日女郎何人也?"阿娟笑而不答。他日又问,附耳曰:"汪家薇香,公子认得未?"既而,生自念薇香贞默达礼,吾虽在病中,岂容为我侍侧?矧以香盒见贻,于礼尤悖。生不见薇香七稔,然幼小之时,知其腰纤细,发茂密,及其双涡动处,今日尚历历忆之。继而更设一想,谓此女郎或吾在梦中所遇,非真薇香,殆阿娟绐我耳。执盒细瞻之,异常精好,疑香如故,则又明明非梦。使阿娟之言属实,何以容发并不符协?此际百思亦不能得其真。综之,此女郎非薇香,即凤娴,非凤娴,即薇香,舍此二人,婶娘决无遣看病榻之理。由往复推勘,如入魔不醒。忽而急起呼曰:"阿娟,汝趣告主母,公子非薇香,即毕生不娶也。"数日,生似愈而非愈。刘复慰曰:"汝须自宁其神,明春为汝娶薇香也。"生自此日,为状微适。有僧名遣凡者,与生素旧,微窥其情，随时示以《般若》意旨，令自开悟。而生执于滞情，疑信参半。

破夏，遣凡约生赴鼎湖，居报恩寺四十余日，病仍弗瘳。一日，生泛舟过一桥，有二女行钓水边，微风动裾，风致乃如仙人。生审觇之，的与垂髫时无参差，正薇香姊妹也。心跃然动不已，知阿娟之言妄。既归，访之小沙弥，方知玄度寄寓宝幢南院。明日，晨斋毕，生谒玄度。玄度粗衣，垢面，而神宇高古，方伏案作画，画松下一老僧，独坐弹琴，一鹤飞下。既竟，命生为题之。生接笔构思，少选，书一绝句曰：

> 海天空阔九皋深，
> 飞下松阴听鼓琴。
> 明日飘然又何处？
> 白云与尔共无心。

玄度自捻其须曰："字迹类女子，然小诗可诵也。"已而告生曰："吾来已两月，一二日须返里，为先人修墓。汝软弱，于此静养为宜，吾事毕，即来看汝。"生闻言，戚然改容，知不能与薇香于此图良会也，遂辞其师，出门惘惘。路上遇韦媪迎面言曰："久未见公子，公子面容瘦峭，何也？我正有无穷之言，宜加质问，公子许我乎？"生心滋异，回忆媪是薇香奶母，慈祥之人也，恭谨答曰："惟媪之命。"媪第一问曰："颇闻人言，公子已定婚，其人丽且富也，非欤？"生曰："未之前闻。"第二问曰："公子髫龄时，与薇香甚相亲爱，今公子忆念之乎？"生曰："深忆之。"第三问曰："薇香曾有何物赠公子？"生曰："有其亡母所遗波斯国合心花钗。"第四问曰："今犹在否？"生曰："珍藏之。"最后第五问曰："公子爱花钗，抑爱表妹之香盒耶？"生始耸然不能为辞，相顾良久，反问媪曰："媪那由知香盒事？"媪不答，即正色言曰："薇香倾心向公子以来，匪日不思公子，密告我曰：'不偶公子，不如无生。'我深念薇香虽贫，公子夙称风义，固如是负一女子耶？"生从容答曰："我心亦如薇香。此事禀父母之命，我实誓此心：天下女子，非薇香不娶也！"遂将得病受盒诸事，一一白媪，媪始省刘之用心，并非公子忘怀。生濒行，曰："上帝在天，矢死不移吾志！"媪曰："佳哉，公子之言也！公子珍重千万！我他日会令薇香见公子，望公子勿泄于人。"

生归寺中，日思日惧，知刘果无意于薇香。一日，闲步至山门，见柳瘦于骨，山容肃然，知清秋亦垂尽矣，即以此日辞遣凡归家。遣凡勉之曰："子有夙慧，我深信之。毋近绰约，自不沉烦惑之海，子其念之。"生抵家，日伺韦媪之践其前约。忽有阿娟趋至，瞪目谓生曰："公子且登楼，有事相告。"生果从之登楼。阿娟当窗以千里镜授生，遥指泽边言曰："公子谛视之，勿误也。"生引镜临眺，远远一女子，倚风独盼，审视，赫然薇香也。俄一男子步近其前。生觉手足酥软，坠镜于地。阿娟扶之下楼，生几半日不动。阿娟乘间曰："言之，或勿讶耶？吾见此状不一次矣，以公子不在家，未即进言于公子。前时公子见问侍汤药者何人，吾以为薇香，今则知实为公子表妹凤娴也。表妹幽闲贞静，爱公子罔有悛心；而薇香之为人，公子今日殆有以见之矣。然公子当日要吾告主母，非若人不娶，吾诚不知公子于义何取？或公子未知其人底细。主母时亦有言，在理应为公子娶薇香，然而婚姻事大，既微闻此女有解珮遗簪之行，则此女何得污吾公子？主母故遣表妹一见公子，以试公子怀抱。奈何公子不察，口口声声，谓非薇香不要，至于苦病连绵。今公子自思，岂可以金玉之质，为炫女摧折？其憨真不值薇香之一笑。公子诚能自净其心，一依主母之命，则吾亦藉公子洪福，承迎公子，终身享有齐眉之乐。愿公子审思之。"阿娟言毕，生注目视几上书箧，默不一语。

明日，阿娟引凤娴入生之室，而告生曰："公子病中存问之人也。"言已遂行。凤娴始以轻婉之声启生曰："表兄玉体少安耶？"生应曰：

"敬谢表妹。"二人寂然而立,空庭落叶,二人一一听之。凤娴觇生睫间似有泪痕,婉慰之曰:"望苍苍者佑表兄无恙。"言已乃出。既而稍停趾,似待生发言。生果有言曰:"请表妹得闲来坐。"凤娴既去,生复悄然自念。移时即启书簏,出花钗,以帨抆泪,然后裹之,呼阿娟告曰:"为我敬还薇姑,言公子家法严,不容久藏此物也。"

一日,淡云微雨,凤娴独至生室,助生理浴衣。壁上有镜,凤娴对镜而坐。俄而徐徐引其眉角向生,言苏州女子于傅粉一道,独有神悟。盖凤娴生长苏州,好纤纤而谈苏州之事,间以昵辞。生但唯唯。继而坐于生侧,卷其纤指央生曰:"表兄试猜吾中指何在?"生猜之不中。凤娴微笑,执生之手,自脱珊瑚戒指,为生着之,遂以靥亲生唇际,欲言而止者再,乃嗫嚅言曰:"地老天荒,吾爱无极。"言已,竟以软玉温香之身,置生怀里。生自还钗之后,心绪凄怆,甚于亡国。凤娴备悉其事,故沾沾自喜,以为生正在回心转意,徐徐输以情款,即垂手而得。刘即时时引生同凤娴游履苑中。生益怵然,觉天下无一事一物,能令其心生喜悦者。猛忆遭凡平昔所言,款款近情,殊非虚妄。作计既定,即托病,辞刘重往鼎湖。刘不知生已绝意人世,频使凤娴传问。生则凡百求弃于凤娴。而凤娴浓情蜜意,日益加切。

一日,大雾迷漫,生晨起引目望海,海沉沉无声。久之,亦似沉吟语曰:"世人梦中,悠然自得真趣;若在日间,海阔天空,都无意味也。"生正在垂眉闭眼,适其时微闻足音,憬然回顾,则凤娴、阿娟同至。生延坐曰:"谢表妹远道临存。"凤娴曰:"我来求教,何言谢也?"忽而愕视生曰:"表兄胡为颜色猝变?寺中风露侵人,表兄今日同吾归乎?"生乃凝思曰:"表妹勿为吾忧,吾山居乐也。"阿娟将荔枝进生,凤娴为生擘之。此时各有心绪,脉脉不宣。阿娟既退,凤娴含笑问曰:"有人咏荔枝壳云:'莫道红颜多薄命,昨宵曾抱玉郎来。'二语工乎?"生似有所念,已乃漫应曰:"工。"凤娴方欲再言,生颇踧踖,时见天际雁群，忽而中断，至于遥遥不见，遂对凤娴脱口言曰："累劳玉趾，良用歉仄。既承垂爱，今有至言相告：吾多病，殆不能归家，即于寺中长蔬拜佛，一报父母养育之恩，一修来生之果。幸表妹为白婶娘，请婶娘哀恕之。"凤娴闻言，蕴泪于睫，视生曰："表兄，此言何谓？吾岂敢传于尊婶？须知吾身未分明，万一尊婶闻此言，以为吾必有所开罪于表兄，则吾与表兄无相见之日，表兄彬彬温蔼之人，岂忍之乎？吾亦知有一人牵表兄之臆，顾其人弗端，人皆知之，表兄宁无所闻？今表兄忽以此言相示，且问吾谬戾至于何地？嗟夫！表兄倾听之：海潮澌澌，是吾瘗身处也！"言讫，呜咽不已。此时情网弥天而下，生莫知所可。可见凤娴已清瘦可怜，竟以手扶凤娴，恍然凝思。既而变其词曰："表妹既知吾言为有因，则必有其离世之志。表妹高义干云，吾岂无感纫在心？适所言肆甚，须知吾心房已碎，不知为计，还望表妹怜而恕我。表妹慎勿哭。人且来。"凤娴即曰："然则表兄知所趋避矣？"生欷歔答曰："自今以去，常接表妹欢笑，不得谓非上苍垂愍。"凤娴此时如石去心，复露其柔媚之态，抱生，以已颊偎生之颊，已而力加亲吻，遂与生别。

　　生一夕闻僧言玄度重来宝幢养疴。携灯参谒，则玄度病颇沉顿，二女并侍榻侧。薇香见生入，即避座而去。芸香垂其双睫，似不欲视生也者。玄度视生，乃无一言。时方雨甚，韦媪坚留生宿隔院。夜已深沉，媪持烛来视，亦甚致敬，已而突诘生曰："公子前此使阿娟期薇香于泽畔，公子乃忽爽其约，而遣他人替代，宜乎薇香不与之言而返。敢问公子何以对薇香？其时吾曾谒公子之门，阿娟答言公子已外出。公子岂知薇香忧迫之情而怜恤之耶？薇香初意本不欲出，吾特以公子情深义重，力加劝勉，始毅然赴命耳。"生闻言，心为一震，即仓皇答曰："此何日事？吾未尝有是约也。"媪思之，复曰："是亦不能无问。然则花钗亦非公子亲交阿娟者耶？"生曰："花钗固吾亲交阿娟，令返薇香。"媪曰："意何在也？"生曰："此语何能答？亦不须问。今实告吾媪，吾此来鼎湖，不久当祝发为僧……"生至此，咽塞不能续言，乃逆吞其泪，颤声曰："请妪语吾亲爱之人，钗去而寸心存也！"妪此时愀然作色曰："前朝公子与一送眼流眉者相抱而泣，沙弥共见之，此曷为而然者耶？始吾叹公子信义多情，吾今然后知公子矣。"妪与生对答时，薇香潜立户外，一一俱闻之。既返，踞椅于邑，抽刀遽欲自刭，闻其父呻楚声，则又自止，若是者三。顷之，与芸香共寝，芸香言相生仪表，决非负心之人。薇香斗忆生言"寸心存"，犹有藕断丝连之意，又思答妪之第一语，中心油然暗喜，意必有人诳生，则他时二人亲证，自能回复其心。是夜，雨滴不人止，生亦不能成寐，思妪之言，实出至诚，知前时所见，实薇香见给于人。愈思则愈见薇香淑质贞亮，决其人无他遇。天明，将还钗本末陈露于妪，深自引咎。乃归寺，汲汲无欢。

无何，玄度病卒，生出资营葬于宝幢，妪遂同薇香姊妹归乡。生亦以刘命催归。归时已不见凤娴，生始责阿娟妄言伤正。阿娟忐忑曰："不敢，既不许吾为知言，公子当后识耳。"越日，刘谓生曰："汝终日容色不悦，何也？汝须自珍重，月内我为汝定凤娴为归，腊月涓吉成礼，百年之好，吾为汝庆。汝前谓非薇香不娶，此汝年鬓尚轻，不晓世事。薇香德素何如，今姑勿论，使其人卓然贞白，娶之不但无一星之益，人且藐吾家世。我仔细回环，所以必为汝娶凤娴者，门户计耳，非我故为猜薄薇香。凤娴亦婉惠可爱，何悖于汝？今汝须静听吾言，勿为他人所惑，此男儿立身之道也。"生跪刘之前，力争曰："我负薇香，独谓义何？"刘怒曰："汝但博一女子欢心，视我之言为呓辞耶？"生此时知刘意不可挽回，时日西夕，生往叩薇香之门。韦妪肃之入，生告之故，妪令薇香庭迎。是夕，月寒霜冷，生肢体战动，无以致辞。忽进抱薇香于怀，两人胸际沉浮呼吸，息息皆闻。良久，薇香回其含赤贞之面，就生微叹曰："君既迫于家庭之命，则吾又岂容违越？愿自保爱，毋以一女子伤君之怀。吾衔恩恋德，以至于今者，以君或能娶我耳。不谓天心已定，何必更言？今兹犹得接君眉宇，于吾福命已足，复何憾也？"言已，仡然以其葱纤轻推生手，辞生而入，不欲以泪眼向生也。生惶惧而还，不知所以。

翌晨，生忽不见踪迹，三日并无音耗。刘以薇香诱生讼于官，官乃刑鞫薇香，薇香无言，遂押薇香于女牢，生不知也。薇香颜色憔悴，不可复言，然自念为生之故而受厄，甘也。生辞家行至虎山，盈眸寂乐，乃为僧。数十晨夕，忆薇香不已，请一村妪潜修音问。芸香得书，辞甚瑰丽。芸香不敢泄其事，便同韦媪寻生，欲生归，一白其姊之冤。二人至钦州，值江上盗贼蜂起，劫芸香以去。媪望门乞食，薇香不知也。

先是邑中有巨富姓陈名道者，求生之画，累年不得，厥心违怨。偶游虎山，忽见生，即归，具禀有词，谓生与石剑儒同党，今潜迹沙门，恐有犯上之事。时巡抚某公，素知生名，因亲往寺中，与生闲谈，甚敬爱之；临行，密以实情告生，令即去。及生离山未半日，而某公捕生之缇骑发矣，生穷寒路次，由是变易姓名，鬻画为生。两阅月，至烟村，地去大良十数里。有老人见生行步容色可怜，款生于别馆。生一夕独坐凝思，冀伊人之入梦也。忽见凤娴窃步入室，容发如旧，生惊愕欲绝。凤娴审视生，灭灯同坐，微微太息。然后低声言曰："表兄勿骇，老人吾祖也，今晨闻婢辈谈客窈窕无双，又见手笔，知是表兄。比闻官府求表兄颇急，未审何因？幸表兄不以前事告吾祖父。但未知表兄今欲何行？"生默坐不应。凤娴双手揽生，凄然下泣曰："吾愧汝念汝，情何极也！已而，生依所教，作书慰刘，将避地大良。凤娴为生备资甚丰，将新制凤文之绶，亲为生束之。黎旦，生别凤娴。半月，得从间道达大良，止于波罗寺。寺为明时旧构，风景大佳。生饮水读书，狷行自喜，人间幻景，一一付之淡忘。僧众尊敬之。

明年秋，有女眷游息于寺，生瞥见一青衣，面容动静酷肖芸香，殷勤瞻瞩，问其名居；不告。明晨，生于窗上得芸香手简，始知薇香系狱，媪流落无方，生魂胆俱丧。束装归家，凤娴已俟生久矣。刘请释薇香。薇香出狱，自归屋中，空无一人。生投书薇香，尽言为僧及遇芸香之事。薇香披文下涕，辄思自裁，又恐贻生母子之忤，遂寄食于邻媪，为人绣花朵以自度，矢志不嫁人。或劝薇香，薇香不听也。忽一夕，生约薇香于疏星之下，以伤切之声言曰："父母双亡，亦有何乐？薇香知吾言中之意乎？"薇香俯首低声曰："知之。"生曰："善！吾爱汝，心神俱切，顾运与人忤，吾两人此生终无缘分矣。今兹汝我前事，都不必提，惟吾两人后此之心，当如何得其归宿，则不能不于此夜今时解决之耳。"薇香再三叹息，乃谨容答曰："人生为泪，死为魂耳。吾前此不曾谓君毋以我累君家庭之乐乎？"生曰："然，事势至是，婉恋之情当即断绝。然而天地绵绵，我今试问汝立志不嫁他人，亦有以教我作人不？"薇香曰："此言何为至于我哉？女子不嫁，寻常事耳。"生反复与言，终无动志，乃跪薇香之前言曰："汝不嫁人，我亦终吾身不娶；婶娘如见逼者，有死而已！"薇香扶生于怀，言曰："是何言耶？君殊亦未为吾计也，须知吾之处境，实不同君，君如学我，是促吾命耳；君果爱我者，舍处顺而外，无第二义。望君切勿以区区为念，承顺尊婶，一不辜尊婶之恩，二不负凤娴之义。吾今生虽不属群，但得见君享团圞之福，则所以慰我者不已多乎？"言至此，以指示生曰："有人！"生回望，则凤娴矗立于后，目光如何，生不能见，但闻凤娴微微一叹曰："彼何人者？"生枯立如石人。凤娴即曰："向也阿娟谓此女眼色媚人，今乃知果清超拔欲也。"生复回视，知薇香已去，因叹曰："贤哉，薇香乎！"凤娴续曰："此言良信。表兄盍有以成其志耶？"生仰天而嘘。少间，问凤娴曰："其言一一谛听否？"凤娴但凝睇而不答。须臾，以脸伏生胸次，言曰："表兄爱之，固其宜矣，独弗体尊婶之心，而云终身不娶？抑以我不肖，弗屑缔盟耶？"言时，娇泣不止。生知不必更语，为扶将曰："归。"明日，生接薇香书，书仅数言。生不食而泣，三诣薇香，终不复见。刘与凤娴极力慰解。会遣凡来访，刘便使生经营行装，与遣凡重游大良，冀遣凡有以收束其心。

一日，途中见两丽人骑细马而来，其前一人顾盼不舍，其后一人微微以目示意，令生相随。生知是芸香，心骤喜，意此行必得薇香迹兆，足不觉随其后而步。俄至一巨阀，邑邑徘徊。至日落，忽见韦媪出，漫向生曰："公子佳乎？"且言：在钦州遇盗，与芸香分散，月前乞食经此，托天之庇，复得与芸香相会；芸香自遭劫后，江学使以重金购得之，今即此家女公子侍儿也。生问："薇香安居？"媪闻言，恨且叹曰："尊婶真不谅人！"遂执生手，叹唱频频。生战栗曰："媪语我，薇香安在。"媪终不答一言。生趋而返。明日，晓钟未发，不辞遣凡而去。

生与薇香慕恋事，遣凡微有所闻。尔日遍觅生不得，即驰至生家，生亦未返，乃呼阿娟细诘其事。阿娟略述之。遣凡曰："薇香今在何许？"阿娟云："薇香自作书给公子，谓初心已易，即日如大良，嘱公子无庸怀顾。凶征即兆于彼夕也。"遣凡曰："然则薇香死矣？汝亲见其死状否？"阿娟云："韦媪语我：有得素舄于江侧者，薇香遗物也；兼嘱勿言于公子。"遣凡沉思曰："公子归来，汝诚勿以此告之。"尔时凤娴在旁，泣询生归期。遣凡徐曰："以我思之，或有相见之日。"

其后年春，遣凡行次五指山，遇一执役僧，即生也。见遣凡，不谈往事。逾数月，遣凡见生山居宁谧，遂卷单而别。

天涯红泪记

第一章

涒滩之岁,天下大乱,燕影生以八月二十一日仓皇归省。平明,辞高等学堂。诸生咸返乡间,堂中惟余工役辈集厨下,蹙蹙不安,知有非常之祸。街上不通行旅,惟见乱兵攒刃蹀躞,生尽弃书簏,促步出城。至小南门,童谣云:"职方贱如狗,将军满街走。"心知不祥。生既登舟,舟中人咸掬万愁于面,盖自他方避难而来,默不一语,辄相窥望。时有卜者为人言休咎,生静立人丛中,心仪卜者俊迈有风;卜者亦数目生,似欲有言而弗言。忽而城内炮声不断,舟中人始大哗,或有掩泪无言者。舟主是英吉利人,即令启舷。舟行可数里,生回注城楼之上,黑烟突突四起。是日天气阴晦,沿途风柳飘萧。生但默祷天帝释庇佑,平安到家,拜仁慈母氏,世乱本属司空见惯也。

亡何,生既宁家,生之慈母方制重九糕,女弟制飞鸾饼子,母见生,大喜，曰："谢上苍佑吾儿无恙，果归矣！"即传言侍女陈晚膳，生视之，红豆饭也。母言："今日为重九佳节，家中食罗目侯罗饭，年年如此。"饭后，女弟问生乱事甚烦。生垂涕曰："嗟夫！四维不张，生民涂炭，宁有不亡国者？今吾但知奉承阿母慈祥颜色可耳。"

一日，母命游圣恩寺。——圣恩寺者，古诗也。旁午，道出碧海，憩夕阳楼，观涛三日。复径西北，涉二小水，不复知远近矣。忽至一处，湖水周环新柳，游鱼细石，直视无碍。更前，则为山谷。生习谓人间无此清逸，徘徊流盼，微闻异音如鸣环佩。母云："大有景处，昔人称'弹筝谷'，殆指此欤？"生解骑，扶将母氏，赁渔庄居焉。时为暮春，犹带微寒，斜月窥帘，花香积水。生乍听疏篱之外，有人低咏曰："石龟尚怀海，我宁亡故乡？"生审此声凄丽，必出自女子，心生怪异。

翌日，天朗无云，湖水澄碧。生辞母氏出庐，纵步所之，仰望前面山脉，起伏曲折，知游者罕至。湖之西，古榕甚茂，可数百年物也。生就林外窥之，见飞泉之下，有石梁通一空冥所在，生喜，徐徐款步，不觉穿榕林而出，水天弥望，生不知其为湖为海。读吾书者思之：夫人遭逢世变，岂无江湖山薮之思？况复深于患忧如生者！生凝伫，觉盈眸寂乐，沾恋不去。忽隐约中，见高柳之下，有老人踞石行渔，神采英毅，惟老态若骊龙矣，因迤逦就老人之侧，微叩之曰："叟之渔，渔者之渔，抑隐者之渔？可得闻乎？"老人闻言，始举首瞩生，自颅及踵，少须，答曰："善哉，客之问也！无思无虑，纵意所如，渔者之渔，老夫未能也。若夫姜尚父、严子陵，名垂青史，后世贤之，此隐者之渔；夫隐者固非钓渔而钓名耳，老夫何与焉？"老人言至此，收拾钓竿，以手指南岸树林示生曰："老夫居是间，历十余年。路不拾遗，夜不闭户，谈话不过农夫田父。老夫观客玄默有仪，无诱慕于世伪者，客其一尘游屐乎？"生恭谨答曰："小子既入仙乡，此生难得，今叟见招，敢不如命？"

生随老人行，山角凡四转，泉水激石，泠泠作响，既见柳岸，复行半里。得板桥。老人笑面生曰:"至矣。"言讫,又导生行。板桥渡已,乃过竹围,入老人茅屋矣。老人命生坐,言曰:"吾女当来见客。客了无凡骨,可为吾友。"生重复致谢老人厚遇。老人既出菜圃,生见竹壁悬烂剑一柄,几上奇石如斗大,外无他物。忽尔,老人携其女入,修臂下垂,与生为礼。生正视之,密发虚鬓,非同凡艳。生问老人姓氏,并是地何名,老人都不答,但摇其首。久之,询生奚得至此,生一一告以故,老人甚欣欢。少选,老人之女捧果以进,置石几上。果丹色,大于鸡子,生所未见,询之老人,老人曰:"硕果,此土终岁产之。客食十枚,可尽日无饥渴,老夫数枚足矣。"生剥果啖之,香甜凝舌,中有实一粒如豆。老人云:"此核可为药,用治外伤。"食果毕,老人为生谈者,均剑术家言,蝉联不觉日暮,生请告辞,归慰慈母。老人起立曰:"且慢,吾女当以舴艋送子,吾女亦宿邻岸姨家。子明日请再临存,或客吾许,可乎?"生以母氏同来,因约老人以明日再行奉谒。老人伫立岸上,女领生登舟,舟小如芥,既左出,始不见老人颜色。时日落崦嵫,微风送棹。生自念如是风光中,得如是名姝垂青。复感老人情极真朴,以为天壤间安得如是境域?实令生无从着思。猛忆老人垂纶之际,面带深忧极恨之色,意者老人其任侠之流欤?生此时心事乃如潮涌,于是正襟危坐,径问女曰:"名姝何姓?地是何名?望有以见教也。"女赧然良久,嘤然而呻曰:"吾禀老父之命,未能遽答先生,幸先生容之。老父固有隐怀。先生善人,异日或有以奉述于先生之前耳。昨日马上郎君,投止姨氏邻家,非先生也耶?"生曰:"诚不慧也。不慧奉母游名刹,不图失道至此,然母氏正乐是间风物。敢问名姝,昨日黄昏,何人诵陆机诗句者?名姝其或识斯人否?"女闻生言,低首无语。生视女双涡已泛淡红,复视女两手莹洁如雪,衬以蔚蓝天色,殆天仙也。生自省唐突,乃回视前岸,渔灯三五,母氏已立堤畔。生启女曰:"余母望余久,敬谢名姝棹我归来,不然,吾步行,母氏迟余矣。"女无言,但微哂。

此燕影生第一次与绝代名姝晋接之言，即亦吾书发凡也。

第二章

明日，晨曦在树，生复至老人许。老人遇生备极友爱，但仍絮絮向生言剑法。生生平未尝学剑，顾聆老人言，心动，跪求受业。老人思少间，慨然曰："诺！"于是出剑授生，循循诱掖。生奉老人惟谨。不觉木叶战风，清秋亦垂尽矣。

一日，女肃然谓生曰："吾闻人生哀乐，察其眉可知。然则先生亦有忧患乎？"莺吭一发，生已泪盈其睫。女仰天而唏，已而出纤手扶生腰围，令坐于树根之上，低声曰："先生千万珍重！晨来见先生郁郁，是以不能无问，幸恕唐突耳。"生闻言，不禁感动于怀，心念："此女肝胆照人，一如其父，匪但容仪佳也。然吾今生虽抱百忧，又奚可申诉于婴婴婉婉者之前？惟苍苍者知吾心事耳。尝闻老人言，此女剑术亦深造而神悟，兼有侠骨。斯人真旷劫难逢者矣。"生寻思至此，立坠于情网之中，不自觉也。

忽尔，老人偕一新客至生侧，谓曰："此吾弟，刚自外归。"生愕然，起立恭迎，微有怅触，揖而问之曰："长老似曾相识？"其人亦长揖答曰："前此舟中卜者，忆念之乎？"生始洒然有省，因叩行止。其人展掌笑曰："行时绝行迹，说时无说踪。行说若到，则垛生招箭；行说未明，则神锋划断，就使说无渗漏，行不迷方，犹滞壳漏在，若是大鹏金翅，奋迅百千由旬；十影神驹，驰骤四方八极。不取次啖啄，不随处埋身，且总不依倚。还有履践分也无，刹刹尘尘是要津。"生恍然大悦曰："得聆馨欬，实属前缘。舟中胡以吝教？"其人骤执生手，喟然叹曰："良友，鄙人仰企清辉久矣！顾为罗网所隔，不忆江上吾屡欲与良友晤谈而未果耶？然吾既断彼伧右臂，今对良友可告无愧。彼伧者，耀武扬威、残贼人民之某将军也，姑隐其名，以存忠厚。今且语良友以吾何由知君高义干云、博学而多情者也。"言次，出小影一幅示生曰："此君玉照，即曩日女郎临授亲别鄙人，且言曰：'此妾生生世世感戴弗忘之人，或因相遇，幸为口述，妾虽飘瞥，依然无恙；并为妾贡其诚款，或者上苍见怜，异日犹有把晤之期，报恩于万一，亦未可料。'女郎言已，泪如绠绯。鄙人故珍藏之。今兹女郎情愫已达君前，即此玉照亦敬以还君耳。"生太息曰："甚矣哉，请网之慄人也，此女以无玷之质，生逢丧乱，遇人不淑，致令流离失所。然而哀鸿遍野，吾又何能一一拯之，使出水火之中耶？此女既云无恙，深感天心仁爱。复愿长者为言其详。"其人抚膺续曰："昔黄帝有涿鹿之战，以定水灾；颛顼有共工之阵，以平水害，成汤有南巢之伐，以殄夏乱。至于任侠之流，为人排难解纷，亦所受于天耳。"……

（编者注：本篇为未完之作，发表于1914年5月东京《民国》杂志第1号"小说栏"。）

文学精品选

书信

苏曼殊精品选

复刘三（8月·东京）

刘三老哥足下：

前此迁居，方付上片笺，托秋枚转致。今始拜读十八日来示，如五朵云之从天飞下，喜可知也。又悉诸故人无恙，大慰下怀。老哥停棹西子湖边，诗怀必盛，何不示我一二？得以愁余朗诵，如与君同客秣陵景况也。

曼现在东，无一事堪告故人，但多疚病，静居终日。待二三月后，申公老太太抵此，方能往乡下与母亲同住。

老哥与石君丹生同寓否？去冬舟中与石君握别，行将一载，石君无恙耶？前月戴君鸿渠来东京游，与曼相遇，友爱如昔。今戴君已返大阪，寓大阪北区上福岛北一丁目七十一，一安静馆。前此又遇吴君中俊（果超，江苏金山），彼云曾在江南陆军小学，故识余。并问及老哥。后戴君往访其居，已他迁不遇，想近日回国，老哥知其人否？

曼春间妄作《梵文典》一部，枚公命速将付梓，后以印人索价太奢，（盖日本尚无此种字母，惟欧洲有之，且有英文插入，故难。）现尚束之箧底。过蒙诸大德赐序，为卷帙之光，今附寄告白，以尘清览。又申夫人集《画谱》一册，但愿老哥湖山游倦时，各作一序（《曼殊画谱》序、《梵文典》序），或诗词赠我。又望代属剑公锡我数章，即无上乐。

曼决心西游印度，专学古昔言文，顾以托钵之身，未能筹得路费，置之徐图而已。（前在沪借兄之款，迄未奉还，抱歉之至！叨在故交，敢乞容其时日耳。）曼现暂寓东京小石川区久坚町二十七番瑜伽师地。如赐教言，望寄此处，以后乡居住址情形，再当相闻。

海航、达权两公，久不闻问，或因通书，幸为道念。

附寄书三册，启文八册，望老哥将此启文赠诸居士，当是功德无量矣。又致相片数幅：一为吾幼时随大父大母所照；一为吾母抚余；一为吾姐。吾大父大母弃余数年，今惟吾母、吾姊与曼三人形影相依而已。附寄一绝，曼不能作诗，乞为教正复我，感甚！

东来与慈亲相会，忽感刘三、天梅去我万里，不知涕泗之横流也

九年画壁成空相（余出家刚九年），万里归来一病身。
泪眼更谁愁似我？亲前犹自忆词人。

复刘三（10月21日·上海）

刘三我兄足下：

十二日接到复书，并洋十五元，感激无已！适兄经济拮据，愧甚！

弟现舟资未足，故未能定期东渡，日与去病先生对床风雨，意极可亲。前剑公、吹万两公来申，酒家相谈数日，乐甚，惟咸以不见兄为憾耳。剑、吹两公已往淞江矣，兄何时可以来申，得聚首之乐耶？

少公无一书至，其老太太及令弟子等于前月东渡，今尚未见来信，殊耿耿！兄捐入《天义》之款，弟到东即交申公便是。申公忙甚，不易抽身回国。

兄近日诗怀，又饶几许？前寄晦闻大作，殊妙，殊妙。曼昨夕于佩公筵上得一晤梨花馆，彼殷殷为问刘三何处？兄其速来一醉谢彼否乎？余未细陈，顺颂

起居弥健！

九月十五日

曼拜

致刘三（11月28日·上海）

刘三我哥足下：

匆匆握别，无一书至，殆以曼根器浅薄，不屑教诲。见弃之速，情奚以堪？

曼前此所为，无一是处，都因无阅历，故人均以此疏曼。思之成痗。第天下事无有易于骂人者。曼处境苦极，深契如兄，岂不知之？家庭事虽不足为兄道，每一念及，伤心无极矣！嗟乎，刘三，曼诚不愿栖迟于此五浊恶世也。

前太炎有信来，命曼随行，南入印度。现路费未足，未能预定行期。曼下月初可以返东，顷已谢绝交游。惟望兄勿弃我太甚而已。天寒风厉，依望珍重！暇时望有以教曼也。

十月二十三

弟曼殊顶礼

复刘三（12月4日·上海）

刘三我兄足下：

谨接二十七日赐复，知不余弃，快慰何言？至云责兄，则余岂敢？前书如怨如诉，盖郁怫使然，宁如兄有湖山佳致，黄酒消忧者哉？

比来愁居，朗生、千里、晦、枚连饮，坚持不得。兄闻之，得毋谓曼忘却兄言乎？幸怜我也！

顷须俟剑妹来，方能定日东行，剑妹十五回乡，云一周可返，今逾半月尚未来，殊邑邑。

昨闻效鲁有主《神州》笔政之说，未知确否耳？佩公尝言兄与彼素有芥蒂，第何所因？能见告否？申公有意明春返居沪渎，以留东费用繁浩，且其老太太远适异国，诸凡不便故也。

近日功课忙否？暇时乞兄为我署"翁山女语"四字（或加"屈"字），各如钱大，盖家母将以《女语》付剞劂，流传日本。《女语》一卷，出屈大均《广东新语》，此系清朝禁书，兄见过否？前承允题《梵文典》，大作已就否？如兄肯为曼作传，若赠序体，最妙！因知我性情遭遇者，舍兄而外，更无他人矣。千万勿却。知己之言，固不必饰词以为美，第摹余平生伤心事实可耳（曼今年二十四）。奉寄《国粹学报》一册，《天义》二册，《社会主义讲习会报告》一纸，乞检收。前数日上海亦下微雪，连日寒凝，又无缘侍兄左右。伏维珍重，以慰劳想也！

十月二十九日
曼殊顶礼

致刘三（10月11日·南京）

刘三侍者：

西湖别后，得杨仁山长老命，故于十三晚抵宁。昨日见航公，喜甚。

足下起居如前否？此处校务，均已妥备，现向镇江、扬州诸大刹召选僧侣，想下月初可开课。教授汉文闻是李晓暾先生，讲经即仁老也。看二三年后僧众如能精进，即遣赴日本、印度留学梵章，佛日重辉，或赖此耳。得山、意周师处不及另言，如足下得暇，望将此信转达白云庵。幸甚。

宁地已冷，出入未便，瑛冬候当返申。足下何时至沪？届期望将地址示知，以便聚谈。航公合府迁居此土，闻今冬不至沪云。

瑛现任仁老公馆内，诸事尚适，不似前此之常出交游也，今午，杭州夏曾佑居士来此相见，居士深究内典，殊堪佩伏。瑛于此亦时得闻仁老谈经，欣幸无量。仁老八十余龄，道体坚固，声音宏亮。今日谨保我佛余光，如崦嵫落日者，惟仁老一人而已。十余年前，印度有法护尊者（达磨波罗）寄二书仁老，盖始创摩诃菩提会，弘扬末法，思召震旦僧侣共往者。昨仁老检出，已属瑛翻成华文矣，异日将原函一并印出，当奉台览。现在该会如何，尚未谛审。仁老云："当时以无僧侣能赴其请，伤哉！"

瑛比来屏弃诸缘，日惟养静听经而已。足下作何消遣耶？余容续呈。此叩

道履万福！

得山、意周两大和尚均候。

十七日
元瑛顶礼

赐教乞寄至：南京延龄巷池州杨公馆苏子谷收，为妥。

致刘三（11月14日·南京）

刘三足下：

前兄处转来达权信已收到。兄何不与衲一言，抑怒衲耶？衲任学林工课，每晨八时直至十二时，疲甚，故久未修书奉候，望见谅耳。

海航终日伴其夫人，不敢出门一步，殊可怜矣。少公已返国。衲前日过沪，日余即返。闻佩公亦于月杪至沪。兄何时返申？暇时尚望寄衲数言。岁末衲或返东。今冬沪上，当必握手相笑耳。昨得晦闻来信，居香港背山面海，意殊自得，劝衲不应为入世之想。仁山老居士创设学林，实末世胜事，不敢不应赴耳。兄何以见教耶？

二十一日
衲元顶礼

达权地址，敬乞示知为感。

致邓秋枚、蔡哲夫（3月·东京）

秋枚、哲夫两公侍者：

久未奉书，少病少恼不？沙鸥月内须赴淀江省母。前月廿二日复哲公一信，妥收未？晦公来沪亦已定行期否？

奉寄春本万龙相两张，人称是"江户名花第一枝"。沙鸥于东曾一见之，但肌肤鲜润耳。

日来花谢花开，真无聊赖。近得数绝，布鼓雷门，不敢言诗也。

忽闻邻女艳阳歌，南国诗人近若何？
欲寄数行相问讯，落花如雨乱愁多。

（《寄广州晦公》）

偷尝天女唇中露（此译拜伦 Oh dewg gathei from thy lip 句），
几度临风拭泪痕。

日日思君令人老，绿窗无语正黄昏。

（《水户观梅有寄》）

禅心一任蛾眉妒，佛说原来怨是亲（佛言亲即是怨，怨即是亲）。雨笠烟蓑归去也，与人无爱亦无嗔。

（《失题》）

斜插莲蓬美且鬈，曾教粉指印青编。

此后不知魂与梦，涉江同泛采莲船？（莲蓬即Ribbon）

生憎花发柳含烟，东海飘蓬二十年。
忏尽情禅空色相，琵琶湖畔枕经眠。

（《西京步枫子韵》）

行人指点郑公石，沙白松青夕照边。
极目崦嵫余子尽，袈裟和泪伏碑前。

（《谒平户延平生处》）

赐教望寄至：日本东京神田区小川町四十一番地川又馆郑辑五转交沙鸥。

申公一笺乞为我转之。

致刘三（5月20日·东京）

季平爱友垂鉴：

别将半载，无时不思！昨秋白云庵南楼一聆教诲，即赴秣陵；阅数月东行，又无握别之缘。及今未闻动定，少病少恼不？行脚僧皮囊如故。思维畴昔，随公左右，教我为诗。于今东涂西抹，得稿盈寸，相去万里，反不得公为我点铁，如何，如何！前托枚公转致《文姬图》，随意得之，非敢言画，收到尚望答我一笺。"梦中不识路，何以慰相思"耶？

雪近为脑病所苦，每日午前赴梵学会为印度婆罗门僧传译二时半。医者劝午后工夫仅以一小时为限。《拜伦集》今已全篇脱稿，待友人付印毕事，当速呈上，以证心量。

近证得"支那"一语确非"秦"字转音。先是见《翻译名义集》，译"支那"一语本"巧诈"义，心滋疑惑。及今读印度古诗《摩诃婆罗多》元文，始知当时已有"支那"之名。按《摩诃婆罗多》乃印度婆罗多朝纪事诗。前此有王名婆罗多，其时有大战，后始统一印度，遂有此作。王言："尝亲统大军，行至北境，文物特盛，民多巧智，殆支那分族"云云。考婆罗多朝在西纪前千四百年,正震旦商时。当时印人慕我文化,称"智巧"耳。又闻王所言波斯国俗,今时所证皆确。雪尝以经典载印度事实,质之婆罗门僧,无一毫支离;而西人所考,多所差舛。今新学人咸谓"支那"乃"秦"字转音,实非也。故附书之,以问吾公。

雪西归尚未有期,心绪万千,付之沧波一棹耳。

四月初二日
雪蝶顶礼

赐教乞寄:日本东京神田小川町四十一川又馆王盛铭君转寄,幸甚。

再启者:海航哥久未通书,或因通信,乞公为我问。默君为况何似?

淀江道中
隐隐孤村起白烟,家家携酒种春田。
羸马未须愁路远,桃花红欲上吟鞭。

代柯子棻少侯
小楼春尽雨丝丝,孤负添香对语时。
宝镜有尘难见面,妆台红粉画谁眉?

有寄
玉砌孤行夜有声,美人泪眼尚分明。
莫愁此夕情何限?指点荒烟锁石城。
生天成佛我何能?幽梦无凭恨不胜。
多谢刘三问消息,尚留微命作诗僧。

弹筝人将行,出绡属绘《金粉江山图》,奉题二绝

乍听骊歌似有情,危弦远道客魂惊。
何心描画闲金粉?枯木寒山满故城。

送卿归去海潮生,点染生绡好赠行。
五里徘徊仍远别,未应辛苦为调筝。

刘三诗人点铁

理理合十

致刘三（5月26日·东京）

季平我兄如见：

前托枚公转去一函，画一幅，收到望赐复一笺，以慰下怀。

雪于此每日上午为婆罗门僧传译二时半，余则无思无为。惟生平故人，念不能忘耳。兄尚留武林否？雪近为脑病所苦，未知何日得西归相见？昨秋西湖之会，尚形梦寐间也。现待梵学会觅得代人，雪即移住海边，专习吹箫，是亦无俚之极，预备将来乞食地步耳。海航、达权两兄常通信否？便中乞代候。久欲致书，每一执笔，心绪无措。兄爱我既深，必能见谅。

今如赐教，望寄日本东京小石川区高田丰川町三十一番（女子大学校侧）玉铭馆郑珏先生转交雪蝶无误。此后行止如何，另当相闻也。此肃。敬叩

清安！

四月八日
弟雪蝶顶礼

致刘三（5月29日·东京）

季平我兄如见：

前去两笺，画一幅，想已尘清鉴矣。弟脑痛如故，医者谓是病无甚要紧，但须静养，故弟近日心绪至无聊赖。又闻佩公病卧沪上，势将不起，中心凄怆！未知吾兄居沪抑尚留武林？暇时万望见示行止，以慰下怀。

弟每日为梵学会婆罗门僧传译二时半。梵文师弥君印度博学者也。来东两月，弟与交游，为益良多。尝属共译梵诗《云使》一篇，《云使》乃梵土诗圣迦梨达奢所著长篇叙事诗，如此土《离骚》者。奈弟日中不能多所用心，异日或能勉译之也。现欲移住海边，惟梵学会尚未觅得替人，故暂留江户。兄赐教望寄东京小石川高田丰川町三十一番（女子大学校侧）玉名馆郑珥先生转交无误。

前命画扇面，昨岁曾托末底居士题字，因迁居数次，今已失却。又《鸡鸣寺图》、《听鹃图》、《渡湘水寄怀金凤》等画，昨冬本欲携来付印，然后寄上，今并所得怀人画数十帧，竟茫然不知在何许矣。此事晤枚公可知其详。

弟西归无期，相见不知何时？终日但闻无欢之语，回忆秣陵半载，对床风雨，受教无量，而今尚可得耶？

附去两刺，望便中寄海航、达权两兄，并乞代述近况为感！余容续呈，伏维强饭。临楮可胜驰恋！

四月十一晨
弟雪顶礼

伯纯先生一片，乞寄海航哥代达。

致刘三（6月7日·东京）

季平我兄如见：

前去数笺，妥收未？雪今侍家母旅次逗子海边，幽岩密箐，甚思昨秋武林之会也。未知吾兄少病少恼不？海航、达权两兄亦久别甚念，或因通书，幸为我道意。前译拜伦诗，恨不随吾兄左右，得聆教益！今蒙末底居士为我改正，亦幸甚矣。今寄去佗露哆诗一截，望兄更为点铁。佗露哆梵土近代才女也，其诗名已遍播欧美。去岁年甫十九，怨此瑶华，忽焉雕悴，乃译是篇，寄其妹氏。想兄诗囊必盛，能示我一读否？余容续呈。

四月廿日灯下
雪 拜

赐教望寄日本东京小石川区高田丰川町三十一（女子大学校侧），玉名馆郑王番先生转交雪蝶无误。

乐苑

　　万卉币唐园，深黝乃如海。
　　嘉实何青青，按部分班采。

　　郁郁曼皋林，并间竦苍柱。
　　木棉扬朱唇，临池歌口旁喻。
　　明月穿疏篁，眉怃无比伦。
　　分光照菡萏，幻作一瓯银。

　　佳人劝醇醪，令我精魂夺。
　　伫眙复伫眙，乐都长屑屑。

梵土女诗人陀露哆，为其宗国告哀，成此一首。词旨华深，正言若反。嗟呼此才，不幸短命。译为五言，以示诸友，且赠其妹氏于蓝巴干。蓝巴干者，其家族之园也。末底、曼殊同述。
刘三诗人

雪　拜

致高天梅（6月8日·爪哇）

天梅居士侍者：

　　昨岁自江户归国，拟于桂花香里，趋叩高斋，而竟不果。情根未断，思子为劳。顷接《南社》初集一册，日夕诵之，如与诸故人相对，快慰何言！拙诗亦见录存，不亦佛头着粪耶？

　　衲行脚南荒，药炉为伍，不觉逾岁。旧病新瘥，于田亩间尽日与田夫闲话，或寂处斗室，哦诗排闷。"比来一病轻于燕，扶上雕鞍马不知"，惟有长嗟而已。

　　大著精妙无伦，佩伏！佩伏！衲尝谓拜伦足以贯灵均、太白，雪莱足以合义山、长吉，而莎士比、弥尔顿、田尼孙以及美之郎弗劳诸子，只可与杜甫争高下。此其所以为国家诗人，非所语于灵界诗翁也。近世学人，均以为泰西文学精华，尽集林、严二氏故纸堆中。嗟夫，何吾国文风不竞之甚也！严氏诸译，衲均未经目，林氏说部，衲亦无暇观之。惟《金塔剖尸记》、《鲁滨逊飘流记》二书，以少时曾读其元文，故售诵之，甚为佩伏。馀如《吟边燕语》、《不如归》均译自第二人之手——

林不谙英文，可谓译自第三人之手，所以不及万一。甚矣，译事之难也！前见辜氏《痴汉骑马歌》，可谓辞气相副。顾元作所以知名者，盖以其为一夜脱稿，且颂其君，锦上添花，岂不人悦，奈非如罗拔氏专为苍生者何？此视吾国七步之才，至性之作，相去远矣。惜夫辜氏志不在文字，而为宗室诗匠牢其根性也。衲谓凡治一国文学，须精通其文字。昔歌德逢人必劝之治英文，此语专为拜伦之诗而发。夫以瞿德之才，岂未能译拜伦之诗？以非其本真耳。太白复生，不易吾言。

昨岁南渡，舟中遇西班牙才女罗弼氏，亦以此说为当，即赠我西诗数册。每于椰风椰雨之际，挑灯披卷，且思罗子，不能忘弭也。

未知居士近日作何消遣？亦一思及残僧飘流绝岛耶？前夕，商人招饮，醉卧道中，卒遇友人扶归始觉。南渡以来，惟此一段笑话耳。

屈子沉江前三日
阿难发自耶婆提（见《佛国记》）旧都

亚子、道公、吹万无恙耶？震新兄不得一晤，奈何？《南社》一册，已代呈绍南先生矣。又及。

复罗弼·庄湘（7月18日·上海）

庄师坛次：

　　星洲一别，于今三年。马背郎当，致疏音问。万里书来，知说法不劳，少病少恼，深以为慰。

　　《燕子笺》译稿已毕，蒙惠题词，雅健雄深，人间宁有博学多情如吾师者乎！

　　来示所论甚当，佛教虽斥声论，然楞伽、瑜伽所说五法，曰相，曰明，曰分别，曰正智，曰真如，与波弥尼派相近。《楞严》后出，依于耳根圆通，故有声论宣明之语。是佛教亦取声论，特形式相异耳。至于应赴之说，古未之闻。昔白起为秦将，坑长平降卒四十万；至梁武帝时，志公智者，将斯悲惨之事，用警独夫好杀之心，并示所以济拔之方。武帝遂集天下高僧，建水陆道场，凡七昼夜，一时名僧，咸赴其请，应赴之法自此始。检诸内典，昔佛在世，为法施生，以法教化，一切有情，人间天上，莫不以五时八教，次第调停而成熟之，诸弟子亦各分化十方，恢弘其道。迨佛灭度后，阿难等结集三藏，流通法宝。至汉明帝时，佛法始入震旦，风流响盛。唐、宋以后，渐入浇漓，取为衣食之资，将作贩卖之具。嗟夫，异哉！自既未度，焉能度人？譬如落井救人，二俱陷溺。且施者，与而不取之谓。今我以法与人，人以财与我；是谓贸易，云何称施？况本无法与人，徒资口给耶！纵有虔诚之功，不赎贪求之过。若复苟且将事，以希利养，是谓盗施主物，又谓之负债用。律有明文，呵责非细。志公本是菩萨化身，能以圆音利物。唐持梵呗，无补秋豪。矧在今日凡僧，相去更何止万亿由延？云栖广作忏法，蔓延至今，徒误正修，以资利养，流毒沙门，其祸至烈。

至于禅宗，本无忏法，而今亦相率崇效，非但无益于正教，而适为人鄙夷，思之宁无堕泪！至谓崇拜木偶，诚劣俗矣。昔中天竺昙摩拙义善画，隋文帝时，自梵土来，遍礼中夏阿育王塔，至成都雒县大石寺，空中见十二神形，便一一貌之，乃刻木为十二神形于寺塔下。嵩山少林寺门上有画神，亦为天竺迦佛陀禅师之迹。复次有康僧铠者，初入吴设象行道，时曹不兴见梵方佛画，仪范瑞严清古，自有威重俨然之色，使人见则肃恭，有皈仰心，即背而抚之，故天下盛传不兴。后此雕塑铸像，俱本曹、吴（吴即道子），时人称"曹衣出水，吴带当风。"夫偶像崇拜，天竺与希腊、罗马所同。天竺民间宗教，多雕刻狞恶神像，至婆罗门与佛教，其始但雕刻小形偶像，以为纪念，与画像相去无几耳。逮后希腊侵入，被其美术之风，而筑坛刻像始精矣。然观世尊初灭度时，弟子但宝其遗骨，贮之塔婆，或巡拜圣迹所至之处，初非以偶像为重，曾谓如彼伪仁矫义者之淫祀也哉！震旦禅师亦有烧木佛事，百丈旧规，不立佛殿，岂非得佛教之本旨者耶！若夫三十二相，八十随好，执之即成见病，况于雕刻之幻形乎？

"三斯克烈多"者，环球最古之文，大乘经典俱用之。近人不察，谓大乘经为"巴利"文，而不知小乘间用之耳。"三斯克烈多"正统，流通于中天竺、西天竺、文帝玕玛尔、华萝匹等处。盘迦梨西南接境有地名屈德，其地流通"乌利耶"文，惟与盘迦梨绝不类似，土人另有文法语集。入天竺西南境，有"求察罗帝"及"摩罗堤"两种，亦"三斯克烈多"统系也。"低娄求"为哥罗门谛海滨土语，南达案达罗之北，直过娑伽窣都芝伽南境，及溯海濒而南，达梅素边陲，扩延至尼散俾萝等处，北与乌利耶接，西与迦那多及摩罗堤接，南贯揭兰陀等处。"迦那多"与"低娄求"两文，不过少有差别耳，两种本同源也。揭兰陀字，取法于"那迦离"，然其文法结构，则甚有差别。"秣罗耶蠲"则独用于摩罗钵南岸，就各种字中，"那迦离"最为重要，盖"三斯克烈多"文多以"那迦离"誊写。至十一世纪勒石镌刻，则全用"那迦离"矣。迨后南天梵章，变体为五，皆用于芬达耶岭之南，即"迦那多"、"低娄求"等。

天竺古昔，俱剥红柳皮（即桎皮）或棕榈叶（即贝叶）作书。初，天竺西北境须弥山（即喜马拉耶），其上多红柳森林，及后延及中天竺、东天竺、西天竺等处，皆用红柳皮作书，最初发见之"三斯克烈多"文系镌红柳皮上。此可证古昔所用材料矣。及后回部侵入，始用纸作书，而桎皮、贝叶废矣；惟南天仍常用之，意勿忘本耳。桎皮、贝叶乃用绳索贯其中间单孔联之，故梵土以缬结及线，名典籍曰"素怛缆"或"修多罗"，即此意也。牛羊皮革等，梵方向禁用之，盖恶其弗洁。古昔铜版，亦多用之镌刻，此皆仿桎皮或贝叶之形状。

天竺古昔，呼墨水曰"麻尸"，束芦为管曰"迦罗摩"，以墨水及束芦笔书于桎皮、贝叶及纸之上。古昔南天，或用木炭作书，尖刀笔亦尝用之，其形似女子押发长针，古人用以书蜡版者。凡书既成，乃用紫檀薄片夹之，缠以绳索，绽文绣花布之内，复实以栴檀香屑，最能耐久。先是游扶南菩提寺，尚得拜观。劫后临安，梨花魂梦，徒令人心恻耳！龙树菩萨取经，事甚渺茫，盖《华严经》在天竺何时成立，无人识之。自古相传，龙树菩萨入海，从龙宫取出。龙宫者，或疑为龙族所居，乃天竺边鄙野人；或是海滨窟殿，素有经藏，遂以"龙宫"名之，非真自海底取出也。

佛灭年代，种种传说不同。德意志开士马格斯牟勒定为西历纪元前四百七十七年。盖本《佛陀伽耶碑文》，相差又有一年之限。吾师姑从之可耳。

中夏国号曰"支那"者，有谓为"秦"字转音，欧洲学者，皆具是想；女公子新作，亦引据之。衲谓非然也。尝闻天竺遗老之言曰："粤昔民间耕种，惟恃血指，后见中夏人将来梨耜之属，民咸骇叹，始知效法。从此命中夏人曰'支那'。"支那"者，华言"巧黠"也。是名亦见《摩诃婆罗多族大战经》，证得音非"秦"转矣。或谓因磁器得名，如日本之于漆，妄也。

按《摩诃婆罗多》与《罗摩延》二书，为长篇叙事诗，虽荷马（原译颔马）亦不足望其项背。考二诗之作，在吾震旦商时，此土向无译本，惟《华严经》偶述其名称，谓出马鸣菩萨手，文固旷劫难逢。衲意奘公当日，以其无关正教，因弗之译，与《赖吒和罗》俱作《广陵散》耳。今吾震旦已从梦中褫落，更何颜絮絮辩国号！衲离绝语言文字久矣，承既明问，不觉拉杂奉复。

破夏至爪哇，昔法显亦尝经此，即《佛国记》所云"耶婆提"。今婆罗门与回教特盛，佛徒则仅剩波罗钵多大石伽蓝，倒映于颓阳之下，金碧飘零，无残碑可拓，时见海鸥飞喋。今拟岁暮归栖邓尉，力行正照。道远心长，千万珍重！闻吾师明春移居君士坦丁堡（原译君斯坦），未识异日可有机缘，扁舟容与，盈盈湖水，寒照颦眉否耶？

一千九百十一年七月十八日

曼殊沙禅里

复萧公（4月·上海）

萧公足下：

佛国归航，未见些梨之骑；经窗帘卷，频劳燕子之笺。猛忆故人，鸾飘凤泊。负杖行吟，又唏嘘不置耳！

昨晤穆弟海上，谓故乡人传不慧还俗，及属某党某会，皆妄语也。不慧性过疏懒，安敢厕身世间法耶？惟老母之恩，不能恝然置之，故时归省。足下十年情性之交，必谅我也。

拜伦诗久不习诵，曩日偶尔微辞移译，及今思之，殊觉多事。亡友笃生曾尼不慧曰："此道不可以之安身立命。"追味此言，吾诚不当以闲愁自戕也！

此次过沪，与太炎未尝相遇。此公兴致不浅，知不慧进言之缘未至，故未造访，闻已北上矣。

今托穆弟奉去《饮马荒城图》一幅，敬乞足下为焚化于赵公伯先墓前，盖同客秣陵时许赵公者，亦昔人挂剑之意。此画而后，不忍下笔矣！

曼殊顿首顿首

复某君（8月·日本）

曼殊再拜敬复：

两辱手书，兼君家阿玄将来珍贶，谨拜登受！感激在心，罔有捐替！所约弗克应赴，谓山僧日醉卓氏垆前，则亦已耳！何遂要山僧坐绿呢大轿子，与红须碧眼人为伍耶？

七夕发丹凤山，鸡鸣经珠帘瀑，旁午至一处，人迹荒绝，四瞩衰柳微汀，居然倪迂画本也。草径甚微，徐步得小丘，丘后有湖，寒流清泚。有弄潮儿，手携银鱼三尾，口作笛声，过余身畔，方知为濒海之地。问："是何村？"曰："非村落。湖名'玉女'。"余直译之曰"玉娘湖"，博君一粲。

即日趁渔船渡沙陀江。初九日到樟溪，策马，马频嘶而行，顾望崦嵫，凄然身世之托。初十日至枫峡，颇类吾乡崖门。十一日小病，逆旅主人伺余甚殷渥，似怜余蹭蹬也者。黄昏，于萧疏篱落间，闻英吉利女郎歌奎迦诗人槐特《秋风鸣鸟》之词，其音淑媚无伦，令人触感兴悲。土人言："去此十馀里有古刹，缔造奇特。"如病不为累，当往一观。

属觅之书，已函托波斯顿友人代购。拙著《梵书摩多体文》，已为桂伯华居士签署，明岁宜可出版。

日食摩尔登糖三袋，此茶花女酷嗜之物也。奉去小影，见其眉目，可知狂放如故。

九月可至香港。碧迦君相见否？久不寄笺，惧增伊郁耳。

复某公（6月22日·盛泽）

曼殊再拜敬复

某公阁下：

去岁自南东渡，劳公远送于野。今得广州书，复承远颁水晶糖、女儿香各两盒，以公拳挚之情，尤令山僧感怀欲泣。别后悠悠行脚，临水登山，每欲奉寄数行，聊证心量。而握管悲从中来。嗟夫！三复来示，知公固深于忧患矣！庄生云："水中有火，乃焚大槐"，今之谓也。

故交多速衲南归，顾终于无缘一返乡关。四月三十日从安徽过沪，风雨兼天。欲造访令亲，探问起居，亦不可得。与公晤会之期，尚难预定，凄恻其何能已耶！

区子固非离经叛道之人，然此时男子多变为妇人，衲只好三缄其口。昔人云："修其天爵，而人爵随之"，见时还望以此言勖之。

衲重五前三日偕燕君行抵舜湖，风景秀逸。一俟译事毕业，又重赴迎江寺，应拂尘法师之招。东行须游泰山之后始定。令弟何时渡英？如行期已决，衲有介绍书三通付之。燕君亦于秋间往合众国惠斯康新大学重攻旧业，可时相通问。未生养疴日本。图书馆事无从而知。闻文澜阁藏书已尽移于图书馆。广雅藏书无恙，但未闻有图书馆之设。使粤人多读圣贤之书，吾公亦有意于此乎？某公盛意，衲惟感篆于心，丁此四维不张之世，尤得道义之交如两公者，此生慰矣！夫复何求？

五月十八日

复柳亚子（1月23日·东京）

亚兄足下：

联接两笺，深以为慰！大久保书，被洪乔投向石头城下矣。

病骨支离，异域飘寄，旧游如梦，能不悲哉！瑛前日略清爽，因背医生大吃年糕，故连日病势又属不佳。每日服药三剂，牛乳少许。足下试思之，药岂得如八宝饭之容易入口耶？

京都虽有倚槛窥帘之胜，徒令人思海上斗鸡走马之快耳。今晨天气和朗，医者诫勿出外，欲一探儿时巷陌不可得也。

尽日静卧，四顾悄然，但有梅影，犹令孤山、邓尉入吾魂梦。伏望足下无吝教言，幸甚，幸甚。

佩君无恙？

十二月二十六日

阿瑛谨状

大久保笺今晨方得拜诵。今日愈觉不佳，医云无碍。

二十八日午后三时又及

复刘半农（12月10日·杭州）

半农先生：

　　来示过誉，诚惶诚恐，所记固属子虚，望先生不必问也。杂志第三本如已出版，望即日赐寄一分，因仲子北行，无由索阅。尊撰灵秀罕俦，令人神往。不慧正如图腾社会中人，无足为先生道也。近日病少除，书《人鬼记》。已得千余字。异日先生如见之，亦不必问也。

　　"达吐"似尝见诸《梵语杂名》，此书未携归，因不能遽答。西域术语，或神秘之名，即查泰西字书，不啻求马于唐市。

　　尝见先生记拜伦事，甚盛，甚盛！不慧曾见一书名"With Byron in Italy"，记拜伦事最为详细，未知沪上书坊有之否耳？

　　先生明春来游，甚佳。比来湖上欲雪，气候较沪上倍寒，舍闭门吸吕宋烟之外，无他情趣之事。若在开春，则绿波红栏间，颇有窥帘之盛。日来本拟过沪一行，畏寒而止。匆匆此复。警叩

　　撰安！

昙鸾再拜

复刘半农（12月17日·杭州）

半公足下：

　　惠寄杂志，甚感。《拜伦记》（原译《拜轮记》）得细读一通，知吾公亦多情人也。不慧比来胸膈时时作痛，神经纷乱，只好垂纶湖畔，甚望吾公能早来也。朗生兄时相聚首否？彼亦缠绵悱恻之人，见时乞为不慧道念。雪茄当足一月之用，故仍无过沪之期。暇时寄我数言，以慰岑寂。

古历十一月二十三日
玄瑛顿首顿首

　　近见杭人《未央瓦》句云："犹是阿房三月泥，烧作未央千片瓦。"奇矣！有新制望寄一二。

复柳亚子（5月·日本）

亚子足下：

  湖上接手教，以乱世流离，未能裁答，想亚子必有以谅我也。

  今东行省亲，未知何日与亚子相见，思之怃然。

  去岁走访桐兄，其同寓谓桐兄归乡，亦不得一晤。

  昨夕舟经长崎，今晨又晴又雪，计明日过马关。后日达神户，由神户改乘火车，十四日可到东京，家居数日，即侍家母往游箱根。留东约月余即西返。彼时亚子能来沪一握手否？与亚子别十余年，回忆前尘，恍如隔世。闻无忌公子竿头日进，幸甚，幸甚。去冬独秀约游邓尉，溥泉亦有此意，衲本意要亚子同行，今独秀、溥泉先后北上，和尚复有在陈之叹，故未如愿，惜哉！

林惠连自长崎舟中发

文学精品选

题画·题照

苏曼殊精品选

题《参拜衡山图》

　　1904年初,曼殊自上海南下香港,途经湖南,顺游衡山。面对山川景物,感慨良多,因绘此图。

　　衡山——世称"南岳"。在湖南省衡西县西,山势雄伟,俯瞰湘江。

　　癸卯,参拜衡山,登祝融峰,俯视湘流明灭。昔黄龙大师登峨嵋绝顶,仰天长叹曰:"身到此间,无言可说,惟有放声恸哭,足以酬之耳。"今衲亦作如是观。入夜,宿雨华庵,老僧索画,忽忆天然和尚诗云:"怅望湖州未敢归,故园杨柳欲依依。忍看国破先离俗,但道亲存便返扉。万里飘蓬双布履,十年回首一僧衣。悲欢话尽寒山在,残雪孤峰望晚晖。"即写此赠之。

题《长松老衲图》

1907年夏，曼殊在上海，应沈尹默之属，以当年赠西村澄的图重绘一幅拟赠，并请周柏年代为题字。到1909年秋，又授意蔡哲夫将南游时与西村澄的一段交往写上，但蔡哲夫仅予录下，直至此图在《真光画报》发表时，才在旁边将后段跋语排印出。

君墨兄属。曼殊。

癸卯南游，客盘谷，西村澄君过我，出《耶马溪夕照图》一帧见赠，并索予画。予观西村杰作，有唐人之致，去其纤；有宋人之雄，去其犷。诚为空谷足音也。遂纵笔作此答之。己酉秋八月既望，曼殊命守补书于徐家汇之半隐行窝。时夜已四鼓也。

题《白马投荒图》（一）

1907年夏秋之间，曼殊在东京，拟与章太炎同游印度。对此，他不由想起1904年舟经锡兰的感受。时适好友佩珊向之索画，乃绘此图相赠。

甲辰，从暹逻之锡兰，见崦嵫落日，因忆法显、玄奘诸公，跋涉艰险，以临斯土。而游迹所经，都成往迹。今将西入印度。佩珊与予最亲爱者，属余作图，以留纪念。曼殊并志。

题《白马投荒图》（二）

　　1908年曼殊绘就《白马投荒图》（一）不久，收到刘三从上海寄来的赠《送曼殊之印度》，于是在此基础上改成横幅，把戴宽边草帽的人物改成僧人，绘成此图相赠。

　　甲辰，由暹逻之锡兰，见崦嵫落日，因忆法显、玄奘诸公，跋涉艰险，以临斯土，而游迹所经，均成往迹。余以扎身情网，殊悔蹉跎。今将西入印度。佩珊，与余最亲爱者也，属予作图。适刘三诗赠余，诗云："早岁耽禅见性真，江山故宅独怆神。担经忽作图南计，白马投荒第二人。"因画此留别。呜呼，异日同赴灵山会耳！

题《清秋弦月图》

1907年初秋,曼殊住在天义报社,绘下此图,请刘师培代为题跋于其上。

"始夜枫林初下叶,清秋弦月欲生华。凉凝露草流萤缓,云断西峰大火斜。藏壑余生惊逝水,迷津天上悯星槎。兴亡聚散经心地,商柳萧森隐荻花。"曼殊写王船山诗意。

题《寄邓绳侯竖幅》

1906年秋，曼殊在上海从刘师培（申叔）处收到邓绳侯（艺荪）的赠诗，一直记介于怀。到了1907年夏居日本期间，更为忆念，乃绘此图寄意。

怀宁邓绳侯艺荪，为石如老人之曾孙，于其乡奔走教育。余今夏之皖江，就申叔之招，始识先生，共晨夕者弥月。后余离皖之沪，月余，申叔亦来，出先生赠余一绝云："寥落枯禅一纸书，欹斜淡墨渺愁予。酒家三日秦淮景，何处沧波问曼殊？"今别先生，不觉半载，积愫累悇，云何不感？画此奉寄。丙午，曼殊记。

题《卧处徘徊图》

1907年9月，曼殊自东京回至上海，住国学保存会藏书楼，面对故国西风，感触无端，绘下此图。

"谁知卧处徘徊，谢庭风景都非旧。画堂尘掩，蓬生三径，门垂疏柳。白昼初长，清风自至，流年空又。看多情燕子，飞来还去，真个不堪回首。昔日娇随阿母，学拈针、临窗挑绣。斜阳楼外，熨残铜斗，线纹舒绉。蚕欲三眠，莺还百啭，落花时候。问重来应否销魂，试听江城笳奏。"右录明末女子素嘉《水龙吟》一阕。绿惨红愁，一字一泪。呜呼，西风故国，衲几握管而不能下矣！

题《悼故友念安图》

1907年秋,曼殊在上海,忆及1904年回广东时友人念安属绘画事。于今人天两隔,惟绘此图,以志哀思。

甲辰,南归岭海,风雨连绵,故友念安属作《茅庵偕隐图》。及后归自星州,忽闻念安已辞尘世矣。但见三尺新坟,芳草成碧,邻笛之恫,乌能已已!曼殊。实书款。

题《白马古寺图》（一）

　　1907年12月，曼殊东渡日本东京后，得悉刘师培应聘为《河南》杂志编辑，需要以河南为题材的画作，于是连绘四幅，供其刊登。此为其一。

　　白马寺，在洛阳市东10公里，东汉永平十一年（公元68年）始建，为佛教传入中国后第一座寺院，规模宏伟，后仅存小量建筑物。

惟东汉孝明皇帝永平七年，岁次甲子，帝敕郎中蔡愔、中郎将秦景、博士王遵等一十八人，西寻佛法。至印度国，延迦叶摩腾、竺法兰用白马驮经，并将释迦画像，以永平十年，岁次丁卯，至于洛阳。帝悦，造白马寺，译《四十二章经》。是为佛教东流之始。

题《白马古寺图》（二）

此图当为《白马古寺图》（一）的副本。1909年8月，曼殊将之从东京携回上海，托请邓实（秋枚）将跋语题于其上。

惟东汉孝明皇帝永平七年，岁次甲子，敕郎中蔡愔、中郎将秦景、博士王遵等一十八人，西寻佛法。至印度国，延迦叶摩腾、竺法兰将白氎上画释迦像，及《四十二章经》一卷，载以白马。以永平十年，岁次丁卯，十二月三十一日，至于洛阳。帝悦，造白马寺于城西雍门外，译《四十二章经》，是为像教东流之始。曼殊画此并识。实书。

题《潼关图》（一）

1907年底，曼殊东渡日本东京不久，即转至长崎探望义母河合仙。翌年初，应生母河合若子之属，绘下此图。

昔人《出山海关诗》，有"马后桃花马前雪，教人那得不回头"句，然稍陷柔弱。嗣同仁者《潼关》诗云："终古高云簇此城，秋风吹散马蹄声。河流大野犹嫌束，山入潼关不解平。"余常诵之。今奉母移居村舍，残冬短晷，朔风号林，吾姐榎本荣子属画，泚笔成此。

题《潼关图》（二）

　　此图与《潼关图》（一）大体相同，如非为副本，即为一稿两用。

　　潼关界河南、陕西两省，形势雄伟，自古多题咏，有"马后桃花马前雪，教人那得不回头"句，然稍陷柔弱。嗣同仁者诗云："终古高云簇此城，秋风吹散马蹄声。河流大野犹嫌束，山入潼关不解平。"余常诵之。今奉母移居村舍，残冬短晷，朔风号林，泚笔作《雄关图》，不值方家耳。

题《听鹃图》（一）

1908年春，曼殊在东京继续以河南名胜为题材绘画，抒发忧国伤时感情。此幅与刊于《河南》第5期的《嵩山雪月图》俱是。

"最可惜，一片江山，总付与啼鴂！"每诵古人词，无非红愁绿惨，一字一泪，盖伤心人别有怀抱。于乎，郑思肖所谓"词发于爱国之心"。余作是图，宁无感焉？

题《听鹃图》（二）

　　1908年9月，曼殊自白云庵转住韬光庵，夜闻鹃声，忆及义士刘三（季平），于是，在《听鹃图》（一）的基础上，绘成此图。1909年秋在上海时，托请蔡哲夫代书上此跋语。

　　昔人天津桥听鹃词云："最可惜，一片江山，总付与啼鴂！"衲今秋弛担韬光庵，夜深闻鹃声，拾笔图此，并柬季平一诗，诗曰："刘三旧是多情种，浪迹烟波又一年。近日诗肠饶几许？何妨伴我听啼鹃！"曼殊命蔡守书。

题《华罗胜景图》

1909年初春,曼殊在东京,住陈独秀(仲子)的清寿馆,彼此曾谈及华严瀑布和罗浮山,并相与嵌之入诗,曼殊更作此画纪之。

华严瀑布在日光山,蓬瀛绝胜处也。仲子曾作《华严瀑布诗》十有四章,词况丽瞻。又忆昔入罗浮,过黍珠庵,读破壁间何氏女诗,有"百尺水帘飞白虹,笙箫松柏语天风",亦可诵。吾今作是图,未识可有华、罗之胜否?曼殊令倾城录。

题《百助照片》寄包天笑

1909年春，曼殊结识调筝人百助枫子之后，往来密切，为她拍下不少照片。其中四款五张分寄友人包天笑、邓秋枚、诸贞壮、蔡哲夫、黄晦闻，照片上的题字都大同小异。

包天笑，名公毅（1876至1973），字朗生，江苏吴县人，近代小说家。1903年秋与曼殊在苏州吴中公学社共事，1907年又相遇于上海国学保存会。以后间有来往。

无量春愁无量恨，一时都向指间鸣，我已袈裟全湿透，那堪重听割鸡筝。

楼上玉笙吹彻，白露冷飞琼佩玦。黛浅含颦，香残栖梦，子规啼月。扬州往事荒凉，有多少愁萦丝结？燕语空梁。鸥盟寒渚，画栏飘雪。

余尝作《静女调筝图》为题二十八字，并录云林高士《柳梢青》一阕，以博百助眉史一粲。

日来雪深风急，念诸故人，鸾飘凤泊、衲本工愁，云胡不感！故重书之，奉寄天笑足下。雪蝶拜。

文学精品选

译作

苏曼殊精品选

惨世界（1903 年）

第一回　太尼城行人落魄　苦巴馆店主无情

话说西历一千八百十五年十月初旬，一日天色将晚，四望无涯。一人随那寒风落叶，一片凄惨的声音，走进法国太尼城里。这时候将交冬令，天气寒冷。此人年纪约摸四十六七岁，身量不高不矮，脸上虽是瘦弱，却很有些凶气；头戴一顶皮帽子，把脸遮了一半，这下半面受了些风吹日晒，好象黄铜一般。进得城来，神色疲倦，大汗满脸，一见就知道他一定是远游的客人了。但是他究竟从什么地方来的呢？暂且不表。

只见当时有几个童子，看见远处来的生人，就跟在他的后面。只见他还没走到二百步，便在街上泉桶里痛饮了两次。随后绕一屋角转向左边，直走到一座衙门。他将身进去约有十五分钟又走出来，就和颜悦色地脱下帽子，向那坐在门旁的宪兵行礼。那宪兵也并不还答，还睁圆眼睛，留神看了他一回。

此人转身就走。行不多时，来到一所客寓门的。抬头一看，上面写着"苦巴馆"，乃是太尼城中有名的一个客寓。此人就放步一直进去。只见那厨房门大开，又就一直走进厨房，眼睁睁地看见那铁锅子里的汤，一阵一阵地冒出热气，那煤炉子的火光烘暖了墙壁。店主人亲自下厨，忙忙碌碌地正在做些好菜，和那隔壁房子里赶车的受用。那时此人心里正在羡慕那赶车的。

店主人猛然听得开门的声音，瞥见来了一个新客人，也并不转眼望他一下，但随口问道："你来做什么事体的呢？"

答道："要叨光在贵寓里住一住。"

店上人道："这倒容易。却是有一件事：你回头看看那些客人，一个个的都是不能欠帐的哩。"

此人在身边拿出一个大皮袋，对着店主人说道："你还不知道我这里还有点钱吗？"

店主人说道："这倒可以的。"

此人重复把大皮袋收在怀里，气忿忿地拿着行李，用力放在门边下，手里提着短铁棍子，向火旁小椅子上坐下。

却说这座太尼城，原来建在岭上，也就有些招风；况且到了十月的天气，更觉得寒风刺骨。此人正在耐寒不住，忽见店主人仓仓皇皇地前来查看。此人就顺便问道："饭已做好了吗？"

店主人答道："快好了。"

这时此人仍是向火。忽然见有一管事的人，名叫做扎昆的，跑将过来，在袋里摸出一枝铅笔，又在窗台上拿一张旧新闻纸，撕下一角，急急地写了一两行字。写罢，又折起来，交把一个用人，并对着那用人的耳边唧唧咕咕地说了一会。那用人点了点头，便一直跑到衙门里去了。

此人也不理会这些事体，只管又问道："饭做好了没有？"

店主人答道："还要等一会儿。"

此人糊里糊涂又过了一会。忽然看见那用人手里拿了一片纸，飞跑回来。店主人接过了那片纸，用心用意地看了一遍，又低头沉思了一会，就放开大步，癫狂似地走近此人身边，说道："我却不能留你住在这里。"

此人忙立起身来问道："你怕我欠你的帐吗？若是要先交钱呢，我这里还有点银子。你不知道吗？"

店主人说道："哪里是为着这些事体！"

此人道："那么是为着什么事？"

店主人道："你是有银子。"

此人道："不错。"

店主人又道："怎奈我没有房子留你。"

此人急忙接口道："就是在贵寓马房里住下，也不打紧。"

店主人道："那也不能。"

此人道："这是什么缘故？"

店主人道："我的马已经住满。"

此人道："也好。那边还有一间搁东西的房子，我们等吃了饭再商量吧。"

店主人道："有什么人供你的饭吃？"

此人耳边陡听了这句话，正如跌在十丈深坑，心里像火烧一般，长叹了一口气，说道："难道我就要饿死不成？我从白日东升的时候动身，可怜一直走到现在，走了好几十里。咳！老哥，还求你给一餐饭我吃，一发算钱给你。"

店主人道："我没有什么给你吃。"

此人闻说，便微微地一笑回头指着那锅里说道："没有吗？"

店主人道；"这个已经是别人的了。"

此人道："是哪个的？"

店主人道："是那车夫的。"

此人道:"车夫共有几个人?"

店主人道:"有十二个人。"

此人道:"那些东西,二十个人吃也够了。"

店主人道:"怎奈他们一齐买去了,便怎么样呢?"

此人又坐下,低声说道;"我好容易来到这个客寓,肚子里又饿得了不得,教我到哪里去呢?"

店主人就附着此人耳边说了三个字,就叫他浑身发抖起来。

看官,你道是三个什么字呢?就是那"快出去"三个字。

此人听了,垂头丧气地弯下腰,忽而向了大,忽而又背着火,不知道怎么才好。正想开口说话,那店主人站在一旁,凶狠狠地圆睁着两个眼睛,看了此人,嘴里不住地说道:"快去!快去!快去!"还问道:"许我说出你的姓名吗?你姓金,名华贱。你是何等人,我也知道。刚才你来到我这里的时候,我就有些疑心。现在已经告诉了衙门里,这张纸就是回信。"随手便将那张纸交把华贱,说道:"你自己看看吧。"

华贱接过看罢,正在默默无言,那管事的人在旁边说道:"我平日待人,一概都是有礼仪的。你快快出去吧,免得我无礼起来。"

华贱只得站起身来,行了个礼,连忙拿起他带来的行李,独自伤心去了。

要知他去到何方,做些什么事,且待下回分解。

第二回　感穷途华贱伤心　遇贫客渔夫设计

话说华贱被苦巴馆赶将出来,就随着大道慢慢地走去,每逢到了一所房子。就格外现出伤心的样子。这时他若是还回走旧路,那苦巴馆里管事的和那班客人,必定闹到街上,千人百众,指的指,说的说,人多嘴杂,大家都要评评他的来历,世上人的嘴是很轻薄的,那时倒不好看。

好在华贱心里也晓得这个道理，就顺着路，歇一会，又走一会，不知不觉已经走很很远。心里凄惨已极，也就忘记疲倦了。忽然肚子里因饥饿得很，一阵苦痛起来。这时天色已晚，四顾无人，惊惊慌慌的，不知去到什么地方，方才可以安身一夜。忽然前面远远地望见有一所小客寓，华贱就一意去到这下等的客寓去栖身。恰好这时候街边闪出一点灯光，那边松枝上也挂出一盏铁线灯，他就急忙趁着灯光，向那客寓飞奔前去。

却说这个客寓，名儿叫卢荼福。华贱跑到这里，停了一会，就对着窗户眼儿向里边一看。只见小桌上灯光如豆，那锅子的火倒十分热，有好几个汉子正在那里痛饮，店主人自己坐在火炉子旁边，铁锅子里煮的东西已经热腾腾的。这客寓有两个门；一个大门对着街上，一个耳门在巷子里头。华贱不敢走大门进去，就静悄悄地走到巷子里头。停住脚步，听了一会，将门一推，那门便开了。

店主人高声问道："是什么人？"

华贱答道："是一个找饭吃的、找地方住的哟！"

店主人道："那怎么不到这里来呢？"

华贱一听得这样说法，即忙起身走进去。当时他的脸上颜色憔悴，又照着灯光，倒是有些怪相。那旁饮酒的几个人，个个都回过头来，对华贱瞧着，眼睛动也不动。

店主人接口对着华贱道："火在这里，饭还在锅里煮着哩。朋友，你到这里来向火吧。"

华贱就将身来往火炉旁边坐下，闭了眼睛，把两只脚一伸，靠在炉旁向火。这时他浑身疲倦已极，脸上的颜色好象死人一般。忽然瞥见锅里喷出一阵喷香的热气，就将他的灵魂唤回来一半，周身精神全围绕着那香气左右。怎奈身子又疲软不能动弹，那眼睛小小的光彩藏在眉毛眼毛底下，好象那树林子一点萤火，不断地照在那铁锅子上。

看官，你想这时候的华贱是什么味道，现出了什么光景？若是请一位看相的先生来把他看看相,他到底是个什么相呢?闲话休提。

却说华贱正在纳闷,同坐的有一位渔夫,自从这日早晨,就在路上遇过华贱一次。待到华贱在苦巴馆被逼的时候,他在马房里系马。随后他也就来到达卢茶福店里,却又看见华贱来了,不觉吃了一惊,寻思道:"我却忘记在什么地方遇过这古怪的东西,莫非是在爱士可弗论么?不料现在又碰着他。看他这种疲倦的神气,好不讨人厌。"想着,便凶狠狠地对华贱浑身上下打量了一回,又令华贱坐在他背后。自己急忙立起身来,径自开门去了。不多一会,便急回来,将华贱的来历,一一告诉了这客寓里管事的,还低声说了些别的话。

华贱看见这种情形,正想起苦巴馆的事。忽见这店里管事的走近华贱身旁,便用手拍了一下华贱的肩膀道:"哼!又要赶你出去哩。"

华贱还和颜悦色地接着道:"哎哟!你知道吗?"

那管事的道:"知道。"

华贱道:"别的客店已经赶我出来。"

管事的忙道:"我这里也要赶你出去。"

华贱道:"那叫我去到哪里呢?"

那管事的道:"到处都可以的。"

华贱闻说,没奈何,只得拿了铁棍和行李出去。刚走出门,就有几个童子,是从苦巴馆跟他来的,看见华贱出来,就预备捡起石头来击他。华贱一见,不觉怒从心发,提起棍子向前便打,那几个童子都吓得鸟飞似地一哄而散。

华贱又向前走了几步,忽然看见一所牢狱,门上挂着一条铁链,此铁链可以通到门铃。华贱即便按一下这门铃。不多一会,那门就开了。华贱取下帽子,躬身向前行礼,说道:"管监的大哥,你可准我暂且在这里住一夜?"

那管监的道:"这里是监狱,并不是客店。若是你犯了罪,拿到这里，那就可以住的。"说着，即忙就把门关上。

华贱眼见无法，又只得向前走到一条小街。此小街的景致，倒有很好的几处花园，都是篱笆围着。那当中却有一所寻常人家的房屋，从窗户里透出一点火光。华贱就走到窗前，向里一看，那屋里却很白净。里面床上铺着一条印花布。那屋拐下又有一个摇床和几张木椅，墙上挂着一杆快枪。中间放着一条桌，桌上铺着粗白桌布，上面点着一只黄铜的火油灯。靠着桌子旁边，坐了一位男子，约摸有四十多岁，抱着一孩子坐在腿上，嘻嘻笑笑地玩弄。又有一位青年妇人，坐在男子身旁，正在喂孩子奶吃。

华贱停住脚步，立在街上，探看多时。见他这般家庭的乐趣，不免见景伤情，心里寻思着："或者可以在这里借歇一夜，也未可知。"就轻轻地将窗户敲了几下。哪晓得也静悄悄地竟没有没人答应。又用力再敲几下。只听得那妇人道："我的夫呀！我听得好象有人敲门的声音哩。"

那男子道："哪来的话？"

华贱又把窗户敲了几下。那男子听真了，便起身拿了灯来开门。

华贱便道："先生，求你宽恕我来得唐突。请你给点饭菜我吃，还求将花园拐角下的小房子给我歇宿一夜，明日走时一发算钱结你。不晓得可能俯允吗？"

那男子问道："你是什么人？"

华贱道："我是一个行路的客人。今日早晨从昧神丘动身，一天到晚，跑了几十里，粒米也不曾吃过。我实在不能再走了，总求你给我一宿一餐才好。"

那男子道："无论哪项客人，若是有钱给我，便可留他。但是你为什么不去到那些客店里住呢？"

华贱答道："因为那些客店都没有余空的房子。"

那男子道："呀！哪来的话？哪来的话？今天又不是开市日期，说什么没有空房子的话呢？你曾到苦巴馆吗？"

华贱道："到过。"

那男子道："怎么样呢？"

华贱便不好说出，踌躇了半晌，答道："不知什么缘故，他们不肯留我住下。"

那男子又道："你还到过卢茶福没有？"

华贱这时更难回答，也只好硬着颈脖子答道："他们又不肯留我。"

那男子听到这里，霎时面孔上现出一种疑惑的神色，对着华贱从头到脚细细地打量一番，忽然大声问道："你是一个人吗？"急忙转过身来，将灯放在桌上，把那墙上挂的快枪取到手里。

那妇人只听得"你是一个人吗"这句话，猛然吃了一惊，便扑地立起身来，拉了他两个孩子，急忙躲在那男子的后面，便开口道："赶出去！赶出去！赶出去！"

华贱又道一声："求你发一点儿慈悲心，给我一杯水喝。"

那男子急忙道："待我放一枪给你吃吧。"

说着，就急忙将门拼命用力一闩。一霎时，又听里面锁声豁琅的一声响亮，停了一会，那窗户也紧紧地闭上了。

华贱当时正是黑夜更深，走投无路，还碰着天地无情，那亚立山上的寒风，又吹得一阵阵的凶恶起来。

要知道他后事如何，且听下回分解。

第三回　世态炎凉有如此　狗婆心恺恻仅见斯人

话说华贱见那男子将门窗闭上，正在进退为难的时候，朦胧间忽见街前花园里，有一个泥和草做的小屋，即放步向前，且从那花园的木栏杆进去，走到那小屋面前。只见那屋的门口窄而且低，好象正在建造，还没有完工的样子，寻思道："这屋必定是过路的行人所做，预备一时过往用的。这时又冷又饿，在这黑夜里，哪里再寻得着这样好的去处？"就不问好歹，决意进去躲一会儿冷，亦是好的。随即低下身来，爬将进去。哪晓得这屋里十分和暖。又在里面寻得一张稻草的床铺。他这时疲倦已极，急忙去坐在床沿上。歇息片时，又将背上的行李放下，当做枕头。正想解衣睡下，耳边忽听得一种闪恶声音，汪汪地叫来。华贱注目看时，只见是凶狠狠的一匹恶狗走进门来。华贱才猛然醒悟这屋是猛狗的住窝，心中又惊又恼，只得用棍子将行李挑起，拼命地跑出门外。

定了会，忽然看见自己身上穿的蓝布衣服，比前更破，已经有些伤心。不得已仍向栏杆绕出来，孤身只影站在街上，长叹一声道："我无居无食，又冷又饿。就是这愚蠢的狗子也不能容我。我如何到了这样地步？啊呀！这是怎么好呢？"即便坐在地下，身上更加寒冷了。不觉两眼汪汪，落下泪来，自己埋怨道："我这穷人，比狗还要下贱些了！"

独自伤心一会，只得收起眼泪，想个去路。便立起身来，想去到城外，寻个树林子干草堆上，好去躲冷。主意已定，便垂头丧气，不言不语地直往前走，不觉走到田间，才知道离城已远了。抬头看时，只见黑云朵朵，压到山顶。忽又见那黑云丛里，露出一线小小的月光，射到地面。这时正是欲雨不雨的光景。华贱看见天上现了这种凶恶样子，就停了脚，不住地战栗起来，低声自语道："唉，太尼城呀！太尼城呀！你就真个没有我立脚的一块土吗？"

说罢，急忙转身照着旧路又回到太尼城，哪晓得城门已经关上了。

华贱到此，真是无法可设。

却说这太尼城，因为以前经过兵乱，所以到了现在，环城四面还有围墙。围墙旁边，又有几座破坏的方塔。华贱四面一看，便计上心来，即忙从那破坏的缺口爬进城去。这时已经八点多钟，他又不曾认识路途，只得冒险向前乱走。走过了多少大街小巷，忽然走到一所衙门，又经过一个学堂，随后来到一所礼拜堂旁边。这时华贱浑身发软，手脚不住地战栗起来，不能向前再走了。在这礼拜堂的屋角，有一所印刷局。华贱疲倦已到极地，又没有什么指望，便不觉一交跌倒，睡在这印刷局面前石椅上面。

不多时，忽有一年老妇人，刚从礼拜堂出来，黑夜里忽见有人躺在石椅上，大吃一惊，说道："我的朋友呀，你为什么在这里呢？"

华贱就带着怨恨的声音答道："我的慈善婆婆呀，我就在这里睡了啊！"

老婆子道："就睡在石椅上吗？"

华贱道："十九年前，我还有一张木床，今天夜里，就变成石头床了。"

老婆子道："你曾当过兵吗？"

华贱道："不错，我曾当过兵。"

老婆子道："为什么今天夜里不到客店里住呢？"

华贱答道："因为没有钱，哪有人肯教我白吃白住呢？"

那老婆子听他这样说来，便叹道："这样真是可怜！我现在袋里只有四个铜角子，就一齐给你用吧。"

华贱接在手里便道一声："多谢！"

那老婆子又道："这几文钱，虽然是不能够作客栈的用费，但是我看你疲惫已极，必不能挨过今夜，你这时又饿又冷，他们见了，也必当见怜。"

华贱长叹一口气，说道："已经问过好几处了。"

老婆子道："那怎么样呢？"

华贱道："都不肯留我住下。哪有什么法儿呢？"

老婆子就拉着华贱的手，指着那边一所房屋说道："问过那里了吗？"

华贱道："未曾问过。"

老婆子道："何妨去问问？"

要知道他走到那里，后事如何，且待下回分解。

第四回　鬼蜮官场万船不管　人奴贱种遇事生风

却说太尼城有一位孟主教，一日晚上到太尼城四处闲游。后又因公事忙碌，所以睡得稍迟，到了八点钟的时候，他还搁着一本大书在腿上，手里拿着一块小纸，正在不住地写字。忽见使唤的女仆凡妈，拿了些饭菜和那吃饭用的银器。孟主教见饭已拿来，便收了书，走到吃饭的房里。

这间房子，长而窄。墙壁里嵌了一个火炉子，火正热着。大门对着街上，窗户口正向着花园，窗户门大开两扇。凡妈正在那里一面收拾吃饭的桌子，一面同孟主教妹妹宝姑娘东讲西，说得十分高兴。不多时主教也进来了，凡妈又问主教，宝姑娘你一句，我一句说得出神。

随后说到小心门户的话，凡妈忽然想起一件事来，忙道："我今天出外买菜的时候，各处喧传有一个可厌的无赖汉，来到这城里面，不知躲在某处。若是有人夜间行路遇着，必定要受他的大害。现在各桩事体，又不能靠着那班巡捕来保护。现在这一班大小官员，一个个地都只晓得吃饭弄钱，民间的是非祸福，一毫也不管，还要互相嫉忌；他们倒很情愿出了这种不法的事体，借着还可诬害良民。有主意的人，总得要自己小心，各人保护身家，万万不可不小心门户哩。"

凡妈说话的时候，孟主教正在火炉旁向火，另外还想着一桩事体，因此也没听他说些什么。凡妈就从头至尾再说了一遍。

宝姑娘却颇留心，就放着娇嫩嫩的声音说道："凡妈所说的话，哥哥可听真了？"

孟主教道："我听是听了，还是没有懂得那细情。"即忙转过身子，抬起头来，笑呵呵地问道："是什么事体？是什么事体？我们难道要遭什么大祸不成吗？"

凡妈见主教这样说，更大张其词说道："有一赤脚无聊的恶告化子，来在这城里。他今天傍晚的时候，手里提着一捆行李和一杆小铁棍子，从假新党小路进城。进城以后，在街上踱来踱去。他曾到苦巴馆投宿，被店主人赶出来了。"

孟主教接口道："不错，确有此事。"

凡妈闻说，以为主教听得他这些言语，一定吃惊，又扬扬得意地说道："主教。这是真事呀，人人都是这样说法。但是，这城的巡捕却很混帐，街上都不曾设些路灯，很个妥当。主教呀，不但我这样说，宝姑娘也是这样说。"

不料宝姑娘在旁听得，便接口道："咦！哥哥，我并不是这样说的，我和哥哥的意思一样。"

凡妈假装着没有听见，接着又道："我们的门户现在却不稳当。主教，你肯叫我去寻个收拾门锁的来吗？不过十分钟，就可以把门锁收拾妥当。现在时风可怕，主教总得要不论日夜，都不许生客进来才好哩。主教呀，主教呀，生在这样世界上，何必要做好人？古语道得好：'求人放火金腰带，修桥补路有尸骸。'这两句话，还说错了吗？"

凡妈刚说到这里，忽然听得门外大声一敲。

欲知来者何人，为着什么事体，且听下回分解。

第五回　孟主教慷慨留客　金华贱委婉陈情

话说主教听得敲门的声音，便道声："请进来。"

忽而门已大开，只见一人将身进来，立在门后，背上驮着行李，手上拿一短棍，脸上现出一种狞恶的神色，俨然是一个觅食投宿的凶汉。当时凡妈吓得浑身发抖，满嘴的牙齿碰得直响，想说话又做声不得。宝姑娘立起来，半惊半走，悄悄地到了炉火的旁边去向火，看见他哥哥不在意，也就不十分打惊。孟主教只管平心静气地注眼看来华贱，待将要开口说声"你要什么"，华贱就对着这屋里人一个个地轮流看了一遍，大声说道："请各位听来。我姓金，名华贱，曾经犯罪，坐监一十九年，四天前才释放出来。现在我想到潘大利去，前天就从道伦动身，今天已经走了好几十里。今晚我到这城里的时候，就到一所酒馆里投宿，他们因为我曾犯案，照例拿一张黄色的路票，就是解放罪人的凭据，报了此地的衙门，所以不肯留我住下。我又走到别间客栈，他们也是照那样办法赶我出来。这时没有一人能容我。到了一所牢狱，那看狱的人也赶我出来。其至于爬进狗窝，那狗也咬我，不许我停留一刻。你想我这时候如何是好？我随后又想到田里，睡在星光底下，哪晓得天上又没有星，还要下雨的样子。因此我又转身回到城里，想寻一家大门弄儿里，暂且避避冷。恰好来在那印刷局的面前，我就睡在石凳上。忽然看见一个慈善的婆婆，他叫我到府上来求宿一夜。所以我才来到这里。府上是不是客店？我身上还带了一百零九个银角子和十五个铜角子。我曾经坐了十九年监，这些钱都是在监里作工所得的。我必不少你的饭钱。你看怎么样呢？我已经走了不少的路，又倦又饿。你肯留我住下吗？"

孟主教听到这里，就对凡妈道："多拿一碟子菜来。"

华贱闻说，便走近三步，立在桌子旁边，说道："你可知道我是什么人？我是一个有罪的犯人，刚从监里出来。"华贱一面说着，一面就在衣服袋里取出一张黄纸给主教一看，并说道："这就是我的路票。我拿着这个票了，什么地方都可去了。你情愿我念给你听吗？我在监狱里的学堂曾读过书，待我念给你听吧。这路票上写的是些什么呢？"只听得华贱高声念道："有一某地方人，姓金，名华贱……"

主教接口道："是什么地方人呢？"

华贱答道："你不必管他是什么地方人就是了。"又接着念道："他曾经坐监十九年，前五年因为夜里作贼，后十四年是因为他想逃跑四回。这是一行为不正之人也。"念毕，还问一声主教道："人人都要赶我，你可能留我呢？你这里是客店吗？请你给我一餐饭吃和一安身的地方。府上有马房吗？"

主教看见他这样说，又对着凡妈道："铺些白布的棉褥在那边屋里床上。"说罢，便对华贱道："我已叫那个女人预备一切了。"

凡妈听了主教的话，即便转身去了。

主教又对华贱道："先生请坐下向火，我们就要吃饭了。吃完饭的时候，你的床铺也就可以收拾妥当了。"

华贱听他那样说，好象疯疯癫癫一般，大声问道："你真留我吗？不赶我吗？你为什么称呼我做先生，却不叫我做狗，赶出去，和别的人那样说法呢？哎呀！那老婆婆真是慈善，教我来到此地，有得吃，又有床睡。我已经十九年都没有床睡了。你真留我吗？你真是好人了。我明日去时，便一发算钱给你。请问你高姓大名，你是不是一个店主人？"

孟主教道："我乃是住在这里的一个教士。"

华贱道："哎呀！难道还是一位有钱的教士？那你必不要我饭钱了。师父就是在那大礼拜堂的主教吗？"

主教接口答道："是的。"

华贱道:"呀!不错,我还没有留心看师父的帽子,太糊涂了。"

说罢,便将行李和棍子放在屋角下,又把路票收在衣衫袋里,坐下。宝姑娘对他看着不转眼,很觉得有趣。

华贱说道:"师父既然是一个慈善的人,就不用算我的饭钱了。"

哪晓得在这个悲惨世界,没有一个人不是见钱眼开,哪有真正行善的人呢?

孟主教果然忙答道:"不然,不然,一定要算饭钱的。你共有多少钱呢?你曾说你有一百零九个银角子。"

华贱道:"还有十五个铜角子。"

主教道:"你费了几多天的功夫,才得这些钱呢?"

华贱道:"十九年。"

主教叹道:"十九年吗?"

华贱道:"不错。现在这些钱还在身边,没有用去。"

孟主教听得华贱说一声现在钱还在身边,急忙把门和窗户闭上。不多时,凡妈拿了一碟菜进来,放在桌上。主教令他放在火炉旁边。又对华贱道:"亚历山上的风很大,先生一定受寒了。"

你看孟主教口口声声只叫华贱做先生,那种声音,又严厉又慈爱。你想他把"先生"二字称呼罪人,好象行海的时候,把一杯冷水送给要渴死的人,不过是不化本钱的假人情罢了。闲话休絮。

却说主教忽对凡妈道:"这个灯不亮。"

凡妈会意,便去到卧房里架子上拿来两只银灯台,两枝白蜡烛,放在桌上。

华贱洋洋得意地道:"现在蒙师父待我这样好法,师父这一片仁心,我真是感谢不尽。既然是这样,我也不必瞒着我的来历和我的苦处,待我细细地说把师父听吧。"

主教用手拉着华贱的手,和颜悦色地道:"你也无庸将你的来历告诉于我。此处不是我的家，是上帝的地方。无论什么客来，也不问他的姓名和他的脾气。而且你已经受苦，又饿又褐，我必欢迎你，你切莫要使客气吧。"

华贱道："我现在很饿，又渴。当我进门的时候，见了师父这样仁慈，也就令我忘记了。"

主教道："你曾十分受了苦吗？"

华贱长叹道："哎呀！狱里那野蛮的惨状，真是不堪闻问了，姑且说他几件事就知道了。用双重铁链捆了我的手脚，坐在那黑窟里头，青天白日里也看不见天日，夜间就睡在一片板上。夏天热得要死，冬天就冷得要死。那窟里空气闷人，常时一病不能起。我这样在狱里过了十九年，今年四十六岁了，才得了一张黄色的路票。你看可不可恼！"

主教道："但是你现在知道伤心悔过，却比好人更快乐。你出狱以后，若还以恶意待人，那就格外悲惨；若以好意温和待人，又何处不是乐土呢？"

主教说罢，凡妈拿饭进来。

欲知后事如何，且待下回分解。

第六回　孟主教多财贾祸　宝姑娘实意怜人

话说凡妈拿饭进来，华贱看时，有汤，有水，有盐，有油，有猪肉，又有羊肉，又有无花果，又有一大块烘干的面包，又有一大瓶红酒，样样都用银器盛来，光彩闪闪，映在铺桌子的白布上面，直觉异样好看。孟主教满面堆着笑容，请华贱坐在自己左边，宝姑娘又坐在华贱的左边。坐齐了席后，孟主教就按教例念了祷告。念罢，即便用饭。此时华贱心中乐不可言，那种神气，可惜没有照一个像下来，把大家看看。

却说他三人吃了一碟，又上一碟，完了一样，又来一样。华贱放量饱餐一顿，好象老虎吃蚊虫一般。幸亏主教寻常吃饭都有六样，还可以饱了华贱肚子。不知不觉，一会儿就吃罢散席。

华贱对主教说道："盛筵难再。哎呀！苦巴馆那般车夫，不许我和他们同桌吃饭，不料竟蒙师父这般厚遇，真是难以报答了。"

主教道："此事虽可痛恨，仍是他们也比我劳苦。"

华贱道："那也未必。我想他们比你更有银钱。但是上帝若居心公平，一定是保佑你。"

主教道："哪有上帝不公平的道理呢？"少停，又道："华贱先生，你明日真要到潘大利那里去吗？"

华贱道："这也是不得已罢了。我想明日趁着日头未出来的时候，就要起行。这一次又很辛苦，白天里虽然稍暖，夜里却是很冷。"

主教道："你这还不算十分受苦。前几年正当革命的时候，我全家都被毁了，我跑到东方，交瑞西国界那富郎之情地方，却靠着我两只手寻饭吃。那地方有机器局，有制纸局，有酒厂，又有油厂，至于铁厂也有二十多处，倒好找工做。"

主教说罢，又对宝姑娘道："我们有无亲戚在潘大利住？"

宝姑娘答道："有的，卢逸仙先生不是在那里住吗？他还是故川洞口的船主哩。"

主教道："不错。"

此时华贱并不留心他们的谈话，自己也一言不发，那种神色，却是十分疲倦了。

主教见华贱这样情形，就回头来同凡妈谈了片刻，又对华贱道："先生，你必是要安睡了。"宝姑娘又在一旁吩咐凡妈道："今天夜里很冷，去到我睡房里。把那一件鹿皮袍子取来，铺在客人床上。"

不多时，凡妈回来说道："床铺都预备好了。"

主教便同宝姑娘在客厅里按教规行了祈祷的礼。宝姑娘就对华贱同主教各施一礼，并请一声"晚安"，独自走进房睡去了。

　　此时主教就在桌上拿一盏银烛，又把那一盏交与华贱说道："先生，我带你到卧房睡觉吧。"

　　华贱就起身跟着前去。走过主教卧房的时候，凡妈正在要将银器放在孟主教床头下碗柜里面，放急了，碰得豁浪一声响亮。主教只顾引了华贱，还没听见。不知不觉地已到了卧房。主教令华贱把烛台放在桌上，指着床上道："今晚请先生就此安歇。明天早晨起来，再请用一杯新鲜牛奶。"

　　华贱答道；"多谢师父。"说罢，歇了半刻，华贱忽然现出一种希奇的样子，两只手捏了拳头，睁了一双凶狠狠的眼睛，对主教道："哎呀！现在你留我住了，还离你这样近吗？"刚说到这里，就停住了，忽然又哈哈一笑。

　　主教看见这样情形，心里倒有些惊慌。

　　华贱又道；"你情愿我告诉你听吗？我是一个凶手，你不知道吗？"

　　主教答道："上帝总难瞒过。"说罢，又低声祷告了一会便转身去到自己的卧室安歇去了。

　　华贱看见主教已去，即忙熄了火，并不脱衣，睡在床上，即刻鼻子里呼声好象打雷一般。

　　这时，一屋的主客，个个都化作庄生蝴蝶了。

　　欲知后事，且待下回。

第七回　无赖村逼出无赖汉　面包铺失了面包案

　　话说孟主教一家主客，都悄悄睡去，没有了人声。随后再表。

却说从前法国有一个村庄，名儿叫做无赖村。里头有一个姓金的农夫，这农夫有一个女儿和一个儿子。他的女儿成人出嫁之后，只剩下一个儿子。那儿子倒很聪明伶俐，只是可惜一件，因为他家道困穷，他的亲戚和那些左右隔壁的邻舍，虽说是很有钱，却是古言道："为富不仁。"那班只知有银钱，不知有广义的畜生，哪里肯去照顾照顾他呢？因此他自幼就没有钱上学攻书，天天玩耍度日。

却说那农夫的女儿，一日在家闲坐无聊，忽然想去探看他的父母兄弟，就立刻起身，锁好了门户，独自出来。不知不觉已到他父母的家，只见门还未开，就吃惊道："为什么现在还没有开门呢？"停一息，又听见他兄弟在里面不住地号陶大哭，说道："奇怪！奇怪！"即忙把门敲了几十下，也没有人来答应。此时他心里好象火烧油煎一般。幸亏这个门都是用了木头做的，他此时性急了，拼命用力一推，连门闩都推折了，一直飞奔进去。

只见他的兄弟从房里出来，脸上挂着几条眼泪，直跑到他面前，行了一个礼，急忙说道："我的姐姐呀，你来了吗？你为什么不早些来呢？我从昨天下午直到如今，都没有吃饭，肚子里又饿又痛。"

他的姐姐即忙问道："为什么没有吃饭呢？阿爹阿妈都到哪里去了？"

他兄弟道；"都没有出去，自从昨天下午，他们就未曾起身，只是呆呆地睡在床上。后来我的肚子饿极了，就叫他们起来弄饭我吃，不知道什么缘故，他们不肯起身，又不和我说话。我又大声叫他们多少次，还是不肯动弹。我已经痛哭了一天多，那左邻右舍人家也没有一个来看看我的。你快去弄饭给我吃，随后再叫他们起来吧。"

他姐姐听说，即忙跑进房里，只见他的父母都直躺躺地睡在床上，便知道他的父母都到五殿阎王那里去了，不由得放声哭了一会。

他的兄弟站在旁边说道:"姐姐呀,你的肚里不饿吗?不要哭了,我们快去弄饭吃吧。"

他的姐姐闻说,也就收了眼泪,对他兄弟说道:"你随我去,到我家里吃饭吧。"

说着,即忙携了他兄弟手出了门,又把门户锁好,手里牵着他的兄弟跑回家里。急忙弄了些饭菜,和他的兄弟饱餐一顿。不多一会,他的丈夫也回来了,他就带哭带说地把这桩事情告诉了一遍。

他的丈夫就糊里糊涂地说道:"我现在觉得肚皮有些疼痛,随便你自己去办吧。"说罢,就睡在床上。

他的妻子看见这样情形,就一言不发,只得忙忙地在箱子里拿了些银子,又吩咐了他的兄弟在家里等他回来,不要跑在街上玩耍。说罢,就起身急忙跑到父母家里,就去叫了一个教士和几个土工,忙忙碌碌地一直到了天黑的时候,那斋祭埋葬的事体,——料理妥当,照旧将门户锁好,回到自己家中。

从此,他的兄弟就在他家里。住到三四天,忽然对他姐姐说道:"我要回到家里,看看我的阿爹阿妈。"

这时候,他的姐姐就不免落下几点伤心眼泪来,又见他兄弟不懂事,只好说道:"阿爹阿妈现在还没有起来,你不好回家里去;你倘若一定要回家去,还没有人弄饭把你吃哩。你天天就在我这里过活便了。"

他兄弟又说道:"我在这里,虽然是有饭吃,难道我的肚子饱了,就忘却我的父母了吗?"

他的姐姐见他说出这般可怜的话来,就不得已直说道:"阿爹和阿妈已经在地下了。"

他兄弟又问道:"为什么在床上还睡不够,又去地下睡呢?真真是睡得长远了。"

他姐姐听得他这样说，还未开口，先已酸心，忍着眼泪说道："阿爹阿妈，再没有能同我们相会的日子了。"

他的兄弟听见这样说法，也就号啕大哭起来，倒睡在地上，声声说道："我定要回家里去，看看我的阿爹和我的阿妈。"

但是，他的姐姐哪里肯放他回家？从此，都靠着他的姐姐照料。日月如梭，不觉过了十多年。他姐姐已经生下子女七人，那最小的才一岁。到了他丈夫死的时候，他兄弟刚刚二十五岁，已经可以回家，接管他父母的几间破屋，成家立业，也好照应他的姐姐，这本是分所当为的。当时他姐弟二人也无他项生活，或砍柴度日，或帮人耕种。到了夏天树木茂盛的时候，每天可寻得十八个银角子。但是他姐姐膝前儿女如是之多，又不能自谋生计，就不得不稍受贫寒。

却不幸遇着一千七百九十五年，那年冬天极冷。有一礼拜日，雨雪连大，寒风刺骨，也就不能出外做工觅食了。那时一家人口，都白白地饿了一天。

看官，你看他们将来作何打算，难道就袖手待死不成吗？按下手表。

且说同时法国巴黎有个财主姓范的，他三两年前在乡下本很贫寒。随后来到巴黎，就胡乱学了几句外国话，巴结外国人，在一个外国洋行里当了买办，两三年间就阔气起来，因此人人都唤他做范财主。

这范财主只生一子，名叫做阿桶。那范桶自幼养得娇惯，到念多岁，还是目不识丁。只因他家里有些钱财，众人都来巴结他，要和他做朋友。一日，有两位朋友前来探访。你道这两位是什么人呢？一个姓明，名白，字男德。一个姓吴，名齿，字小人。范桶见他们来到，就和他们各施一礼坐下。范桶便开口道："今天很冷。"

那小人急忙连声答道："是，是，是，是，是，是。"

那男德便问道："今天报上可见什么新闻了？"

范桶就答道；"我天天只晓得吃饭和睡觉两样事,哪里还要看看那报纸?有什么好处呢?我的父亲他倒欢喜天天看那个什么《新闻报》,也不过是为着生意的行情和那彩票开彩的事、考试发榜的事罢了。"

男德闻说,便道:"哎!世上的人,有几个真真知道报纸是什么东西的呢?"心里还寻思道:"这等的人,目不识丁,只知道有几个臭铜钱,这也就难怪了。"又对范桶道:"你去拿今天的报来我看看吧。"

不多一会,范桶就拿了一张来。男德接着,就道声:"多谢。随手放在桌上,那双眼睛,一直盯在那张报纸上

此时范桶又随口说道:"很暖。"

那小人也在旁边说道:"我热得了不得。"

范桶问道:"你也暖吗?我因为穿了这件虎皮外套觉得很暖,难道你穿了这件夹衫,还不冷吗?"

小人又道:"不是这样说。我的身体本来觉得很冷,不过我无意中跟你说出罢了。"

这时男德回头向范桶问道:"你是无赖村的人吗?"

范桶道:"不错。有什么事呢?"

男德道:"没有什么要紧,不过有一桩事体,我心里觉得很不平。请你看这条新闻吧。"

范桶听说,忽然满脸通红,请你念给我听听吧。"

男德就看着报纸念道:

前天晚上,无奈村有个面包铺的主人正去睡觉的时候,忽听得铺面的窗门一响。那主人立刻翻起身来,只见窗门上有一个拳头,将玻璃打破。忽然又见一双手从那窗孔里伸入,拿去了一块面包。那主人就一直飞也似地跑出去,捉住那人,用脚狠狠地踢了他一顿。那人就把面包丢在地面,浑身被那主人踢

得鲜血淋漓。后来又送到衙门,衙门里就定他为夜入人家窃盗的罪名。此人姓金,名华贱,原来是一个安分守己的工人,只因合家人口冻饿情急,就到了这样地位。

那范桶听罢,便道:"呵,金华贱乃是我的老友。我早几年前在乡下住的时候,不时到他家里去,又是饮酒,又是吃肉。他怎么现在居然做了贼呢?真真是想不到的。那支那国的孔夫子也曾说道:'君子固穷,小人穷斯滥矣。'这两句话真说得不错。"

那小人就在一旁接着道:"是,是,是。"又向男德道:"你还有什么不平的事呢?你看那做官的大老爷都定了他的罪名,难道你说做官的还办错了不成吗?"

男德只听到"做官的"三个字,立刻火发心头。不由得一脚踢得那小人魂不附体,还大声骂道:"你这无耻的小人!我早已忍了你一肚子的气,你现在又在我面前放什么臭狗屁!"

这时范桶惊慌无措,好容易才将男德劝住。小人也就爬起身来,对男德躬身行礼道:"我说错了,你休要动气吧。"

男德气愤愤地答道:"你这小人!我恨你,我又可怜你。人家吃饭,你就吃饭;人家吃屎,你也就吃屎。"

这时,范桶只好在一旁劝道:"休要发气。请你慢慢儿将你不平的事,告诉我听听吧。难道孔夫子的话,你都不服吗?"

男德即忙答道:"那支那国孔子的奴隶教训,只有那班支那贱种奉作金科玉律,难道我们法兰西贵重的国民,也要听他那些狗屁吗?那金华贱只因家里没有饭吃,是不得已的事情。你看那班财主,一个个地只知道臭铜钱,哪里还晓得世界上工人的那般辛苦呢?要说起那班狗官,我也更不屑说他了。怎么因为这样小小的事情,就定他监禁的罪名呢?所以我就不平起来了。"

范桶道:"只是他做了贼,就应该这样办哩。"

男德闻说,立刻站起身来,就一拳头把个范桶打得扑地滚了一丈多远,大声骂道:"你这木头人,只知道吃饭,还知道什么东西?"

那小人见事不好,即忙跑出门外,也不知道他到什么地方去了。

那范财主在房里听得外边吵闹,慌忙跑出看时,只见范桶刚在地下爬起来,一一告诉了他的财主老子。此时那范财主见男德的体格生得十分强壮,也知不能奈何他,只好说道:"你这样年少气盛,我也没法儿和你说。但你是一个有见识的人,怎么就帮起做贼的来呢?"

男德气愤愤地答道:"原来我是一个明白的人,所以才如此。我并不帮贼,也不过是心里为着世界上的穷人不平罢了。"

那范财主道:"世界上总有个贫富,你有什么不平呢?"

男德道:"世界上有了为富不仁的财主,才有贫无立锥的穷汉。"

范财主道:"无论怎地,他做了贼,你总不应该帮着他。"

男德道:"世界上物件,应为世界人公用,哪注定应该是哪一人的私产呢?那金华贱不过拿世界上一块面包吃了,怎么算是贼呢?"

范财主道:"怎样才算是贼呢?"

男德道:"我看世界上的人,除了能作工的,仗着自己本领生活,其余不能做工,靠着欺诈别人手段发财的,哪一个不是抢夺他人财产的蠹贼呢?这班蠹贼的妻室儿女,别说'穿吃'二字不缺,还要尽性儿地奢侈淫逸。可怜那穷人,稍取世界上些东西活命,倒说他是贼。这还算平允吗?况且象你做外国人的奴隶,天天巴结外国人,就把我们全国人的体面都玷辱了。照这样看起来,你的人品比着金华贱还要下贱哩!"

这时候范财主又羞又气,一息儿也做不出声来,脸上只是青一阵,白一阵,呆呆地立了多时。

男德寻思道:"这也难怪了,你看世界上那些抢夺了别人国家的独夫民贼,还要对着那主人翁,说什么'食毛践土'、'深仁厚泽'的话哩,何况这班当洋奴的贱种,他懂得什么呢?我何必和他计较?"想着,便转身气愤愤地出门去了。

欲知他出去之后情形如何,且看下回分解。

第八回　力世不平侠士题壁　恩将仇报恶汉挥刀

话说明男德和范财主争论之后,不说范财主父子后来如何。且说男德以范财主不足教训。便愤愤出门,回到自己家中。原来男德也住在巴黎,家道小康。父亲明顽,生性固陋,也只生男德一人。男德自离娘胎的时候,就有些蠢气。因此一家人都瞧他不起。他的脾气也与众不同,不屑事家人生产。到了十五岁的时候,就在中等学堂里读书。岁月如流,光阴似箭,不知不觉地又过了三年。

这一天,男德就和范财主争论回来。他父亲明顽,手里捏着一枝铅笔,正在那里算帐,猛然间看见男德气愤愤地回来,大声问道:"男德,你到哪里去了?"

男德本是一个爽直的汉子,从不会撒谎的,也就把在范桶家里的事情,一一说出。

只见那明顽听罢,立刻就把他的大眼镜子取下来,厉声骂道:"你这小孩子,也应该讲什么为世界上不平的话吗?你莫羞死我吧!那世界上的事体,是你们这样贫穷的人讲得的吗?你若不去用心读书,以图功名富贵,好事养父母。你就快些去做告化子罢了。世上的人若能尽了这'孝顺'两个字,就是好人,不用讲什么为世不平的邪话。"说罢,将铅笔放在桌上,还满面堆着怒容。

男德也知道他父亲是个冥顽不灵的东西,只好一言不发,听他辱骂。后来见他父亲住了口,才悄悄地去到自己的书房。闷坐多时,猛抬头,只见玻璃窗外雨雪满天,把一座巴黎城都化作了银花世界。男德见此凄凉景象，触目惊心，不由得长叹道；"哎！世界上这般炎凉凄惨，暗无天日，也和这天气一般，倒是怎么好呢？"正在独自感伤，忽见后面用人送信进来。男德接过来拆开一看，只见信上约略写了几行道：

男德同志赐鉴：

　　顷有一位志士从尚海来，托弟介绍于兄，倘蒙不弃，祈移玉来敝处一聚是祷。

弟某顿首

男德看罢，寻思道："尚海那个地方，曾有许多出名的爱国志士。但是那班志士，我也都见过，不过嘴里说得好，其实没有用处。一天二十四点钟，没有一分钟把亡国灭种的惨事放在心里，只知道穿些很好看的衣服，坐马车，吃花酒。还有一班，这些游荡的事例不去做，外面却装着很老成，开个什么书局，什么报馆，口里说的是借此运动到了经济，才好办利群救国的事；其实也是孳孳为利，不过饱得自己的荷包，真是到了利群救国的事，他还是一毛不拔。哎，这种口是心非的爱国志士，实在比顽固人的罪恶还要大几万倍。这等贱种，我也不屑去见他。"便随手将这封信放在桌上。这时那壁上挂的自鸣钟，正叮叮当当打了十二下。男德就叹一口气道："哎！这钟的声音，也不过是不平则鸣，况是我顶天立地的大丈夫男德吗！"说着，就到饭厅里去吃饭。

不多时，用人拿饭进来。这赤心侠骨的男德和那尚海喜吃大菜的志士不同，也不问是什么味道，胡乱吃罢。即忙起身回到书房，坐在书桌面前，七上八下地乱想一会，叹道："哎！世界上这般凄怆模样，难道我就袖于旁观，听他们这样不成吗？只恨那口称志士的一班人，只好做几句歪诗，说两句爱国的话；其实挽回人间种种恶习的事，哪个肯亲身去做呢？"又忽然想到他父亲身上，叹道："哎！我的父亲，这样顽固……"

刚说到这里,又住了口,寻思道:"凡人做事都要按着天理做去,却不问他是老子不是老子。而且我的身体虽是由父母所育,但是我父母,我祖宗,不仗着世上种种人的维持,哪能独自一人活在世上?就是我到这世上以后,不仗着世上种种人的养育教训,也哪能到了今日?难道我只好报父母的恩,就把世上众人的恩丢在一旁,不去报答吗?"

想罢,使立起身,在房门口探看一回。立刻又转身进房,将挂在壁上一件半新不旧的外套拿下来,穿在身上。又取一把锁匙,打开箱子,拿出十多块银钱,放在外套的袋里。向书桌架上寻出一柄不长不短的快刀,用一条白毛手巾包裹起来,放在外套里面的长袋里。足下换了一双旧皮靴。顺手在桌上拿了一枝铅笔,看了一看,又放在桌上。这时诸事预备妥当,又低头沉吟了一会。立刻跑到厨房里拿了一枝黑炭,静悄悄地从厨房的后门走出。来到那小花园里,便提起那枝黑炭,向着小花园的墙壁上,歪歪斜斜地写了四行字。写罢,自己又念了几遍,便即将这枝黑炭丢在地面,放开大步,一溜烟走了。

看官,你想男德到哪里去了?他写的这四行字是些什么字呢?随后再表。

那金华贱自从那大雪的时候,眼巴巴地坐在家里忍不住饥寒,就偷窃面包犯案。衙门里定了罪后,就把一条铁链子锁起他的手脚,用一领罪人的马车,解到道伦地方的监里。走了二十七天,才到了道伦,就把华贱换上一件蓝布的罪犯衣服。那衣襟上面有个号头,没有什么金华贱的姓名,那华贱的号头,乃是第二万四千六百零一号。

过了十个多月,有一天晚上,天色已经黑暗,华贱坐在这监狱里面,想起从前在家里砍柴的苦境,又想到他的姐姐还有七个孩子,也不知道现在怎样受苦,不出得一阵心酸,落下泪来。正呆呆地坐在那里,越想越难受,朦胧间忽然瞥见一个黑影儿来到面前,渐走渐近。这时华贱吓得两手捏了一把汗,不由得战栗起来,不知是人还是鬼。不多一会,来到身边，才知道是一个年轻的男子，站在华贱身旁，对着他的耳朵，低声说了好一会。

说罢，华贱接口道："你想把他弄死吗？"

那人答道；"不是，不过是用这般手段，来吓他一吓，他自然就会中了我的计；我焉能因为要救一个人，就来弄死一个人哩？"

华贱道："言之有理。"

那人即刻跑到看监的房里，瞥了那看监的一眼，就凶狠狠地一手把他的衫襟扭住，一手伸在外套里，拔出一把光闪闪的明刀，说道："你不要吃惊，我不是来杀你的，不过到这里要救出那个金华贱。你快快地把那铁门的钥匙和他手脚链子的钥匙一齐交给于我；你若不肯依从，那却怪不得我，就要将你结果！"

那看监的吓得魂飞魄散，口里不住地说道："我……我……我把钥匙交给你。"说着，就在衣衫袋里摸出两把钥匙，说道："这把大的，是开铁……铁门的；这个小的，就是开铁……铁链子的。"

那人接在手里，随将刀子收好，就招他一同来到华贱面前，将华贱手链脚链一发开了。照样把那看监的手脚锁将起来。就和华贱一齐抽身跑到铁门旁边，将铁门打开，两人逃出。

华贱说道："将门锁起来。"

那人答道："使不得，把他锁在里面，恐怕没有人知道，不叫他饿死在里面吗？"

华贱又道："不把他锁在里面，我们不怕后患了吗？"

那人道："今夜一定没行人知道的，你看铁墙这样高法，就是他高声喊叫，也没人听见，我们乘着夜里快跑吧。"

闲人说着，就飞似地一直跑了三里多路，未曾停脚；忽然瞥见路旁有一丛黑影儿，二人吃了一惊；待慢慢地向前走去，一直到了面前，才知道是一大丛树林子。这时二人又惊又喜，就来在树林子里坐下歇息歇息。

华贱便开口问道："你是什么地方来的呢？你的名字叫什么呢？"

那人答道："我姓明，名字就叫做男德，巴黎人氏。自从去年听得你的事体，心里就不平起来，一定要来救你。那时便在家中取些银两……"

说到这里，华贱就破颜一笑，间道："现在你还有银子吗？"

男德答道："现在还有几两，在外套的袋里，路费总够用了。"

华贱又问道："你从哪里来的呢？"

答道："我从巴黎而来。"

华贱道："咳！这样远的路，怎么你就来到了呢？"

男德道："我一路告化，将近一年，到了前月才来到这里。初到的时候，我不知道你的监房在哪里，只好在这地方左近，天天找些工做，得便打听你的消息。前几天我才遇见一个工人，他道：'有一个做苦工的人，自去年就收在这监里。他家里的姐姐还有六七个子女，都没饭吃，他也不知道怎么样好，真真是可怜。'我听得这样说法，就一一知道你的消息。"

华贱道："你怎么就能够进了那监呢？"

男德道："到了今天早晨。恰好那个看监的开了铁门，出来扫地，我就出其不意，跑进他的房里，将身躲在床底下。一直到了今晚，我才乘他不在房中，出来救你。"

华贱听罢，就长叹一口气道："哎！你真真是我的救命恩人，但不知哪一天才能报答？"

男德道："哪里话来！我并不象那做生意的人将本求利，也不过为着世界上这般黑暗，打一点抱不平罢了。"说着，就脱下外套，对华贱道："现在初交冬令，觉得有些寒冷，你穿上这件外套吧。"

华贱欢天喜地地即忙接了穿在身上。

男德道："我们二人今晚早些睡觉吧，明早还要早些跑路。"说罢，就躺在草地上睡了。

这时华贱寻思道:"我身上现在一文没有,既然遇见这种奇货,却不要放过了他。"正在那里胡思乱想,只听得男德睡得呼声如雷。忽然翻身爬起来,跑了三四步,又住了脚。便在外套袋里摸出那一把光闪闪的刀,口里说道:"世界熙熙,皆为利往;天下攘攘,皆为利来。我金华贱这时候也为金钱所驱使,顾不得什么仁义道德了。"说着,就拼命地用尽平生气力,把刀尖儿正对着男德身上,飞似地丢将过去,抽身便走。

欲知道男德性命如何,下回就知道了。

第九回　忍奇辱红颜薄命　刺民贼侠剑无情

话说华贱丢刀来刺男德以后,就飞也似地一直奔出丛林去了。按下不表。

且说当时男德身体十分疲倦,也就一事不知地睡到次日早晨日上三竿的时节,才爬起身来。忽然看见离身旁只三四寸远,有一件东西,大大地吃了一惊。你道看见了一件什么呢?就是他的那一把明闪闪刀子,插进草地里有三寸多深。四面一看,又不见了华贱。

这时候,男德心里也就明白了,说道:"险哉!险哉!不错,不错,我昨晚说还有钱在外套袋里,他就破颜一笑。"说着,又长叹一声道:"哎!臭铜钱,世界上哪一件惨事,不是你驱使出来的!"

说到这里,便探头一看,四面均是丛林大树。低下头来沉思了一会,又道:"这桩事,也没有什么奇怪,在这种惨世界上,哪一个人不和华贱一般?我想是非用狠辣的手段,破坏了这腐败的旧世界,另造一种公道的新世界,是难救这场大劫了。"说罢,便把那快刀拔将起来,说道:"我一生信义道德,都仗着你才能够去做,怎好不小心收藏起来?"说着,就把刀又收在袋里。

这时,男德身上一钱没有。你看男德为着世界上不平的事,去舍身救人,倒弄得这样下场,怎不令人灰心短气?哪晓得那男德是一个天生的刚强男子。不象尚海那班自称什么志士的,平日说的是不怕艰难,不愁贫困,一遇了小小的挫折,就突自灰心短气起来;再到了荷包空的时候,更免不得哭张怪李,无事生端,做出些无理的事情,也顾不得大家耻笑,这就到了"小人穷斯滥矣"的地步。那男德虽然这样失败,这样困穷,没有一点儿悔恨的意思,还是一团心安取得、上不愧天、下不愧人的气象。那一种救世怜人的慈悲心事,到底终身一丝不减,只是和颜悦色地手靠着背,向丛林外面走去,口里还高声唱道:

一天风雷压巴黎,世界凄凉无了期。
游侠心酸人去也,众生懵懵有谁知?

唱罢,自己说道:"这不是我离家的时候,写在那小花园墙上的诗吗?咳!如今还是不能达我的志愿。"

说罢,又向前走,不知不觉地已经出了那丛林。只见前面远远地有许多人家烟户,心里想道:"那必定是一座村庄,但不知道这个村庄叫什么名儿?待我到那村庄里告化告化罢了。"想着,就放步一直向那村庄走去。不多一会,就走进村里。刚走了十多步,劈面看见一座高楼大厦,正在路旁。男德就将身来到那大屋的厨房门口,呆呆地立了多时。只见一位年轻貌美的妇人,手里拿着一个破碟子,走进厨房,一见男德,便开口问道:"你来做什么事体呢?"

男德答道:"大娘,没有什么,不过来讨一块面包吃。"

那妇人道:"我看你神色,倒不象个告化子,为什么要来讨面包吃呢?你现在向我讨面包吃,你还不知道我的苦处,我不久也就要做告化子了。"说着，流下几点伤心香泪来。

这时男德即忙问道："大娘，你不是这大屋的主人吗？"

那妇人道："是的。"

男德道："你既是这大屋的主人，怎么好说出这样凄惨的话来？请你把这凄惨的情由，说给我听听。"

那妇人道："不必说了，说着也无用的，世界上都是这般狼心狗肺的事，也就没奈何。"

这时男德听说，越发着急，就忙说道："既是象这样可恶的事情，更要瞎你细细说。我听了，或者我可以行动，出了这口气，也未可知。"

那妇人寻思道："你这个小小的孩子，有什么力量来救我？"也只好说道："也罢，就讲给你听听。也好叫人知道我的冤情。"

这时，男德便抖起精神，站在门旁，竖起耳朵，来听那妇人的说话。

只见那妇人说道："前两年，我的丈夫出了外洋去做生意，辛苦了两年，一直到今年二月，才带些银子回到家里，买了这座住屋，还没有多少时候，就哄传到这村的官府耳朵里。那官府……"

男德刚听到这里，就癫狂似地咬紧着牙根，用力把脚一顿。

那妇人惊问道："你发了什么毛病？"

男德忙答道："我没发什么毛病。请你快些说吧，那官府怎么样呢？"

那妇人又接着道："他姓满，名儿叫做周苟。他见我家有了点钱财，就红了眼睛，天天到我家来拜访，外面看起来，倒很亲热。那时我就有些放心不下，时常劝我丈夫，不要攀扯这班做官的，恐怕得不着什么好处。我丈夫哪里肯听我的话？还骂我不知道人情世故，多半阔气的官府，肯和我们这样儿的人家交接，这就是一条好路，趁着巴结巴结他，后来或者可以提拔我们也未可知。我也就不便和他再讲。到了三月底，那官府……"

男德听到这里，又把脚一顿。

那妇人见男德这样情形，转身就走，嘴里还埋怨道："你这发癫的小孩子，我也没什么和你说的了。"

男德连忙拉着那妇人的衣服，说道："大娘，我并不发癫，不过听了'官府'两个字，就不由我火上心来。请你休要见怪。"

那妇人听他这样说法，也就回转过身来，正对着男德面前说道："你真能替我出这口气不成？"

男德道："果然有了这桩事体，就是我的责任了，岂有袖手旁观的道理？"

那妇人又道："你这说大话的小孩子，真真可笑了。你现在还找不着一块面包吃，好讲什么责任的话吗？"

男德道："你倒不要问这些长短，请你把这事体快快地说给我听吧。"

那妇人说道："满周苟有一天来到我家，口称：'现在政府里财政告乏，国库空虚，要设法接济接济。因此就下了一令，要从新颁发钞票三百二十万金镑，当作现钱使用。从前的旧钞票，一齐注销。不久又发出一千万元的钞票。所以银票就渐渐跌价，我们官场里也就因此大大地吃亏。我现在正有紧急的用项，要向你借一千元，快快地拿给我吧。'那时我丈夫就答道：'舍下一时实在拿不出这样巨款。'那宫府听说拿不出，就立刻变了脸，厉声骂道：'你这大逆不道的东西！我是朝廷堂堂的一位命官，难道你都不怕吗？也罢，我知道你是有钱难舍。限你十天，倘然过了这十天，还是没有，就要按着不敬官长的律例，办你的罪名，你可要当心着些。'说罢，就凶狠狠地去了。我丈夫见他这样凶恶，也就算官令难违，只得东挪西借，方才凑齐，交给于他。从此以后，他也就一步不到我家来了。这时我丈夫已是后悔无及，只好忍气吞声，再到外洋去做生意，剩下我母女二人在家度日。我丈夫已经去了一个多月，也没有一文钱寄回家来。我现在'穿吃'二字,天天要用。倘若再过一月不寄钱来,我母女二人只得饿死在这屋里了。"

男德听到这里,不由得眼圈儿一阵发红,忍着眼泪说道:"大娘,我男德定要替你出了这口恶气,才得过去。"

那妇人看见男德这样替他不平,心里又感激,又悲酸,也不免落下几行珠泪,呆呆地看着男德,口里说不出话来。过了好一会,才开口问道:"你为着什么事体,从什么地方来到这里呢?"

男德道:"你不要问我这些闲事吧。我现在肚子里饿得很,请你去看看有什么东西,给一点我吃吃吧。"

这时,那妇人现出那一种又怜又爱的样子说道:"不是你提起,我倒忘怀了。"

说着,即忙抽身走进客厅。不多一会,就带了他的四五岁一个女孩儿,急忙忙地走出来。左边手里拿着一大块新鲜面包,交给男德;又伸出右手来,说道:"你拿了这一块银钱去吧。"

男德道:"我不要,还是你留下自己用吧。"

那妇人道:"我看你这样的小孩子,实在可怜,不忍叫你空空地回去。我虽是贫穷,但是现在也不重在这一点,你快些拿去吧。"

这时,男德寻思道:"我看这财帛原来是世界上大家公有的东西。现在我行囊空空,就领了他这翻厚意,也不甚打紧;况且我男德从来受人的钱财,却和那食人之惠不思报答的人不同。"即便将银钱接在手里,道声:"多谢大娘!我男德一定要替你打个抱不平,大娘你且放心。"

那妇人道:"你且去吧,还在这里说什么大话,吹什么牛皮呢?"

男德也就不和他辩论,躬身向他母女二人各施一礼,抽身就走。一面走,一面自言自语道:"燕雀那知鸿鹄志?"说着,忽见一座古寺,来在面前,便将身进去,拿出那块面包,饱餐一顿。吃罢,又走出去,一路看山玩水，只见一片秋末黄花，正是荒村风景，恼煞愁人。男德举目四顾，只见那一轮红日西倾，几行归鸟悲鸣。这时，他凄惨惨地独自去到一所客店，算过了帐，用过些酒饭。一宿无话。

到了次日早晨起来，就问那客店主人道：“这个村庄名儿叫做什么？”

那客店主人道：“这里叫做非弱士。”

男德又问道：“你可知道这村官满周苟的家是在哪里？”

那店主人道：“哼！这个恶人吗？住在这村里的人，没有一个不知道他的。你找他做甚？”

男德道：“没有什么，不过想见一见他。”

那店主人道：“这也容易。他就住在这村外里多路。”

男德就细细地打听了一番。又向他要一张新闻纸看看。

店主人道：“有一个叫做《难兴乃尔（即国民之意）报》才送来的。”说着，就走过去，拿了一张来。

男德接在手里，看了一看，忽然看到那一条地方新闻，猛然吃了一惊。那条新闻上面写道：

前晚八下半钟，盗犯金华贱为一年轻的男子所救，逃出狱外。昨日下午四下钟，才在丛树林旁拿获。该犯身穿一件半新不旧的外套，袋里还有几块银钱。那救出该犯的男子，现已杳无踪迹云。

那店主人就满脸堆着笑容说道：“你就要走了吗？那我就把你的帐算来吧。”

男德闻说，急忙问道：“昨日晚上我刚到这里，就问你是几多店钱。你说是五角钱，那时候我就如数交给了你。你现在就忘记了吗？”

那店主人闻说，就凶狠狠地圆睁着眼睛，紧捏着拳头，说道："你这生来的客人，怎样就敢骗起老夫来？快把五角钱拿来。如若不然，我就把你拿住，当作骗子，送到衙门里办罪。"

这时，男德心里想道："这也是惨世界上人的本色，我也犯不着和你这班无知无识的东西争个长短。"就在袋里拿出昨晚他找还的那五角钱，交给了他，便一直出门去了。

这时，男德身边银钱一元，都被那店主人诈去，目下两手空空，便开口叹道："呀，呀，呀！这好惨的世界，好惨的世界，我男德若不快快设法拯救同胞，再过几年，我们法国的人心，不知腐败到何等地步。"因此他的怜人救世的热心，越发抑压不住了。

一路不言不语地走到太阳落山的时候，就决意去到那路边的丛林里歇宿一夜，明日再作道理。不多一会，他就走进丛林里面。这丛林又高又密。男德就在林下草地上，默默无言地坐了多的时，忽然觉得那树林阴风飒飒，有些鬼气。这时男德心里倒是着了惊慌的样子，探头东瞻西望，朦胧间，忽然瞥见左边有一条白闪闪的东西。男德定睛看时，才知道是条一尺宽的小路，两旁松柏参天。那小路的右边，似乎有一面大镜子。男德心里也就知道。这个地方一定是紧傍着海边了。忽然又瞥眼看见离这小路七八丈远，隐隐有个好象豆大的一枚灯光。男德寻思道："那里莫非有个农户人家？"

说着，就站起身来，一直顺着那条小路前去。走了不多一会。只见乃是一座泥砖做的茅草屋，还有个小楼。男德就停住脚在门外静听了一会。只听得里面有一个老婆子的声音唠唠叨叨地骂道："你这不懂事的丫头，我的话你也敢不听吗？自从你父母死后，就把你托在我家照料，那时候你还是一个手抱着的小孩子。现在养到你十七岁了，就想忘恩负义吗？况且我乃是你的姑母。"

这时，男德正呆呆地站在门外。忽然又听得里面有一年轻女子哽哽咽咽地啼哭，和那藤鞭子打的响声。这时，男德听不出头脑来，心里正在那里怀疑。忽然又听得那女子的声音说道："我的姑母呀，我从此再不敢违抗你的意思了。"

只听得那老婆子就笑哈哈地说道："我心爱的美丽呀，你看世上的人，哪一个不是弃少贪多呢？你现在天天在那村外制造局做工，每天也不过是一元钱，还要辛苦格够。怎么就会不情愿做这快活的生意？你可以享些清闲福，我也就有了摇钱树，这该多般好！"

男德听到这里，那侠心又忍耐不住，就伸手将柴门敲了几下。立刻就有一个五六十岁的老婆子前来开门，脸上还带有怒容。男德就脱下帽子，对他施了一礼。即便在衣衫的袋里摸出一个大古老的黄铜表，看一看，对着老婆子说道："现在已经七点钟，时候不早，我不能赶回家里去了。求你借一间屋给我住宿一夜，明天早晨就走。不知尊意如何？"

那老婆子即忙笑呵呵的答道："这有何妨呢？请进来吧。"

男德即便跟他进去。走到客厅，老婆子便道声："请坐。待我到厨房里弄些东西你吃吧，我看你的神色是很累的了。"

男德便道一声："多谢。"老婆子就走进厨房去了。

不多时，只见老婆子手里拿着一大块面包和牛油、牛肉出来，说道："我是贫穷人家，这就薄待了，还求贵客见谅。"

男德忙说道："哪里话来？我来的时候，真真还梦想不到有这样快乐的光景。"

说罢，就用手接过来，放些牛油在这大块面包上面胡乱吃了一顿。老婆子见他吃完，就收好盘子。又在袋里拿了一条锁匙，去将柴门锁好。转身来说道："客人，请你今晚在楼下睡吧。我们睡在楼上。目下此地太平无事，请你放心睡觉，不用害怕。"

说罢，就上楼去了。不多一会，又拿了一个大竹篓子和一张旧红毡下来，对男德说道："客人，你今晚就用这张旧红毡盖着睡吧。"

这时,男德就对老婆子说了一声:"晚安。"老婆子也温温和和地答了一声,即忙上楼去了。男德就吹灭了那支蜡烛,把红毡子铺在地上睡去。立刻忽又醒来。这时夜静更深,只听得楼上的自鸣钟丁丁冬冬地响了十一下。男德寻思道:"这个老婆子真真奇了。"忽然又听得楼梯上面好象有皮鞋子走着的声音。男德心里正在那里胡思不定,不多一会,就瞥眼看见一个妙龄少女,手里拿着一枝白蜡烛,一直向着男德面前走来。男德即忙问道:"你是鬼,还是狐呢?"

这时,那个妙龄女子就将白蜡烛放在木桌子上面,放着一口娇滴滴的声音说道:"我的朋友呀,我是一个人,你休要吃惊。我且问你,身边是有一个大金表吗?"

男德见他说得离奇,不由得发怒,扑翻身起来,大声骂道:"你来做什么?我没有什么金表,只有一个是铜的。你快快离开此地,不要胡思乱想。"

那女子听说,就立刻低下头来,满面通红,呆呆地立在一旁,一动也不动。男德一见,更觉怒气冲天,连声说道:"快走,快走,快走!我不是寻常的男子。"说着,还圆睁着两只大眼睛不住地看着他。

那女子就低声说道:"妾也不是寻常的女子。客人休要他疑,我实在是来救你性命的。"

男德闻说,便忙问道:"这是什么缘故?请你快快把细情说给我听。"

那少女就含着眼泪说道:"现在时候不多了,我略略告诉你几句吧。今晚,我的姑母因为看见你有个金表,就顿起贪心……"

男德接口道:"他打算怎么样?"

那女子就放着悲声道:"要将你杀死在此。"

男德听到这里,虽然吃了一惊,心里还是半信半疑,就问道:"这有什么凭据呢?"

那女子答道:"客人呀,你跟我上楼去,就自然明白了。"

男德道:"这个使不得。请你把他要杀我的凭据,一一告诉与我就是了。"

那女子也不愿多说,立刻拿起蜡烛来,说道:"我没有什么说的了,你跟我上楼来吧。"

男德就细想了一番,说道:"也罢,就跟他去看看到底是什么怪事。"

说着,就跟着那女子一步一步地一直来到楼上。那女子刚开了左边那衣柜的两扇门,男德就猛然看见两大把光闪闪杀人的钢刀,放在那柜里面。男德对着那女子说道:"我也知道你是一个好女子,我今晚在门口也听得了你的苦情,现在你的姑母往哪里去了?"

那女子道:"他去到张三、李九的家里。叫他们来帮着动手。他出去的时候,就吩咐我坐在这里静候着他,不要将你惊醒。他说十二点多钟就要回来。那时我也曾百般劝他,不好做这样谋财害命的惨事。他反骂我是呆子,不知图利。我又说将来一定有后祸的话。他道:'我现在去央来几个帮手,就将他分为几段,装在那大竹篓里面。待到来日天明。偷偷地丢下对面大海,随着波涛流去,那时就人不知鬼不觉了。你只要静悄悄地在家里待我回来就是了!'说罢,就急忙出去。现在时候不早了,恐怕他就快回来。你快想一个避难的法儿才好,倘待着张三、李九到来,那就不好了。"

男德道:"张三、李九是什么人呢?"

女子道:"他们都是一班帮闲儿的混帐王八蛋,和我姑母时常来往。我从前也曾苦苦地劝我姑母,不要和他们做那些勾当。他不但不肯听我的话,而且将我天天打骂不休;还说我不听他的教训,就是大大的不孝。我也只怨得自己命薄,父母双亡,无人怜爱于我,只好饮恨吞声,任他凌辱罢了。"

这时，男德寻恩道："我当初还不知道他是怎地。不料这女子说出这些话来，倒是句句可靠，字字可怜。咳！世界上竟有这样老实、这样孤苦的女孩儿，怎不教我男德见怜？"这时那女子也看见男德生得英雄模样，心里又是佩服、又是怜爱，也就相对无语，泪满香腮。还走近男德身边，在自己衣衫袋里拿出一条雪白的手帕儿，眼泪汪汪地看着男德说道："我的朋友呀！你用这手帕儿抹干你的眼泪，好逃到别个地方去吧。不然，他们到来，那时候我怎么对得住你呢？"

男德接着手帕，将眼泪抹干，又交还于他，说道："我现在并不是怕他们害我的性命。不过见你这样苦的运命，落在这班奸人手里，不免令我伤心起来。"说罢，就低下头来，细细思想一番道："古人说得好：'可以死，可以不死。'我想救这人间苦难的责任，都在我一人身上。倘若白白送一条命在这班小人之手，于世界上也没甚益处，我男德岂肯这样轻身吗？"既而又寻思道："只是天下这可怜的女子，见死不救。我自去逃命，也不是道理。"就心生一计，向那女子道："你既肯按照大义，来救我的性命；我不忍独自逃生，想设个法儿，救你出了这层地狱，才放心得过。但不知你可肯和我一齐逃走？这才算两全其美。"

那女子闻说，便就低头想了一会。

男德又说道："我想你的姑母既是这样不知天理的畜生，倘若在他手里，将来必定没有好结果。"

那女子接口道："客人，你既然有这般好意，肯带我逃出，这就从命了。"

男德道："时候到了，事不宜迟，就此动身吧。"

说着，那女子就急忙紧紧地捏着男德的手，一齐跑下楼来，向后门逃出，飞似地顺着门口的小路，一直跑了七八步。那女子道一声："不好了，他们回来了，你且听吧。"

男德忙答道："我们快躲在那边大树后面去吧。"

不多一会，只听得男女三个人的声音，一路走，一路说道："我看他那个金表，一定值得一千金。"一人道："照我看来，那样大的，一定还不止千金。"一人道："我看他身上一定还有许多银子。"说着，他们三人都正从这树边走道。

那女子吓得一身冷汗，就拿出手帕儿抹干了。男德说道："不要多耽搁了，我们快跑吧。"说着，两人就拼命地向一丛树林子里跑去。忽然听见后面有一阵喊声追来，男德回头时，只见一人前来拼命揪住他的衣衫，厉声骂道："这样大胆的东西，要想往哪里走？"

这时，男德见事不妙，探头四面一望，也不见那女子往哪里去了。当时男德忽然心生一计，急忙在衣衫袋里拿出一把刀来，向那人的手刺过去。那人连忙撒了手，大叫一声："不好了，你们赶快来救我。"

这时，男德抽出刀子，转身拼命地跑出那树林，还不敢定住脚，足足地跑了一点钟之久。忽然迎面看见一座高屋，乃是一所败落寺院。男德忙跑进去，躲在大门旁边心里恍恍惚惚，想睡不睡的。正在那里纳闷，朦胧间，忽然看见有几个大汉进来，只听一人道："李九，你快把绳子将他的狗脚捆住。"又一人道："张三，你还不快些动手？"这时，男德虽然看见他们这样光景，心里却想和他抵抗；怎奈四肢无力，连一动也不能够，只好任他怎么残害罢了。忽然又见一个人汉双手举起一根大铁棍，叫声李九道："你看我送他归天。"说着，就用力正对着男德当头劈下。男德大吃一惊醒来，才知道是南柯一梦，浑身出了许多冷汗。心里还七上八下地想道："哎呀！有什么法儿才能将那女子救出来呢？咳！只好待到明天，去找一个安身的地方，再作道理。"

正在愁绪满怀，不觉东方已白，男德就扑翻身爬起来。正想出门，忽然劈面看见一个明眸皓齿、金发朱唇的女子，脸上还带着几条泪痕，一直向这寺院跑来。见了男德，就满脸发痴，目瞪口呆地立了好一会。忽然大声说道："我的爱友呀！你在这里吗？"

这时，男德才知道正是他心里所惦记的美人，急忙亲亲热热地用手一把搂住那美人的细腰，连亲了几个嘴（这是西俗，看官别要见疑），哽着喉咙说道："我的爱卿呀，我怎么想得到还能和你在此相会呀！"这时候，他二人那一种又伤心又欢喜的模样，真是有言难表了。

男德又开口道："现在白日青天，我想那贼必不敢追来。你且坐下，把我二人分散的时候你的情形说给我听吧。"

那女子道："昨晚那贼追来的时候，我见事不好，就抽身跑到一丛小树里面藏躲。幸亏那贼未曾知道，今天才能够到此与你相见。那时我也知道你被他们拿住，我就想出来和他们拼个死命。随后我又想到，倘若我也被他们拿着，将来恐怕没有人知道，来替你伸冤，因此我也就忍着不动。但不知你是怎么样才能逃到这里？"

男德就将他逃走的情形：如何拔刀刺贼，如何跑到这寺院，如何得了恶梦，细细地说了一遍。

那女子听罢，又伤心起来，放着悲声道："哎呀！倘若你昨晚有个好歹，我也不能和你同死，那教我怎么对得住你！"

男德道："你不要这样呆气。天下事祸福无门，悲欢莫定。人生的苦处，全在这喜、怒、哀、怨四个字的圈儿里头拌来拌去，好不可怜。况且我们经了这点小小风波，哪值得伤心不了？"

这时，那女子听了他这番劝解，就拿着雪白的手帕儿，抹干了香泪，低声说道："照你这样说起来，倒是没有什么伤心的事体。俗界悲欢，莫非妄念？还是定了心，快在此地拜谢上帝的恩吧。"

男德忙道："你还是这样愚蠢。我平生不知道什么叫做'上帝'。"

那女子忽然呆看着男德，不懂什么缘故他说出这样奇怪的话来。

男德又道："我们去到神龛面前，好将这道理细细地讲给你听吧。"

那女子就拉着男德的手，走了十多步，来到神龛面的，双双坐下。

男德便开口说道："这世上的人，天天说什么'上帝'。你以为真有什么上帝吗？不过因为上古野蛮时代，人人无知无识，无论什么恶事都要去做，所以有些明白的人，就不得已胡乱捡个他们所最敬重的东西，说些善恶的果报，来治理他们，免得肆行无忌，哪里真有个上帝的道理呢？我从前幼年的时候，有一拜日，跟我的父亲去做礼拜，只听得那主教说道：'凡人倘若时常敬重上帝，有钱的时时拿些钱来，放在寺院铁箱子里面，将来他父母死后的灵魂，就会上升天堂。'对他这种荒唐的话，那时我就有些不信。"

那女子道："我看来，你这种见解恐怕有些不对。你看世上的人，有哪一个敢不尊敬上帝的吗？"

男德听到这里心里十分可怜世人迷信宗教的苦处。又道："你还不信吗？待我再讲把你听，就明白了。这上帝到底是有是无我也没有凭据，我定说没有，料你心里还是不信。我现在只好把不可迷信上帝的道理，说把你听吧。即或就是有一个全知全能的上帝，管理人间的万般事体，我也不必天天去对他烧香磕头。譬如地方上有一位明白正直的君子，我也是一个明白正直的人，但是我不送些钱财礼物把他，又不天天去巴结他，难道那明白正直的君子就说我是恶人不成吗？世界上那班无恶不作的东西，倒天天去拜上帝，一出礼拜堂，便提刀杀人。难道上帝受了他的恭维，就恕过他的罪恶吗？我想哪里有这种卑鄙无耻的上帝呢？"

那女子道："不信上帝，人生在世，就该信仰什么呢？"

男德道："照我看来，为人在世，总要常时问着良心就是了。不要去理会什么上帝，什么天地，什么神佛，什么礼义，什么道德，什么名誉，什么圣人，什么古训。这般道理，一定要心里明白真理，脱除世上种种俗见的人，方才懂的。"

这时，那女子道："我从来没听过这番议论，所以也就随着俗人之见，人云亦云，好象呆子、瞎子、聋子、哑子一般，不会用自己的知识去想想真正的道理。现在我才算是人梦初觉了。"

这时，男德心里暗想道："这个女子，倒是十分聪明。"

那女子又道："哎，我从前也曾听人讲过，东方亚洲有个地方，叫做支那的。那支那的风俗，极其野蛮，人人花费许多银钱，焚化许多香纸，去崇拜那些泥塑木雕的菩萨。更有可笑的事，他们女子将那天生的一双好脚，用白布包裹起来，好象那猪蹄子一样，连路都不能走了。你说可笑不可笑呢？"

男德答道："你不要去笑他们吧。你看我们欧洲的人，哪一个不迷信上帝？花费无数的银钱，不去救济贫民，单单地造些这无用的寺院。无论什么混帐王八蛋，也想着巴结巴结上帝，就好超升天堂。说起这班妇女，把好好的腰儿，捆得这般细，好象黄蜂一般；还要把许多花草、鹅毛、首饰，顶在头上。你只晓得那支那人敬神，包脚的丑风俗，倘若世界上有了不信上帝、不捆细腰的一种人，也就要耻笑我们欧洲人了。"

这时，那女子听此一句也不能回答，呆呆地不做声。

男德就问道："你曾读过几年书呢？"

那女子答道："我十二岁的时候，曾在本村里公立的高等女学校卒了业。那时候我还想读书，怎奈我姑母不肯，他道：'象你这样标致的女孩儿，何愁弄钱，还怕没有金屋住吗？'我就说要读书学习些学问才好。他就大怒起来，用'女子无才便是德'的话来骂我。"

男德听到这里，心里越发起敬，说道："我还不知道姑娘的高姓大名。"

那女子答道："我性孔，名美丽。"

男德想了一会，答道："我姓明，明男德，家住巴黎城，只因出外游历，来到此地。"

那女子道："官人远客他乡，就不思念双亲吗？"

男德心里也知道他是女子的性情，只好答道："大丈夫四海为家，俗言道'人间到处有青山',还怕没葬身之所吗?我们也不必讲闲话了,早些商量将来的一切事体吧。"

二人唧唧咕咕地商量了好一会,就拉着手走出去了。不言不语地走了几点钟,转弯抹角,不觉经过六七座村庄。后来走到奇烈客地方,乃是一个通商镇市。男德就和美丽走到一家杂货店。刚进门,就碰见一个六七十岁的老者。男德连忙上前施了一礼,说道:"先生,小生有一件事,前来奉求,不知道先生肯吗?"

那老者道:"客人但讲无妨。"

男德道:"小生巴黎人氏,姓项,名仁杰。这是我的妹子,名儿叫做春英。本来父子三人,到此游历。一日,我的父亲独自一人出去,说到野外游山玩水,不知什么缘故,我两人在乡村的客栈里等了多时,都不见他回来。现在我兄妹二人身上一文没有,所以来到宝号,想暂且借住几天,找些工做,顺便慢慢打听父亲的消息。不知道先生意下如何?"

那老者寻思道:"现在乡下正是盗贼纵横,你二人的父亲,恐怕有些不妥。"又见男德是一个魁梧的男子,那美丽也是一个美貌的女流,就动了怜爱的心肠,即忙答道:"可以的,请坐,不要客气。"说罢,就对用人说道:"快些去整备饭菜给客人吃吧。"

不多一会,那用人拿了一些饭菜进来,每人一碟子咸牛肉,一碟子鲍鱼汤,一大块面包,牛油,另外还有一人杯葡萄美酒。主客三人,就放量饱餐一顿。

吃罢,那老者对男德道:"你今晚就在这店里住下,不用客气。令妹就和我一同到我家里住吧。"

二人听说,喜出望外,就同说一声:"多谢了。"

男德就对美丽说道:"你跟这位先生到他家里去吧。"说罢,就先和那老者握手为礼,随后又和美丽握了手,说道"再会。"那老者和美丽也都说一声："就此少陪。"转身去了。

男德就跟着一个用人，来到一间柴房里面，和用人闲话了一会。那用人出去，男德就将房门闩好，即忙在衣衫袋里摸出他的小刀子，看了一眼，又收起来。就四面一望，忽然看见光闪闪的一把砍柴的大刀，急忙在床上拿一条绒毡，将那把柴刀包裹起来，夹在胁下。推开窗户门，来到院子里探头一看，就爬在一棵榕树上，纵身一跃，就飞似地跳出了这店里的院墙，一直去了。

到了次日早晨，那老者忽然看见男德幽闲自在地拿着一把砍柴刀，走回店来，就忙问道："你往哪里去了？怎么这刀上就有了些血痕呢？"

男德忙施一礼，答道："我今早去到山上砍柴，忽然遇着一头恶狗前来咬我，我就一刀将他分为两段。"

那老者见他这般勇敢，心中十分欢喜，说道："你就常住在我这店里，每天去砍些柴来。令妹就住在我家，打扫房屋。不知尊意如何？"

男德就忙答道："既承先生这般厚意，哪有不从命的道理？"

那老者见男德这般有情有意，也就格外满心乐意。

次日早晨，那老者正到店里，只见他的孩子，约莫十二三岁，名儿叫做克德，笑呵呵地手里拿着一张报纸，说道："阿爹呀，你看今天的《难兴乃尔报》见面，有一张灯画儿，实在是怕人。"

那老将接过来看时，乃是一张刺客图。又将图画旁边的那条新闻着实细看了三四遍，便喜气洋洋地好象一文钱买得一只金牛一般，口里还自言自语道："不料你这混帐王八蛋也有今日！"说罢，就将那报纸放在衣衫袋里，便携着他的孩子一同回家去了。

却说男德自从这天上午在店里吃完了饭，就提着一把柴刀，和店里的用人一同去到村外砍柴。只见一人急忙走来，和那用人施了一礼。那用人道："你这样忙着哪里去？"

那人道："昨天非弱上衙门出了赏格一条，倘若有人拿住刺杀村官满周苟的凶手，就赏银五万两。我现在正要找这桩财喜去。"说着，急忙抽身去了。

男德闻况，也不放在意中，只管砍柴。一直到日落西山，万家灯火的时候，才将柴捆好，挑回店里。正要将柴放下，只见那老者笑呵呵地迎出来，急忙将柴接下来，说道："请你快些同到我家，有点事体相商。"

这时，男德心里也猜不出是什么事体，只得跟他同去。心里寻思道："大丈夫做事，当磊磊落落，自己发愿，自己受用；即使他把我送到衙门，害我一命，这也原来是我甘心情愿了，没有怨恨他人的道理。"一面想，一面走，不觉已经来到门的。走进门去，只见客厅里摆了一桌酒席。男德心里越发见疑，想道："他一定是弄醉了我，就要动手的了。"

那老者说道："请坐。"男德不慌不忙地道声："多谢。"就坐下了。不多时，忽见一位妇人出来，看来足有四十多岁，却还是一个风韵犹存的老美人。男德就知道一定是那老者的家主婆了，即忙站起来，和他握手为礼。一会儿，又见美丽笑容可掬地走出来，那秋波一转，直看着男德。男德也欢欢喜喜地上前和他握手为礼。说话之间，主客五人，依席坐下，各人都十分欢喜。男德虽然心里有些意外的事情。但是他乃一个磊落丈夫，这点小事也就不挂在脸上。这时，美丽的心里是怎么样，也没有一个人能知道的了。各人正在酒酣耳热的时候，美丽忽然对着男德说道："哎，我不知何时方可以报答你的恩呢！"

男德就用脚轻轻地踢了美丽的脚一下，笑着说道："我们兄妹之间，讲什么报恩呢？你不要多吃酒吧。"

同席各人听得他兄妹二人这一番话，也都摸不着头脑。男德即忙扯着闲事，说了一会，遮盖过去。

大家散席之后，那老者就对男德说道："请你去到我的房里，有些事情和你商量。"

男德答一声："从命。"立刻就站起身来，跟他走进房里。只见那老者紧紧地将门闩好，把两只手一齐伸在衣衫袋里去摸一件东西。这时男德就将身立正，恭恭敬敬对那老者拱着手说道："小生来的时候，也知先生的用意。先生相待厚恩，小生还一丝未曾报答。但是我这可怜的妹子，孤身无靠，还求先生发点慈悲心肠，好好地看待他，小生这就放心了。"

那老者闻说，就微微地一笑，说道："请你莫要多疑，我岂是那谋财害命的一流人物吗？"说着，就在袋里摸出一张《难兴乃尔报》来，用手指着一条地方新闻，笑呵呵地说道："请你自己看吧。"男德接在手里看时，只见上面写道：

村官被刺

前晚十二点五十分钟，非弱士村村官满周苟从亲戚处回家，刚走到花园里面后门旁边，就被一凶汉扭住，大喊了一声。家人听见，即忙开门一看，只见村官尸身已分作两段，系用大刀从左肩一直劈到右边腰下。那家人刚开门的时候。还瞥见一个青年男子，提了一把砍柴的大刀，飞奔去了。现在该处衙门已出示，晓谕各处，密拿该凶手，按律严办。并悬有赏格：如有查知该犯踪迹来报者，赏银百元；生擒到来者，赏银五万元。目下各处乡民间此警报，莫不思寻获该犯，以得此项巨赏云。

男德看罢，心里寻思道："这老者明明知道是我弄的事。这倒奇怪，怎样他就会知道了呢？"

要知道这老者是什么意思，且待下回分解。

第十回　遣英雄老侠赠金　别知己美人挥泪

话说男德看罢新闻，便开口对那老者问道："你何以知道此事呢？"

那老者道："请你坐下，待我慢慢讲来。十四年前，我有一个侄女，嫁了非弱土村里一个商人。两年前，他的丈夫去到外洋经商，攒了些钱财回来，却被那村官满周苟威风吓诈逼得精光，还是两手空空。因此他丈夫只得再出外洋做工觅食，一去数月，音信不通。目下那女孩儿的日食费用，还靠着我帮贴他一点。"

男德听到这里，心里想道："原来是如此。"

那老者又接着说道："你看那村官满周苟，这样狼心狗肺，我心里大为不平，也曾百般设计，想出出这口毒气。不料昨日晚上，我侄女欢天喜地地跑到我家，说到现在有人替他出了气的话。他曾说这桩事体十分奇怪，早几天就有一个好象告化子的人来向他告化，他曾将这事说把那人听了，那人就即刻气得了不得，说到要替他出气的话。他说的那人衣衫像貌，倒正和你一般。我那时心里也就明白，便将阁下的来历说说他听了。今天我见这报纸，就知道一定是阁下无疑了。"

男德听到这里，忙问道："怎么令侄女不来见我呢？"

这时老者闻说，便手摸着白胡子，摇摇头，长叹道："哎！这也不必说了。"

男德道："但讲无妨，这没有什么打紧。"

老者长叹一声道："说起这恶丫头来，实在令人可恼！听我说出你的下落，他就说出吃屎的话来。"

男德道："他说什么呢？"

老者道："他说：'现在官府出了告示，说是有人拿了他，就可以得五万赏银。我们正在穷到这样地步，何妨趁着这个机会去发笔大财，好比顺手牵羊了。'我听他这样说来，就不由得大怒，痛骂他一顿。他还不服，反口就骂我窝藏匪类的话，气愤愤地回家去了。"

男德听说，就两泪汪汪，一言不发。老者劝着男德道："仁杰，你也不必伤心，象他这样没有良心的丫头，也不犯着和他计较。我看阁下这样豪侠，将来必定能做一番惊天动地的事业。可惜我已经老得这样，不能帮着你了。现在那恶丫头既然知道你的下落，又受了我一番臭骂，必定要张扬出去。倘若狗官们得了风声，倒为不妙。我想帮点盘费与你，好快些逃到别个地方，暂且避一避，再作道理。你道如何？"

男德闻此便道："先生这样过誉，小生怎么当得起？小生不过不忍眼看着同胞受种种的苦难，束手不救，心里就过不去。"

老者又忙说道："这是男儿分内事。你总要实心实意地做去，莫学尚海的那班志士，有口无心的人才好哩。"

男德即忙拱手答道："小生谨领先生的教训。我项仁杰生在世界上，这世界上什么时候才能够太平，什么时候才能够没有不平的事，没有没良心的人，我都不管这些；但是我项仁杰活在世界上一天，遇着一件不平的事，一个没有良心的人，我就不能听他过去。"

老者听到这里，便开口叹道："哎！我和你初见面的时候，不过看着你是一个无归的穷汉；倒不料你乃是一个义侠男儿，真是有眼不识泰山了。"

男德道："先生正是一位人老心不老的大英雄。小生年轻才浅，先生还这般夸奖，真是有愧了。"

那老者忽又伤心道："谅这世上种种可惨的人，做出种种可惨的事来。我们天天活在这种种可惨的世界上，和这种种可惨的人交接，若是听他坏去，不肯设法补救，这一生一世，倒容易混过去。只怕来世投胎，还是要再到这可惨的世界上度日，如何能丢得去呢？可恨老夫此生休矣！你们青春年少，正是后生叫可畏之时，还望努力自重才好。"

男德见他这样伤感起来，就想安慰他一番，说道："哎！先生，自古道：'良马虽老，志在千里。'人生在世，只怕没有志气，哪有伤心年老的道理呢？你且看世上的翩翩少年，外面上看起来，倒是不老，其实心里已经死得透了顶，不过是一个死尸，天天能够在世上活动罢了。这等人实在是可怜哩！象先生这种白发苍颜、如火如花的老少年，有什么伤心的呢？"

老者听男德这样说法，只好收了眼泪，抖起精神，现出一种很快乐的样子。这时，老者心里那一种佩服男德的意思，也不知说什么话才好。

男德又问道："我的妹子也曾知道我这番事情吗？"

老者道："我没告诉他，想还不曾知道。"

男德急忙道："请先生千万别要将这件事叫他知道了。那女子的性情，他听见了这样的事，又不晓得要惊吓到什么样儿。现在我想先去尚海，随后就回到家里。"

老者道；"这倒也好。尚海那地方，也有许多假志士，顺便到那里去走一道，看看他们到底做些什么事体。"

男德也不理会这句话，便道："我去之后，我的妹子就托先生照料，日后他的亲事还要先生留心则个。"

那老者一一答应了。男德便在袋里取出一小小方块纸和一支铅笔来，写了几行字，交给老者，说道："这就是我朋友的住处。先生要打听得家父的消息，就由这地方寄信与我，管不会错的。"

老者接过来，就放在衣衫的袋里，顺手拿表一看，说道："现在已经八点钟了，开往尚海的轮船，照例是九点钟开船。我现在叫人去店里取你的铺盖行李来，请你在这里略候片时。"

男德忙说道："请先生不要露了风声，使我妹子知道才好。"

老者道："我知道的。"说着，就出去了。

男德默默无言，独自一人坐在房里，忽然听得门外有一阵脚步声。

不多时,只见就是这如玉如花的美丽拭着眼泪跑进来,急忙将身坐在男德旁边,伸手将男德的双手舍命地捏着,不住地掉下泪来,说道:"我的好朋友呀,你现在要到别个地方去吗?"

男德微微地一笑,答道:"我亲爱的美丽呀,你怎么会知道了呢?"

美丽忙道:"还是那克德来告诉我的。他说,他的阿爹现在去找人到店里取行李,给你出门去。是真有此事吗?"

男德答道:"不错。但是望你就在这里住下,我将来必定有个打算。你千方别要伤心,恐怕损坏了身子。"

美丽听说,越发伤心起来,低着声音说道:"我怎么好长住在这里?我要跟你一同去。"

男德听得他这样说法,就发了呆,不能则声。只见美丽将自己的头斜枕在男德的肩膀上,放声大哭不止。

不多时,那老者拿着一件半新不旧的外套走进房来。男德就将美丽来到的话说了一遍。老者就笑呵呵地对着美丽道:"春英姑娘呀,你别要这样伤心。好兄妹们有个分离,原来是难舍;但你哥哥现在也不是一去不复返的,不过是替我到尚海探听些生意行情,十天半月就要回来的。"

男德也接着道:"我亲爱的春英妹呀,请你别要伤心。我去半个多月,就要回来的。你且住在先生家里,无论什么事体,都要听先生的教训才是。"

这时美丽含着眼泪,低着头,合着口,一声也不发。老者又说了许多安慰的话。说罢,就拿出五十两银子交给男德,说道:"仁杰兄,你且拿着这点盘费吧。"

男德接过银两,穿起外套,说道:"现在时候不早,我就此告辞了。"

老者道:"我已经吩咐用人,替你照应一切,请你和他一同上船吧。一路上诸事小心。早日回来。令妹的事,就担在老汉身上,请你放心便了。"

男德闻说，便笑嘻嘻地和老者握手告辞。又躬身对美丽亲嘴为礼，只见美丽哭得和醉人一般。老者见他兄妹二人这般恩爱难舍，一阵心酸，也几乎落下泪来。只是这无情的壮士，不肯停留，大踏步出门去了。

要知男德去后如何，下回分解。

第十一回　败家子黑夜逢良友　守财虏白手见阎王

话说男德自从那日晚上别了老者和美丽，由奇烈客起程，风平浪静，一路耽搁，走了十多天才到尚海。船抵码头时，已经四点半钟。男德便将行李挑起，去到一所客店，一直进去，将行李放下。那店小二即忙出来招呼。男德便开口道："请问宝号叫做什么名儿？我进来的时候，固粗心未曾瞧着。"

店小二答道："这店叫做色利栈便是。"

男德听说，微微一笑，说道："世上有许多好字眼，怎么都不用，偏要用这两个丑字，挂在门外，做个招牌呢？"

店小二答道："这虽是两个丑字，你看这世界上的人，哪一个不做这两个字的走狗呢？就是这尚海的人吧，还不是这样吗？

男德道："你这话虽说得有理，但是这'色'字未免太俗了，不若改个'名'字，就叫做'名利栈'吧。"

店小二笑道："那'名'字虽也是人人所好，但是有了'色'，那'名'也就不要了。我看还是'色'字好。"

男德忙道："罢了，罢了！我现在'名'也不要，'色'也不要。只是要吃了，请你快去拿些好酒和饭菜给我用吧。"

店小二答应一声："是了。"抽身就去到厨房。不多一会，即将饭菜齐备拿来，说一声："客人请用饭吧。"即忙转身去了。

这时男德一人坐下。自斟自饮，不觉饮到有了几分醉意，就放下，将咖喱饭拿过来吃了两碟子。吃罢，洗过了脸。就背着手，在房里走来走去。心里想到法国文豪讲自由的一首伤时诗。口中就大声念道：

甘为游侠流离子，妇孺无颜长者忧。
何不扫除公义尽？任他富贵到心头。

念罢，就将身上外套脱下，挂在墙上，掩了房门，打开行李。刚将身睡下，只见窗外阴风飒飒，桌上寒灯火光如豆，正是客路凄凉的境界。忽然听得屋门微微地响了一下，男德还不着意。猛然又瞥见了一个黑影儿爬将进来，男德就斜着眼睛看着，口里还假装着大呼而睡。只见一个黑东西，忽然竖起身来，忙把墙上挂着的外套拿下。男德就即忙翻身爬起，托地跳将下来，向那黑东西背后一闪。用力将那黑东西的颈子揪住。只见这黑东西的颈子不过只有手指头粗，还是皮包着骨。男德想道："这到底是一个什么瘦鬼呢？"即便开口问道："你是什么东西？"

只听得那黑东西急忙答道："我是一个人。"

男德又问道："你既然是个人，叫什么名儿呢？"

那黑东西又答道："我就是范桶。"

男德听得"范桶"两个字，倒着了一惊，即忙撒开了手问道："范桶哥，你怎么就会到了这个地步呢？"

范桶就放声大哭起来。男德见他这般景象，心里也就替他可怜。目下正交寒冬，他还是身穿一件单衫。这件单衫新做的时候，倒很堂皇，可惜现在已经旧得七穿八烂，连身上的肉都遮不住了。

男德说道："范桶哥，请你就穿着这件外套，坐下，将你这阵子的光景说给我听听吧。"

范桶也就扯着又破又黑好似抹布的袖子抹干眼泪，男德一齐坐下，说道:"家父近年生意颇算得手。他也就生成的是个吝啬祖宗,一钱如命,你是晓得的。因此到了今年四月结帐,就能够积下了几十万家财,只望回到故乡,乐享田园,在无赖村里,也算得数一数二的富户。谁知道刚住了一个多月,这富户的声名就哄传出去。那村官葛土虫,就来到我家派捐,说道要开办什么孤儿院,什么礼拜堂,向家父筹款十五万,将来就可以保举个功名。家父也知他甘言相诱,但看他是一位官府大老爷,和他争执不得,只好低声下气,在荷包里如数拿出把他。想家父平日一丝一毫都是疼惜的,忽然叫他拿出这样巨款,怎不如刀割肉!虽说是敢怒而不敢言,也就因此日日愁穷,积忧成病,到了五月十三半夜,忽然呕血而死。"

男德听到这里,心里叹道:"哎!世上的守财虏,到了这样收场,也真是不合算了。"

范桶又接着说道:"家父死后,我家里也还剩了十万多财产,不愁度日。不料我的堂伯父,只见家父一死,就来到我家,对我母亲说道,家父从前出外做生意的时候,曾借过他七万两银子。现在要来讨帐。这时我母亲就惊讶起来,说道:'我只见阿桶的父亲在时,还送钱与你,就是他临死的时候,也未曾说到借你钱的话。'

"我伯父听说,就梗着颈脖子,凶狠狠地说道:'凡人临死的时候,心里就糊涂了,哪里还记起这些事呢?'

"那时我母亲又道:'他在生的时候,你怎么不说起,偏要等到他死无对证,就好来讨这笔糊涂帐吗?'

"我伯父忙答道:'只为那时村官骗了他许多银钱,哪里还肯火上加油?因此就将这件事体搁起。难道到了今天就要搪赖不成?你不必多说了,倘若不快将银子还我,就将这条老命拚着你这富户。'

"我母亲本来是个妇道,又生成胆儿小,怎敢和他计较?也只得忍着气和他好言相商。但是随后怎么说好了,我也莫名其妙。

"到了六月间,有一天,我母亲向我放声大哭一回,说道:'儿呀,不知你父亲前世做了什么罪恶,要受人家这样冤气?哎!这也只怨得自己命薄罢了。'到了第二天,他忽然拿出六千两银子给我,说道:'儿呀,你拿了这些银两,去到尚海找个好学堂,学习些学问,日后好有个生路。你父亲丢下的家财,都被奸人们骗尽,只剩你一人,定要替爷娘争气才是道理。现在你也已经长大成人,倘若再过几年还是这样游游荡荡,一事无成,我就不愿叫你活在世上,免得把人家奚落。'

"那时我就答应一声:'谨遵母命。'将手接过了银子,就跑到好朋友吴齿的家里,约他作伴同来尚海。当下两人就动身上船,来到此地,在这死脉路一家客栈里住下。到那些茶楼、酒楼、戏馆、花园一连玩了几天,我就催吴齿和我去找个学堂读书。他就引我去到一个学堂。那学堂门口,倒挂着好几块某某先生的名牌。我就问他:'挂着这些牌子做什么用的呢?'

"他答道:'一家学堂,有好几位先生,挂出这些名牌,就是叫人家拣择的意思。'

"我那时又问道:'我们打算拣择哪一位先生呢?'

"他就指着当中一块牌子道:'这位灵心宝先生,是一个新科榜眼,在尚海要算他最有名了。'

"我听说,就欢天喜地和他一同进去。刚刚走进大门,只见几个衣衫褴褛的大烟鬼子喊了一声。我也不知道他喊的是什么,只管糊糊涂涂地跟着吴齿上了楼。就有一位年方三六的佳人,轻身缓步地走出来,好似出水芙蓉一般。我一见就目迷心醉,拼命地看着他不眨一眼。这时,吴齿就和旁边那三十余岁的一个妇人,指着我唧唧哝哝地说了好些话,我也不曾懂的。我就向吴齿问道;'哪位是灵心宝先生呢?'

"吴齿沉吟了一会,指着那美人便答道:'正是这位。'

"我那时就待以师礼,叫一声:'先生。'将身爬下地,对那美人磕了三个响头。只见他三人拍掌大笑起来。吴齿又对着那妇人的耳朵低声说了好一会。只听那妇人连答道：'知道了，知道了。'一时那美人拿烟奉茶，弹琴歌唱，百般恭维。我心里寻思道：'天下还有这样好先生。晓得是这样，怎不早些来上学读书！如今未免悔恨太晚了。'大家又闲谈了好一会，才起身回去。临行的时候，那美人还捏着我的手，亲亲热热地送到门外，说些'对不起'、'明天早些再来'的话。

"我回到客栈，就问吴齿道：'这学堂里教书的先生，怎么有女的呢？'

"他答道：'这是尚海的规矩，没有什么奇怪。你不懂得此地的规矩。我前年就和一个富家公子来到尚海，所以无论什么地方都认得，什么规矩都懂得。你样样都听着我的话做去就是了。'

"我就唯唯答应。那时我一夜也未曾睡着。到了第二天，两点半钟，才爬起身来。胡乱吃了些饭，赶忙又跑到那美人的家里去了。一连两个礼拜，都是吃酒打牌，无边的快乐，好象在天宫一般。

"随后我又问吴齿道：'我离家的时候，我母亲招呼钱来尚海读书，学习些学问。现在进了这个学堂，和这女先生玩了十多天，花去银子一千余两，怎么还未留教我读书，学一点学问呢？'

"那时他答道：'读书学学问，有什么好处呢？就是算学吧，那小九九的算盘，我们也都会的。什么天文地理，更是胡言乱道了，有什么可学的呢？若是英文、德文、俄文，我们何必学那外国人的话呢？这更是不消说的了。人生在世，有几十年光阴，何不快乐快乐，还要受罪读什么书呢？我老实对你说吧，我和你天天去的那个地方，并不是学堂，就是一家妓院。那位女先生，也就是一个妓女。我不知道什么学堂。你果真要进学堂读书，请你另外找一个朋友领你去吧，我就不敢奉陪了。'

"那时我便道：'原来是如此呀！我也知道玩要比读书快乐，刚才

不过是那样说，书真就要去读书吗？你且不要见怪，我们再到那好学堂里去吧。'

"他听了便破颜一笑，道声：'好兄弟。'即忙牵着我的手，走出门外，一直又到灵心宝家中玩耍一回。

"朝欢暮乐，转眼又过了两个礼拜。那时吴齿又引来他一个好友姓猪的，和我厮会。从此，三人同行，十分亲密，好似胶漆一般。大家应酬来往，一共又用了千金。吴齿便向我说道：'我们带来的川资，现在不过一月，已经用去将近一半。长久如此，不想个法儿，怎生是好呢？'

"我道：'你看想个什么法儿？'

"他道：'把银子放在身边，一点利息也生不出来，用了一分便少一分。不如给我拿些去到巴黎，开一个烟店，好赚点利钱来使用，那本钱还可以永远留存。'

"我道：'这是一个顶好的法子，可以使得。'

"此时就拿出二千两银子交与吴齿。第二天，他就动身去到巴黎，一连两个月，也没有一封信来。这时候，我身边的银子已经用得精光。那灵心宝见我手中无钱，也就改变心肠，我去到那里，不是说不在家，就道有客不便相会，即便见了面，也无非是冷眼冷语地讥诮一顿。到了随后我越发穷苦，衣帽不周的时候，连门也进不去了。这时我正是追悔无及，伤心不了，天天坐在栈房里，眼巴巴地望着吴齿的信来。

"一日傍晚，去到门外闲步，以解愁闷。忽见前面来了一人，好象无赖村的一位好朋友，即忙上前招呼。只见那人道：'范桶，你还在这里吗？你的母亲已经死了。'我闻得，心如刀割。待要问个详细，那人一言不答，竟自去了。

"我回到栈房，大哭了一顿。这时正是家败人亡，我范桶舒服了一生，到此也就是初次伤心了。要想回家探看，怎奈一文没有，便叫插翅难飞。那栈房的主人见我欠他店帐二十余元，分文不缴，即便赶我出来，到处漂流，告化度日。恰好今天傍晚，在这客栈门前看见老兄进得栈来，身边还带着些财物，因此冒昧前来。"

范桶说到这里，又放声大哭不止。男德见他这般光景，便开口劝道："范桶哥，事已到此，不必伤心。我在此也不过四五天耽搁，就要回巴黎。你可随我同去，看那吴齿到底是个什么光景？若能索得些须，随后再回家探看不迟。今晚你就此和我同住，明天再去替你买几件衣衫穿着。"

范桶听说，立刻悲去欢来，破涕人笑，说一声："蒙哥薄这样厚待，这就感谢不尽了。"

今晚二人一宿无话。

次日早起，洗了面，吃了饭，正要出去，只听得有人敲门。男德即忙开开门，问声："你来做甚？"

那人答道："小人是卖衣服的。"

男德问道："你有棉袍子吗？"

答道："样样俱全。请客人拣择便了。"

男德便打开衣包，拣一件新布棉袍子，问道："看这件如何？"

范桶道："好，好。"

男德问那人道："这件衣要多少价呢？"

那人道："不说虚头，价银十元。"

男德便如数给了。那人接着银子，拴起衣包出去了。

范桶便穿上这件棉袍，和男德出得门来。男德便道："我们到书坊里去看看，有什么新出的书籍，买些儿回来看看消闲。"

说着，放步前行。不多一会，到了好几家书局，看了一些儿的书，却都是从英国书译出来的，没有一部是法国人自己做的；译的文笔，还有些不甚通顺。男德寻思道："我法国人被历代的昏君欺压已久，不许平民习此治国救民的实学，所以百姓的智慧就难以长进。目下虽是革了命，正当思想进步的时光，但是受病已久，才智不广，不能自出心裁，只知道羡慕英国人的制度学问，这却也难怪。我二人暂且回去吧。"

说着。二人就携售回到客寓里。吃过了晚饭，男德便拿一张本日的报，刚看了几行。便怒容满面。

范桶道："哥哥为何动气？"

男德道："范桶哥有所不知。你想我们法国人，从前被那鸟国王糟踏得多般利害，幸而现在革了命，改了民主的制度。你看还有这样不爱脸的报馆主笔，到了现在还要发些祖护王党的议论。我看这样人，哪算得是我们法兰西高尚的民种呢？"说罢，怒犹未息，心中暗想道："这班贱鸟物，一朝撞在我男德之手，才叫他天良发现！"

男德正在那里自言自语，转眼看范桶时，已扑在桌上鼾鼾地睡熟。男德寻思道："我刚才的话，真是对牛弹琴了。"便叫声："范桶哥醒来。"

范桶猛然立起应道："什么？什么？"

男德道："我们早睡吧，明日还要早起动身哩。"

说罢，二人解衣睡去。

翌日天明，男德便叫范桶同起。吃了早饭，二人收拾行李，动身上船。这尚海由水路到巴黎，足有一千余里，十日顺风，一路无话。到了巴黎，男德便将范桶带回自己家中去了。

要知男德回家情形如何，且听下回分解。

第十二回　寄情书佳人怀春怨　灭王党顽父露风声

却说明顽自从他儿子离家以后，音信不通，未免心如刀割，只得自己寻思道："这样门衰祚薄，时运不济，倒怨得谁呢？"整日里自家七上八下地胡思乱想，总要设法光耀门庭。忽一日，异想天开，得了一条妙计。立刻将所有家产典变得精光,设法行贿,谋得一县官之职。马上耀武扬威。东欺西诈,混到年终,攒了好些银钱,又招了一个义子,正在逍遥度岁。不料男德忽然回来,明顽一见,又怒又喜,说声:"我的爱子呀!你这几年到什么去处?叫我把眼睛都望瞎了。家里人都说你是得了疯病。那后园的字,是你题的吗?"

男德答道:"父亲呀,我到尚海……"

话犹未了,明顽便厉声骂道:"哼!你真是不孝了。古人道:'父母在,不远游,游必有方。'你竟不辞而去,这等胆大妄为。你到那尚海一年做甚?"

男德道:"我往尚海,不过游历,并无它事。求父亲恕过。"

明顽道:"既往不咎。但从今以后,你要在家中安分守己,孝顺我一些。我现在已做了县官,你还不知道吧?"

男德也不去理会他这话,便道:"范桶哥现和我一同来到门前,父亲肯令他进来吗?"

明顽闻说,便埋怨道:"自从他搬下乡去,一年未见,把我想坏了。今日驾到,怎不和他一同进来,还叫他在门前等候做甚?你且快去请来吧。"

男德转身出去,不多时和范桶一同进来,对明顽各施一礼坐下。男德便将范桶破家落魄的情形,对明顽细说一遍。明顽立刻瞪了眼,变了色。

男德又道:"父亲肯令他在我家住吗?"

不料明顽陡起恶心,忙将范桶推出门外道:"你要带这等穷鬼到家做甚?"

男德道:"父亲息怒。常言道:'天有不测之风云,人有霎时之祸福。'望父亲发点慈悲,留他在我家暂住,替他找点工做,免得世界上又多一个漂流无归的闲汉。"

明顽道："那样贱东西，就留在家里看门也是不中用的，我哪有许多闲饭养这班穷鬼呢？"说罢，便独自进房去了。

男德只好走到门外，只见范桶抱头痛哭。男德便在袋里拿出几块银钱，交给范桶，说道："你不必伤心，暂且去客寓安歇。明日我和你寻获吴齿再作道理。"范桶拜别而去。

次日，二人寻得吴齿住处，怎奈吴齿推托烟店亏空，不肯收留范桶。幸得有男德赤心苦口，百般劝恳，吴齿方才应允。男德便向范桶、吴齿各施一礼，告别回家去了。

一连几个月，男德都在外边交朋觅友，一些空儿也没得。到了五月十八号晚九点半钟，刚从外面回来，忽然接到一信，信面写着"项仁杰先生收启"。男德即忙拆开看时，只见纸上的细字好象丝线一般。上写道：

男德爱友足下：

　　与君别后，美丽灵魂，随君去矣。久欲奉书，又恐增君怀旧之感，是以逡巡不果者屡月。今以忍容无已，敢诉衷曲。自睹君颜，即倾妾心。高情厚义，诚足为吾法兰西男子之代表。妾数月以来，心为君摧，泪为君枯，身体为君瘦损，脑筋为君迷乱。每日夜八万六千四百秒钟，妾之神经，未有一秒钟遗君而他用也。妾非不知君负国民重大之义务，敢以儿女之情，扰君哀乐。惟妾此生知己，舍君莫属；私心爱慕，不获自解；山海之盟，此心如石。妾身孤苦，惟君见怜。春花秋月，人生几何？勿使碧玉命薄，遗君无穷之痛，此尤妾所伤心预揣者也。言不尽意，惟君图之。不宣不具。

千七百九十七年四月二十七号灯下
美丽拜上

男德看罢,将信捏在手中,默默无言。独自坐了一点多钟才将信折好,藏入衣箱里面,脱下外衫,直到卧房安歇。

睡到次日红日三竿,才爬起身来。盥洗行毕,就走进书房,急忙写了一信,交给用人送到邮政局去了。此时业已钟鸣十下,各种报纸。均已到齐。男德便随手拿一张《巴黎日报》,躺在藤椅上,细看巴黎新闻内,有一条题目叫做《命案不明》。男德再朝下看来,道是:

前晚十一点五十分钟,忌利炉街第三十七号门牌,某烟店主人吴齿,到警察局报称:素与他同居的朋友,不知所得何病,霎时身故。昨日午前,警察局委员往验尸身,毫未受伤,但也断非因病而死。警察局以情节离奇,随即招医生古律士前往剖尸细验,始知系中海娄濮尔之毒而死。按海娄濮尔,俗名叫做耶稣寿节蔷薇,乃是一种树根的毒汁。初吃下的时候,并不发作;待吃着有油质的东西,就立刻毒发,呕吐不止,头部昏晕,腹痛痉挛,至迟七点钟以内无不丧命。此案死者,年方二十四岁:至如何了解,详访续录。

男德看罢,"哎呀"了一声。又寻思道:"这必是范桶哥被害无疑了。他本在尚海,我劝他来到巴黎,以致遭这奸人的毒手。我若不去替他报复这场冤仇,怎地对得住他呢?"

男德主意已定,正要动身,适逢用人来请去吃午饭,男德胡乱应了一声。用人去后,男德便在衣箱里取出一柄小刀,藏在衣衫袋里,转身向外。还走不上四五步,将近书房门口,只见他父亲面无人色,气狠狠地跑回家来,正迎着男德,急忙用手将男德推进书房,坐在椅子上,便厉声骂道:"你这大逆不道的畜生,好生胆大!你想送却你一家人性命吗?"

男德道:"是什么事体呢?"

明顽又道:"你这几个月,日日夜夜在外乱跑,我就有些疑心了,怎料你果然这般不忠不孝!"

男德又问道:"到底是怎地呢?"

明顽又道:"你还假装不知道?后天的事体,我都一一知道了。"

男德道:"到底你知道的是什么事体呢?"

明顽道:"方才闻吴齿说道,那雅各伯(校点者注:即雅各宾。)余党,又约定后天晚间起事。他说你也在这党,并从前曾百般劝他入伙,他不肯听从。"

男德听到这里,便道:"并无此事。我要去寻获吴齿,问个明白。"

明顽道:"你别出去,我不管你有无此事,但自此以后,你不可出门一步。"

说着,便呼唤用人,将男德锁在书房里面。一日三餐,都叫人送进去。房门窗户,派人昼夜严守,好似看贼一般。这话休絮。

看官,你道这雅各伯党,乃是一个什么党呢?原来法国自革命以后,民间分为两党:一个是王党。这时虽是共和政治,却是大总统拿破仑大权在握,这班王党就迎合拿破仑的意思,要奉他做法兰西专制皇帝。一个就是雅各伯党。这党的人要实行民主共和政治,不承认拿破仑为皇帝。拿破仑曾派兵打散该党,但这党的人个个都心坚似铁,哪肯改变初志!那伙余党,分散各城各镇,联合同志,到处秘密结会,总会设在巴黎。会党有了好几万人,政府一些儿都不知道。会中定了几条规矩,便是:

  第一条取来富户的财产,当分给尽力自由之人及穷苦的同胞。

  第二条凡是能做工的人,都有到那背叛自由人的家里居住和占夺他财产的权利。

第三条全国的人，凡从前已经卖出去的房屋田地以及各种物件，都可以任意取回。

第四条凡是为自由而死的遗族，须要尽心保护。

第五条法国的土地，应当为法国的人民的公产，无论何人，都可以随意占有，不准一人多占土地。

这时，入党的一天多似一天，法国全境都哄动了。后来政府知道了，就拿到几个头目，收在监里。怎料这党的人，不徒毫无惧色，还因此更加不平，各处激动起来，立意和这暴虐政府势不两立，全国党人已经议定于本月二十一号同时起事。却被这明顽知道，走露了风声，政府又拿去好些头目，送了性命。从此，民主党渐渐微弱，王党的气焰一时兴盛起来。拿破仑就议出种种残害志士、暴虐百姓的法子，真是惨无天日，一言难尽了。这时男德还因在家中，听见这些伤心惨目的事体，你道是何等难受！

光阴迅速，不觉挨过了四年。到了年终十二月二十号下午五点半钟的时候，有一用人拿晚饭进来。男德一见，便定了神，只见那用人将饭菜放在桌上，笑容可掬地来和男德握手为礼。男德忙开口问道："你倒是什么人？"

那用人道："小弟就是克德，哥哥竟忘怀了吗？"

男德大声道："不错，你进来的时候，我就疑心是你，不料果然是贤弟到此。但不知令尊大人现下光景如何？"

克德一闻此话，便泪落如雨。男德道："贤弟不必伤心，但有些儿不平的事体，请告诉我，我自有个主张。"

克德便拭着眼泪，哽着喉咙道："家父已归地下矣。"

男德闻说，也未免伤感一回。只见克德泪落不止，男德开口劝道："人生在世，都有必死的命运，你今哭死也是无益的。"

克德道:"家父死得冤屈,与他人不同,怎不令我伤感?"

男德闻说,忙问道:"令尊大人倒是怎地死的?"

克德道:"说来话长。年前六月间,那非弱士的村官,见年长日久,还未捕获刺杀前官满周苟的凶手,心中甚是纳闷,特地又加出些赏格。这时我那堂姐财使心迷,就去报了官,说家父曾收留凶手在家,官府闻说,一面给他赏银,一面差人将家父捕去。家父就当堂数着那班狗官暴虐贪赃的劣迹,骂不绝口。那村官一时又羞又怒,做声不得,脸上红一阵,白一阵,口中喃喃呐呐地道:'你藐视官长,这还了得!'马上就招呼退堂。次日,便将我父定罪斩首。"

男德闻说,按不住的无名业火,陡然高起三千多丈,巴不得立刻就去替他报仇雪恨才好。

克德又道:"那时家母乃是妇道,我又年少无知,这就不能奈何他。到了上月,家母就对我说道:'自古道:君父之仇,不共戴天。你还不知道吗?况且我们法兰西人,比不得那东方支那贱种的人,把杀害他祖宗的仇人,当作圣主仁君看待。你父亲的仇人,你是晓得的。我要将家产变卖干净,和你去到巴黎,寻找项仁杰哥哥,商量一个报仇的计策。你父在生时,曾说过他是一条好汉,必不肯付之不理。'那时我就唯唯听命。母子二人商议已定,便动身来到此地,在三保尔客栈住下,一连寻找几日,才知道哥哥的真姓名,真消息。即便装作寻做粗工的,来听府上使用。恰好今晚送饭的用人得病回家去了,因此小弟才能够乘着间替他到此;家母还要乘着没人的时候,悄悄地来和哥哥商量此事。"

男德听他说罢,才晓得他的来意。心中喝采道:"似他母子二人这般苦心报仇,倒也难得。"男德沉吟了一会,便开口向克德道:"杀父冤仇,原不可不报。但自我看起来,你既然能舍一命为父报仇,不如索性大起义兵,将这班满朝文武,拣那黑心肝的,杀个干净。那不但报了私仇，而且替这全国的人消了许多不平的冤恨，你道这不是一举两得吗？"

克德闻说，寻思多时，说道："哥哥言之有理，但家母在此，待小弟禀知，然后行事。"

男德道："这就使不得。妇人们见识必短，只知道报复私仇，说到一国的公仇，若不情愿时，反怕误了大事。你若肯依照我的主意，明日再来，我自有个计较。但是这话千万不可告诉第三个人，只你我二人知道便了。"

克德一一答应，转身出去。

要知明日男德毕竟说出什么计较来，且听下回分解

第十三回　孔美丽断魂奇烈客　明男德犯驾巴黎城

话说男德向克德所说的话，克德都一一应承，便道："这饭菜拿来多时，哥哥请用吧。"

男德应声，随即胡乱吃罢。克德收拾碗碟匕著，告别去了。刚出书房门口，男德又大声唤道："克德兄第回来。"

克德闻声，即忙转回到男德面前道："哥哥呼唤小弟回来则甚？"

男德道："并无别事，就是我的妹子，目下光景如何？还未闻你说及。"

克德闻说，便两眼通红，半天做声不得。

男德忙道："到底是怎地了？"

克德道："我那可怜可爱的姐姐呀！他本招呼别将他的事告诉哥哥，今哥哥问及，也瞒隐不住了，一发告诉哥哥吧。他自从与哥哥别后，终日娥眉双锁，寝食不安。到了大前年六月四号，他看见报纸上说道：离

非弱士村不远,有个村庄叫做浪斯培衬里,有个姓任的老寡妇和那姓张姓李的,三人夜半去到邻村打劫,被人拿获,三人一齐丧命。他便没来由痛哭一回。住在隔壁的丫鬟,听见他临睡之时叫了哥哥几声,那声音渐渐微细,便沉睡去了。到次日早晨,家母走进他房里探望,只见他还未起身,恐惊醒了他,便转身出来。直到钟鸣十一下,还未见他出来,家母又去叫他,怎料一揭开纱帐……"

男德听说,便接口道:"揭开纱帐便怎样了?"

克德又道:"只见他用一条绒毡,将全身遮盖,家母便不敢揭开。转眼一看,忽见榻旁有几滴鲜血,急忙跑出门外,吓得连舌头也掉不转来。恰逢家父走出来,见这事有些蹊跷,即忙进房探望,见房中毫无动静。揭开纱帐,便吃一惊。又将绒毡揭起,只见他鲜血满面,左鬓下刺入一柄尖利的剪刀。"

男德听到这里,便圆睁着眼睛,泪从眼角落雨也似地流出,用力握着克德的手道:"贤弟,你亲眼所见是这样吗?"

克德又道:"是小弟亲眼所见。那时口中还微微出气,好似别教我哥哥知道的话。家父即忙一面吩咐小弟去请那马利希离医生,一面自己去报警察。不多时,马医生到来,看时,便道:'剪刀刺伤脑筋,难以救药,再过一点钟,恐怕他就永辞人世了。'家母闻说。兀自伤心起来。马医生道;'姑且抬到医院,施些医药,以尽人事吧。'刚说之间,警察到来,验过伤处,确系自杀,旁处更没动静。随即打开他的衣箱检查,亦毫无形迹。随即从贴身衣袋里,搜出一封书信,取出看时,乃从一张残信,没有几行字。"

男德道:"那几行字是些什么呢?"

克德道:"写的是:倘吾无责任与将来之希望,吾当携佳人如卿者,驾轻车,策肥马,漫游世界,以送吾生。"

男德道:"只是这几个字吗?"

克德道：“仅有这几个字，那前后都已扯去了。查看信面的邮政信票，才知道是千七百九十七年五月十九号午前十一下钟，由巴黎所发。所言何事及出何人所寄，警察也查不出头脑来。立刻命人抬赴医院。不到四十分钟，就有人送信来，说道：姑娘没气了。”

男德听到这里，大叫一声：“我那可怜的贤妹呀！”便停住了声，圆睁着眼，一滴眼泪也落不下来。呆坐了多时，又寻思道：“事到如今，且幸这世界上我没一些儿系恋，一些儿挂碍，正处独行我志了。”

克德开口道：“时已不早，小弟就此告辞，明日再见了。”说毕，便转身去了。

到了次日，克德如约再来。男德便取出纸笔，即忙写了几行字，交给克德道：“你照这地方寻去，自然就有一位店主人出来接待与你。”

克德接过来看时，一字也不认识，便道：“你这纸上写的是些什么？”

男德道；“这种字只有我们全党里的人晓得，这就叫做秘密通信的法子。你若入了我们的会党，慢慢就会明白了。只是我们会党里，无论其事，都足以秘密为第一紧要的规矩，务要小心。”

克德一一答应。一溜烟去了。

自此以后，克德常到党中探听消息。报知男德。男德有话，也可由克德告知党中。两下里一发消息灵通了。

一日，克德忽仓皇来告男德道：“这几日，我们党里面哄传，大总统拿破仑想做专制君主的形迹，一天流露似一天，压制民权的手段，一天暴烈似一天，俨然又是路易第十四世和第十六世的样子来了。”

男德闻说，不觉怒发冲冠，露出英雄本色，低头寻思道："那步尔奔朝廷的虐政，至今想起，犹令人心惊肉跳，我法兰西志士，送了多少头颅，流了多少热血，才能够去那野蛮的朝廷，杀了那暴虐的皇帝，改了民主共和制度，众人们方才有些儿生机。不料拿破仑这厮，又想作威作福。我法兰西国民，乃是义侠不服压制的好汉子，不象那做惯了奴隶的支那人，怎么就好听这鸟大总统来做个生杀予夺、独断独行的大皇帝呢？"男德当时沉吟了半晌，便附着克德的耳朵，唧唧哝哝地说了好一会，克德便抽身去了。

次日，克德进来，取来一件黑纸包裹的物事，交给男德。男德又低声向克德耳边说了好些话。克德闻说，立刻面如死色，手脚不住地发抖起来，一交跌睡在藤椅上，动弹不得。当时男德与克德不交一言，便飞也似奔出去了。

次日，巴黎城内四处哄传道：昨日大总统前往戏园观剧时，途中适遇爆弹炸裂，幸御车迟到儿久还未受伤。随即寻获一男子，已经用枪自毙，于外衫袋中搜获小刀一柄，疑即犯驾凶手云。这话休絮。

却说金华贱自从刺杀男德不中，逃出林外，留连半日，又被巡兵拿获，收入道伦监中。随后又三次逃跑，均被拿获。前后一共监禁一十九年，始行释放，并得一张黄色路票。华贱便狂喜道："从此我又得自由了！"

不利随后还行许多危难。当其在监中做工所得工价，除去用度，还应存百零九个银角子和九个铜角子。不料时运不济，尽被强人抢劫去了，一些儿也不曾留下。出监的次日，就去帮人做工，终日勤力，毫不怠惰。当时工头就很赏识华贱，说他是一个得力的工匠。华贱于做工之时。打听同作的工人每日工价多少。众工人答道："一日可得铜角子三十个。"

一日，华贱打算去潘大利地方，便到工头那边去索这几日的工价。工头只给他十五个铜角子，便一言个发。华贱道："便是这些儿吗？"

工头道："这就太多了。我若一文不绝你，你便敢怎地？"

华贱寻思："自己乃是犯罪无归的穷汉，怎地奈何得他呢？"只得忍气吞声去了。

次日，便起身步行过太尼城，受了许多磨折，方才寻到孟主教家里，住宿一夜。这些情形，前已说过，不必再表。

且说这夜华贱住在孟主教家里,到了钟鸣二下,华贱忽从梦中惊醒,侧耳静听,孟主教全家都已沉沉鼾睡去了。当时华贱已有二十年之久,不得卧榻安睡;今忽得了这个舒服所在,所以和衣鼾睡了四点钟,也就养足精神,不觉疲倦了。惊醒之后,勉强将眼睛紧闭,已难以成梦。当时华贱万种心思,一起潮也似地涌到眼前,七上八下地乱想,翻身辗转,再也不能够合眼。忽然想起一桩事体,把别件心思都丢到九霄云外。

你道是一桩什么事体呢?就是孟主教家中银碟子六个和大匙一柄。吃饭时,华贱已注眼瞧了一会;睡觉时,又眼见凡妈将这些银器收入床头下碗柜里面。华贱估量,这些银器至少也能够值二十多两银子。比我十九年监里所做的工价还多。想到这里,心中不觉大喜,便扑翻身爬将起来,刚是钟鸣三下。

华贱急忙张目四下一看,便伸手检点自己行李。再移身飞下地,打算出去。又不敢出去,踌躇不决,不觉又来到床前,默默无言。独坐一会,又将身睡下,四处乱想,依然神魂不定,不能合眼,爬起睡下,起落好几次。因恐天色将明,难以行事,便决计离开床榻。侧耳听时,同屋之人,尽皆酣睡。便轻轻地走到窗前,推开窗门,将身跳出,乃是花园所在。抬头一看,天色尚未发光。探看园中一会,又跳进房中,取出行李,搁在窗口。又转身进房,取出日常所携的铁棍,拿在右手,屏着气轻轻地走到隔壁主教的卧室。所幸门未落闩,华贱将门轻轻地一推,门即微启。停住脚,听了一会,只觉寂无人声。又推一下,门又稍启,足容一人出入。华贱便挨身进去。不料有一小几拦阻,不能前进。华贱再将门一推,只因用力过猛,将窗上之铁螺丝震下,豁琅的一声响亮。华贱吓得浑身发抖不止,急忙抽身跑出来了。

要知端的如何,且听下回分解。

第十四回　孟主教济贫赠银器　金华贱临命发天良

话说华贱只听一声响亮，吓得心惊肉跳，急忙跑出，喘作一团。因恐将人惊醒，自己逃脱不得，也不知从哪边走才好。过了数分钟，心神方才稍定，转身看时，房门业已半开。华贱便放胆进去一看，还是寂然无声。探听多时，知道并不曾将人惊醒，度危险已过，便轻身入内。只听得齁齁酣睡的声音，华贱便放胆前进。及至孟主教卧榻不远，更觉鼻息之声呼呼应耳。再径向榻旁看时，只见似银的月光从窗户隙处透入，直射到孟主教面上，主教依旧闭目酣睡。这时已交严冬，主教乃和衣而卧，外面罩着一件玄色外套，头脸斜放在枕上，将手伸出榻外，指头上还带着敬神的戒指。观其神色，又觉和蔼，又觉庄严。华贱当时手执短铁棍，壁直地立在月影儿里，一动也不动。一见主教的神色，不觉倒吃惊起来，心中狐疑不决。呆呆地注目看了好几分钟，华贱才将帽子摘下，便右手执棍，左手执帽，走近榻前。又将帽子戴上。直至碗柜旁边，即将铁棍击开了锁，急忙把银器篮子取出，大踏步飞奔向外，绝不回顾。跑出房门，便把篮子丢下，将银器放入行袋里面，绕出花园，越墙逃走了。

次日天方明时，孟主教爬起身来，刚到花园散步，忽见凡妈跑来大叫道："主教，你知道一篮子的银器放在什么所在？"

孟主教答道："我知道的。"

凡妈道："你知道在哪里？"

孟主教便在花园墙脚下寻获那篮子，便交给凡妈道："这不是装银器的篮子吗？"

凡妈接着道："篮子端的不错，但是那银器往哪里去了？"

孟主教道："你说起那银器来，我便不知道了。"

凡妈闻说，便道一声："哎呀！这一定是被昨夜来的那偷儿窃去无疑了。"

说罢，将眼四处一瞧，便跑到祷告台和孟主教的卧房，细细查看了一遍，所幸并未失去别样物件。又仍旧来到花园，只见孟主教立在那边，正叹惜有一朵鲜花被那篮子压坏了。凡妈即大叫道："孟先生！那人已经逃走，银器也被他偷去了。你还不知道吗？"

孟主教默默无言，凡妈又指着花园墙道："你看，他不是从这里逃出，径向苦急街去的吗？"

孟主教闻说，便满面地着笑容，向凡妈道："你且不要着忙。你知道那银器到底是谁的？原来是一个穷汉的。我久已就有些不愿意要了。"

凡妈道："虽然不是我们的，但是我们用了这么久，也就合我们的无异了。"

孟主教道："我们还有锡碟子没有？"

凡妈道："没有。"

孟主教又道："铁的呢？"

凡妈道："也没有。"

孟主教道："如此就用木的也罢。"

说罢，用人便请孟主教去用早饭，一面吃，一面和宝姑娘谈论些闲话。此时凡妈心中还是愤愤不平。

早膳刚毕，忽闻有人叩门。孟主教立起身来，道声："请进。"只见门开响处，拥进一群人来。孟主教正为诧异，定睛看时，内有三人揪住一人，这三人原是巡勇，一人便是金华贱。旁边还立着一个巡勇头目，见了孟主教，即忙称声："孟主教。"行了军礼。华贱当时正在垂头丧气，耳边下忽听得"孟主教"三字，不觉抬起头来，现出一种如聋似痴的形象，还低声道："孟主教一定没有主教的职分。"

众巡勇忙喝住道："孟主教在此，怎敢大声说话？"

孟主教便开口向华贱道："你还在此？我给你的银蜡台，为什么不和银碟子一同拿去？"

华贱闻说，便圆睁着两眼，不住地看着孟主教。

这时，巡勇头目便开口向孟主教道："我们路遇此人，只见他神色好似逃走的一般。因此将他拿住，盘问一番。他说有什么银碟子……"

话犹未了，孟主教便接口道："他曾告诉你，乃是一位和他同住的牧师送他的吗？这些事我都知道的。你放了他吧，别要错办了他。"

那头目闻说，便道："既是如此，我们就可以给还他自由了。"

孟主教道："这是自然的了。"

于是，那头目便令众巡勇将华贱释放。

孟主教便问华贱道："朋友呀，你若回去时，可将那蜡台一同带了去。"

说着，便到台上，取来一对银蜡台，交给华贱。那凡妈和宝姑娘二人眼见如此，也不敢多嘴。华贱满面美容，两只手抖抖地接过了蜡台。孟主教道："你现在可以从容去了。以后你若再来时，不必从花园走过，一直由前门进来便了。"说罢，便向众巡勇道："诸位可以请回了。"

众巡勇闻说，便皆散去。

当时华贱甚觉精神恍惚。孟主教又走近华贱身边，道："你别要忘记了，你曾经答应我，你用了这些银器，便要改邪归正的话。"

华贱闻说，只象不知有此事一般。

孟主教又道："华贱兄呀，我用金钱买尔之罪恶灵魂，恭喜你便从此去恶就善了。"

华贱一言未答，慌忙出城，形若逃遁，急忙寻些荒山僻境而行。走了一天，他却忘了饥渴。一面走，一面想，想起自己二十年来无恶不作，也未免有些悔恨之心。正在一路沉思之间，不觉金乌西坠，玉兔衔山，华贱便将身来到树林后面,歇息了片时。

此地乃是穷乡僻壤,连人影也没有,只见隔林数步,有一条小路。华贱寻思道:"谅我这样褴褛,那旁若有人来,不知道要怎样惊慌了。"华贱正在那里狐疑,忽闻后面有一片嬉笑之声,回头看时,只见有几个童子,也来在树林里玩耍。内中有一十多岁的童子,一只手拿了风琴,且走且唱;一只手握着些铜钱抛掷为嬉。钱落地时,有一个四开钱(值四十文),直滚到华贱身旁。华贱便抬起脚来,将钱踩住。奈童子早已瞧见,便前来在华贱身边道:"客人,曾见我的四开钱吗?"

华贱道:"你叫做什么名儿?"

童子道:"我名叫做小极可哀。"

华贱闻说,便吃一惊。少顷,说道:"还不快去,在此则甚?"

童子道:"请客人还我钱来。"

华贱垂头莫对。

童子又道:"还我钱来!"

华贱只是注目于地,一言不答。

童子因大声叫道:"我的钱呢?我的白钱呢?我的银钱呢?"

华贱还是不理。童子便向前揪住他的衣襟。华贱乃以短棍击之。童子大声哭道:"我要我的钱!我的四开钱呢?"

华贱只是昂着头不动弹一步,还圆睁着如狼似虎的两只大眼睛看着童子,举起铁棍,凶狠狠地叫道:"你倒是谁,敢来此歪缠我?"

童子道:"我便是极可哀。请你方便,移动一步,让我拾起那四开钱。"

华贱道:"你还不肯走吗?好孩子,快快留心,我将对不住你。"

童子闻说,浑身发抖起来,连忙逃跑,不敢回顾一次,离开华贱稍远,才敢缓缓地连喘连走去了。当时天色已黑,不多时,那童子就不见了。

华贱虽是一日不曾饮食，肚中却亦不饥。童子逃去之后，还是呆呆地立在树旁，呼吸之声，由急而缓。少顷，肉战，渐觉夜寒，便将帽子拉在额上，紧扭衣襟，俯身来拾起所踩的四开钱。华贱拾起钱来以后，不觉心昏神乱，东瞻西望，觉得孤身立在这荒野，四望无人，五色昏黑，浑身不住地发抖。不得已，只好尾着童子的去路，急急赶上前去。走了好几十步，还是人影儿也见不着，便大声叫道："极可哀呀！极可哀呀！"叫罢，侧耳静听，还是无人答应。却逢西北风又呜呜地刮起来，连那满山草木，都有个吓人杀人的形状。华贱当时脚底下越走越快。喉咙越喊越大，连声狂叫："极可哀！……"

正走间，忽迎面来了一位牧师，策马而行。华贱便躬身上前问道："信士，你曾见一童子走过吗？"

牧师说："就是叫极可哀的吗？我未曾遇见。"

华贱道："我看你很觉困苦，今给你两块半元的银钱。"又道："那童子的年纪约莫有十多岁，手里拿着风琴。我想他必定从这条路经过。"

牧师道："我实在未见。"

华贱忽眼瞅着牧师道："我是一个贼，你怎不拿我？"

牧师闻说，大吃一惊，急忙马上加鞭，远远地逃走去了。

华贱还照旧路前进。不多时，又回身狂叫一会，仍是不见一人。立住脚远远望时，只见满目疏林，荒山乱石，疑心是人。忙向前行，刚到三岔路口，便停了脚。当时的月色，光如白昼。华贱忽觉浑身出汗，足不能举，便狂叫起"极可哀"来，那声音越叫越低。少顷，忽觉有人逼其双膝跪下，心惊肉战，如同在礼拜堂前自招其生平罪恶一般。并自觉夺那童子的四开钱为生平第一大罪，主教断不能恕过的。华贱正在惊疑不定，忽然两眼漆黑，头脑昏晕，翻筋斗一交跌在行上。两手握发，两膝接面，一时心如刀割，泪如雨下。自觉精神恍惚，魂魄飘荡，来到一处生平未到的所在，看见一种生平未睹的奇光，那奇光中也不知有几多魔王恶鬼，心中惊恐不住。

自此以后，华贱到底又去到何方，干些什么，也没一人知道了。只是次日早晨，有一赶车的路过主教街，见有一人石头似地跪在石路上树荫底下，面向着孟主教大门，好象在祷告的样子。这样看起来，正是：

尧桀原同尽，坦戚有攸分。
我心造三界，别无祸福门。

《沙恭达罗》颂（歌德）

　　1907 年 12 月 10 日，曼殊自上海赴日本东京，客居闲暇，常读英文诗，其中从 E·B·Eastwick 的集子中看到所译歌德的诗《〈沙恭达罗〉颂》，由是"感慨系之"，译成汉文。

　　《沙恭达罗》（原译《沙恭达纶》）——古印度迦梨陀婆所著诗剧。取材于史诗《摩诃婆罗多》，描述无能胜王豆扇陀与少女沙恭达罗曲折多磨而终得结合的恋爱故事。充满优美的抒情风味和悲剧气氛。曼殊说它"百灵光怪"。

　　歌德（Johann Wolfgang Von Goethe，1749 至 1832）——德国伟大诗人、剧作家、思想家。关于他同《沙恭达罗》的关系，曼殊在《〈文学因缘〉序》中说：英人威林（William Jones）将《沙恭达罗》诗剧译成英文后，"传至德，Goethe 见之，惊叹难为譬说，遂为之颂，则《〈沙恭达罗〉颂》一章是也。"

　　　　春华瑰丽，亦扬其芬；

秋实盈衍,亦蕴其珍。
悠悠天隅,恢恢地轮,
彼美一人,沙恭达罗。

星耶峰耶俱无生（拜伦）

　　1908年春，曼殊在东京，常说"专读裴麟诗"。此首当为读后的试译。诗中阐明宇宙是爱的整体，人类应在爱中生活。反映出作者对理性至上的传统观念的扬弃。

　　拜伦（George Gordon Noel Byron，1788至1824）——曼殊又译"拜轮""摆伦""裴伦""裴麟"。英国伟大的积极浪漫主义诗人。早年受启蒙主义思想影响。游历西班牙、希腊、土耳其后，发表长诗《恰尔德·哈洛尔德游记》，抒发憎恨封建专制、向往自由民主的思想感情。因遭毁谤而愤然侨居意大利。除继续创作诗歌和剧本外，还投身烧炭党人的革命运动。并变卖家产赴希腊参战。作品以塑造的叛逆性格为主，带有强烈的个人主义色彩，对欧洲浪漫主义文学影响甚大。

　　　　星耶峰耶俱无生？浪撼沙滩岩滴泪。
　　　　围范茫茫宁有情？我将化泥溟海出。

去燕（豪易特）

1909年1月初，曼殊自上海东渡日本东京，"旧病新瘥，案头有英吉利古诗，泚笔译之"。此为其中一首。

去燕，飞走的燕子。诗中通过咏燕，抒发对自由的向往。

豪易特（William Howitt, 1792至1879），英国作家，著有《四季》《英国农村生活》等。

      燕子归何处？无人与别离。
      女行餔谁见？谁为感差池？

      女行未分明，踥蹀复何为？
      春声无与和，尼南欲语谁？

游魂亦如是,蜕形共驱驰。
将翱复将翔,随女天之涯。
翻飞何所至?尘寰总未知。
女行谅自适,独我弃如遗。

冬日（雪莱）

1909年春，蔡哲夫将其妹夫佛莱蔗得自英·莲华女士的《雪莱诗集》转赠曼殊。曼殊从中译出此首。

《冬日》——为雪莱五幕诗剧《查理一世》结束时宫廷小丑亚基所唱的短歌。歌中描述查理一世暴虐统治下的萧飒荒凉景象。

雪莱（Percy Bysshe shelley，1792至1822）——曼殊又译作"室利""师梨"。英国杰出的积极浪漫主义诗人。年青时因发表无神论被牛津大学开除。不久参加爱尔兰民族独立运动后，被迫侨居意大利。与拜伦过从甚密。诗作富有反抗精神，充满对自由的渴求和对理想社会的向往。

孤鸟栖寒枝，悲鸣为其曹。
池水初结冰，冷风何萧萧！
荒林无宿叶，瘠土无卉苗。
万籁尽寥寂，唯闻喧挈皋。

答美人赠束发闉带诗（拜伦）

　　1909年春，曼殊在东京结识调筝人百助枫子，并产生了恋情。在"偷尝天女唇中露"之际，译出这首诗，示调筝人。

　　束发闉带，束头发用的带子。

何以结绸缪？文纰持作绳；
曾用系卷发，贵与仙蜕伦。

系着鸽衣里，魂魄还相牵；
共命到百岁，殉我归重泉。

朱唇一相就，沴液皆芬香；
相就不几时，何如此意长！

以此俟偕老，见当念旧时。

婪情如根荄,句萌无绝期。

彡发乃如铣,波文映珍攫。
颔首一何佼,举世无与易!

锦带约歇髻,朗若炎精敛。
赤道毚无云,光景何鲜晫!

去国行(拜伦)

1909年1月,曼殊自上海至东京探望河合仙,"病起胸膈",住在《民报》社章炳麟寓所,乃濡笔翻译拜伦诗,此为其中一首。译稿曾经章炳麟润色。

《去国行》——拜伦长篇叙事诗《恰尔德·哈洛尔德游记》第1章第13节,为主人公恰尔德·哈洛尔德在海上所唱的《晚安曲》。曼殊移译时沿用1898年11月5日《亚东时报》第4号梁启超的译题。

行行去故国,濑远苍波来。
鸣湍激夕风,沙鸥声凄其!
落日照远海,游子行随之。
须臾与尔别,故国从此辞。

日出几刹那,明日瞬息间。

海天一清啸,旧乡长弃捐。
吾家已荒凉,炉灶无余烟。
墙壁生蒿藜,犬吠空门边。

"童仆尔善来,恫哭亦胡为?
岂惧怒涛怒?抑畏狂风危?
涕泗勿滂沱,坚船行若飞;
秋鹰宁为疾,此去乐无涯!"

童仆前致辞,敷衽白丈人:
"风波宁足惮?我心谅苦辛。
阿翁长别离,慈母平生亲。
茕茕谁复顾?苍天与丈人。"

"阿翁祝我健,殷勤尚少怨。
阿母沉哀恫,嗟犹来无远。"
"童子勿复道,泪注盈千万。
我若效童愚,流涕当无算。"

"火伴尔善来,尔颜胡惨白?
或惧法国仇,抑被劲风赫?"
火伴前致辞:"吾生岂惊迫?
独念闺中归,颜容定枯瘠。"

"贱子有妻孥,随公居泽边。
儿啼索阿爹,阿母心熬煎。"

"火伴勿复道，悲苦定何言？
而我薄行人，狂笑去悠然。"

"谁复信同心？对人阳太息。
得新已弃旧，媚目生颜色。
欢乐去莫哀，危难宁吾逼？
我心绝凄怆，求泪反不得！"

"悠悠仓浪天，举世莫与忻。
世既莫吾知，吾岂叹离群！
路人饲吾犬，哀声或狺狺。
久别如归来，啮我腰间裈。"

帆樯女努力，横濩幻泡漦。
此行任所适，故乡不可期。
欣欣波涛起，波涛行尽时。
欣欣荒野窟，故国从此辞。

赞大海（拜伦）

1909年春，曼殊在东京不断译拜伦诗，此又为其中一首。译稿经章炳麟、黄侃润饰。

《赞大海》——拜伦长篇叙事诗《恰尔德·哈洛尔德游记》第4章第179至184节。《潮音》题为《大海》。曼殊在《断鸿零雁记》中称此诗"雄浑奇伟，古今诗人，无甚匹矣！"

皇涛澜汗，灵海黝冥；
万艘鼓楫，泛若轻萍。
芒芒九围，每有遗虚；
旷哉天沼，匪人攸居。
大器自运，振荡罕夆；
岂伊人力，赫彼神工！
罔象乍见，决舟没人；
狂霎未几，遂为波臣。

掩体无棺，归骨无坟；
丧钟声嘶，逖矣谁闻？

谁能乘跻，履涉狂波？
藐诸苍生，其奈公何！
泱泱大风，立懦起罢；
兹维公功，人力何衰！
亦有雄豪，中原陵厉；
自公之匈，摘彼空际。
惊浪霆奔，詟魂慑神；
转侧张皇，冀为公怜。
腾澜赴崖，载彼微体；
抔溺含弘，公胡岂弟！

摇山撼城，声若雷霆；
王公黔首，莫不震惊。
赫赫军舰，亦有浮名。
雄视海上，大莫与京。
自公视之，藐矣其形，
纷纷溶溶，旋入沧溟。
彼阿摩陀，失其威灵；
多罗缚迦，壮气亦倾。

傍公而居，雄国几许？
西利、伽维，希腊、罗马。
伟哉自繇，公所锡予。

君德既衰，耗哉斯土。
遂成遗虚，公目所睹。
以敖以嬉，潆回涛舞。
苍颜不皲，长寿自古。
渺泺澶漫，滔滔不舍。

赫如阳燧，神灵是鉴。
别风淮雨，上临下监。
扶摇羊角，溶溶澹澹。
北极凝冰，赤道淫灔。
浩此地镜，无裔无襜。
圆形在前，神光荟闪。
精裂变怪，出尔泥淰。
回流云转，气易舒惨。
公之淫威，忽不可验。

苍海苍海，余念旧恩。
儿时水嬉，在公膺前。
沸波激岸，随公转旋。
淋淋翔翔，朕余往还。
涤我匈臆，憎我精魂。
惟余与女，父子等亲。
或近或远，托我元身。
今我来斯，握公之鬟。

哀希腊（拜伦）

　　1909年春，曼殊住在东京章炳麟寓所，将这首自己特别喜欢的拜伦诗译出。译稿经章炳麟、黄侃润饰。对此诗，曼殊在《〈潮音〉跋》中说：1908年冬，在南京祗坦精舍"尽瘁三月，竟犯咯血，东归随太夫人（按：河合仙）居逗子樱山。循陔之余，惟好啸傲山林。一时月夜照积雪，泛舟中禅寺湖，歌拜伦《哀希腊》之篇，歌已哭，哭复歌，抗音与湖水相应，舟子惶然，疑其为神经病作也"。

　　《哀希腊》——拜伦长篇叙事诗《唐·璜》第3章。

巍巍希腊都，生长萨福（原译奢浮）好。
情文何斐亹，狄洛斯（原译荼辐）思灵保。
征伐和亲策，陵夷不自葆。
长夏尚滔滔，颓阳照空岛。

开斯罗（原译窣诃）与岱奥斯（原译谛诃），词人之所生。
壮士弹坎侯，静女揄鸣筝。
荣华不自惜，委弃如浮萍。
宗国寂无声，乃向西方鸣。
山对马拉松（原译摩罗东），海水在其下。
希腊如可兴，我从梦中睹。
波斯京观上，独立向谁语？
吾生岂为奴，与此长终古！

名王踞岩石，雄视萨拉密斯（原译逤逻滨）。
船师列千艘，率土皆其民。
晨朝大点兵，至暮无复存。
一为亡国哀，泪下何纷纷！

故国不可求，荒凉问水濒。
不闻烈士歌，勇气散如云。
琴兮国所宝，仍世以为珍。
今我胡疲苶？拱手与他人！

威名尽坠地，举族供奴畜。
知尔忧国士，中心亦以恧。
而我独行谣，我犹无面目。
我为希人羞，我为希腊哭！

往者不可追，何事徒频蹙？
尚念我先人，因兹糜血肉。

冥冥蒿里间，三百斯巴族。
但令百余一，堪造德摩比利（原译披丽谷）！

万籁一以寂，仿佛闻鬼喧。
鬼声纷巍巍，幽响如流泉：
"生者一人起，导我赴行间！"
槁骨徒为尔，生者默无言。

徒劳复徒劳，我且调别曲。
注满杯中酒，我血胜醹渌？
不与突厥争，此胡本游牧。
嗟尔俘虏馀，酹酒颜何恧。

王迹已陵夷，尚存羽衣舞。
鞞庐方阵法，知今在何许？
此乃尔国故，糜散随尘土。
伟哉卡德斯摩（原译佉摩）书，宁当诒牧圉？

注满杯中酒，胜事日以堕。
阿那克里翁（原译阿那）有神歌，神歌今始知。
曾事波吕克拉提（原译波利葛），力能绝天维。
雄君虽云虐，与女同本支。

羯岛有暴君，其名米太亚得（原译弥尔底）。
阔达有大度，勇敢为世师。
今兹丁末造，安得君如斯？

束民如连锁,岂患民崩离?

注满杯中酒,倐然怀故山。
峨峨修里岩,汤汤巴加(原译波家)湾。
繄彼陀离种,族姓何斑斑!
傥念赫拉克勒斯(原译希罗嘎),龙胤未凋残。

莫信法兰克(原译法朗克),人实诳尔者。
镵刃藏祸心,其王如商贾。
骄似突厥军,黠如拉丁(原译罗甸)虏。
尔盾虽鼓亨,击碎如破瓦。

注满杯中酒,樾下舞媻娑。
国耻弃如遗,靓妆犹娥娥。
明眸复善睐,一顾光娄罗。
好乳乳奴子,使我涕滂沱!

我立苏纽姆(原译须宁)峡,旁皇云石梯。
独有海中潮,伴我声悲嘶。
愿为摩天鹄,至死鸣且飞。
碎彼萨摩斯(原译娑明)杯,俘邑安足怀!